内容简介

大千世界/云谲波诡/世族纷争/秘境激斗　隐忍少年/逆境崛起/历经考验/叱咤风云

上古秘境梦魇宫出世，引得天南州各大势力钩心斗角，分别派遣后辈历练探险。主人公钟沉跟随一行人探险秘境，于历练中斩获各类奇宝，得金戈剑，收金傀儡，并结识了越、唐两家的后辈。

梦魇宫外，各方旁门觊觎秘境宝物，纷纷暗中出手，掀起一场混战。钟沉一路过关斩将，名声大噪，顺势崛起。但与此同时，围绕钟沉的巨大阴谋也渐渐浮出水面……

凡人修仙之仙界篇

8

忘语 著

时代出版传媒股份有限公司
安徽文艺出版社

图书在版编目（CIP）数据

凡人修仙之仙界篇. 8 / 忘语著. — 合肥 : 安徽文艺出版社, 2021.11
ISBN 978-7-5396-7311-0

Ⅰ. ①凡… Ⅱ. ①忘… Ⅲ. ①长篇小说－中国－当代 Ⅳ. ①I247.5

中国版本图书馆CIP数据核字(2021)第205619号

FANREN XIUXIAN ZHI XIANJIE PIAN 8

凡人修仙之仙界篇8

忘语 著

出 版 人：姚　巍
责任编辑：秦　雯　宋潇婧
装帧设计：周艳芳

出版发行：时代出版传媒股份有限公司 www.press-mart.com
安徽文艺出版社 www.awpub.com
地　　址：合肥市翡翠路1118号 邮政编码：230071
营 销 部：(0551)63533889
印　　制：湖南天闻新华印务有限公司 电话：(0731)88387856

开本：710mm × 1000mm 1/16　印张：18　字数：247千字
版次：2021年11月第1版　2021年11月第1次印刷
定价：34.80元

目 录

CONTENTS

目 录

CONTENTS

第193章

离去

随着黑云旋转越来越快，黑色旋涡中央闪烁着道道黑色电光，“吱吱”作响，看起来十分骇人。

“轰隆！”

伴随着一声巨响，一道粗大的黑色光柱蓦然从旋涡中央轰然落下，朝着韩立闭关的洞府落去。

就在此刻，韩立洞府上方灰光大放，交织缠绕，顷刻间凝聚成一座灰色山峰虚影。

山峰虚影一形成，黑色光柱便狠狠地轰击其上，并在一阵地动山摇般的轰鸣声中，直接将其贯穿，然后劈入了洞府。

一声惊天动地的巨响炸裂开来，整个秘境剧烈震动了一下，山峰浮现无数裂纹，大大小小的碎石如雨般落下。

黑色光柱劈下后，半空的黑云飞快缩小，消散开来。

片刻过后，所有黑云尽数消失，仿佛没有出现过一般，秘境各处恢复了先前的景象。

随着黑云的消失，覆盖整个秘境的巨大金色光阵也停止了颤动，表面光芒渐渐暗淡。

蛟三见此，手中掐诀一挥，他身上射出的金色光柱逐渐消散。他眼中流露出一丝焦急之色，不等身上的金光彻底消散，便朝着韩立的洞府飞去。

疤面男子见状，也想飞过去，却突然眉梢一挑，想起了什么，立马停下了身形。

“唰”的一声，蛟三的身影出现在韩立洞府门前，朝着里面望去。

韩立洞府此刻被各色光芒笼罩，灵光闪烁，从外面根本看不到里面的情况，神识也无法探入其中。

蛟三虽然心中着急，但也没有硬闯进去。

足足过了一刻钟，各色光芒才缓缓消散开来，洞府大门赫然已经敞开。

“蛟三道友，请进吧。”韩立的声音突然从洞府内传了出来。

蛟三听到韩立平静的声音，心中微微一松，立刻抬步走了进去。

一进去，就看见韩立站在洞府客厅，面色微白，气息有些不稳。他身前的桌子上摆放着一个黑色玉盒，虽然盒盖紧闭，但仍然有丝丝法则之力的波动从里面散发而出。

蛟三的目光从韩立身上移到玉盒上后，便没有再移开。

“蛟三道友，你要的东西就在里面。”韩立微微一笑，做了个“请”的姿势。

蛟三微微颔首，单手一招，将玉盒摄入手中，深吸了一口气后，小心翼翼地打开了盒盖。

玉盒中放着一颗黑色丹药，差不多龙眼大小，通体散发出晶莹的黑光，丹药上有一团漆黑的法则道纹，散发出强烈的法则波动。

“虚元丹！”蛟三眼睛一亮，语气有些激动。

韩立淡淡一笑，坐了下来。

“好！龙五道友真是言而有信之人，如期炼制出了虚元丹。”蛟三盖上盒盖，抬头看向韩立，说道。

“幸不辱命。在下的炼制手法还不熟练，将材料尽数耗光，才侥幸炼制出这么一颗虚元丹。”韩立摇了摇头，似乎对自己的炼丹成果不是很满意的样子。

“些许材料，用完了就用完了，能炼制出虚元丹就好。”蛟三摆了摆手，将玉盒收了起来。

“多谢道友体谅。”韩立冲蛟三拱了拱手。

“看道友的样子，此番元气损耗不小。这是一瓶参天丹，对恢复元气极有效果，道友若是不嫌弃还请收下，算是在下的一点心意。”蛟三的目光在韩立苍白的脸上一转，翻手取出一个红色玉瓶，递了过去。

“既如此，那在下就恭敬不如从命了，多谢道友。”韩立接过玉瓶，放出神识一扫，点头谢道。

瓶内是几颗赤红色丹药，每一颗丹药外面都被浓郁的赤色光晕包裹，隐隐散发出惊人的灵力波动，显然价值不菲。

“不必客气，龙五道友此番可是帮了我的大忙，要说感谢的人应该是我。其实，这也算是道友正式加入轮回殿前的一项测试。恭喜道友正式加入轮回殿。”蛟三呵呵一笑道，随后翻手取出一块赤色玉牌，轻轻一晃，一道红光飞射而出，没入韩立脸上的面具中。

韩立的面具上光芒一闪，射出一道白光，凝聚成地榜虚影。

韩立看到下面的贡献点数，多了六十点。

“多谢蛟三道友。这次的任务我已经完成，按照先前约定，接下来的一千年，在下应该可以自由活动了吧？”韩立心中一喜，随后又问道。

“当然。不知龙五道友接下来有什么打算？”蛟三目光一闪，问道。

“在下刚刚得到炼神术功法口诀，自然是返回洞府好好揣摩一番，着手修炼。”韩立坦言道。

“龙五道友既然执意要离开，我也不阻拦你。此处是我们轮回殿的一个秘密据点，绝对安全。你若是在外面被人发现身份，可以来此躲避，这是出入此处的令牌。”蛟三点了点头，又取出一块黑色令牌，交给了韩立。

“话虽如此，但在下自问还没有能力独自穿越落魄惊风，自然谈不上来此避难了。”韩立接过令牌，苦笑一声说道。

“呵呵，是我疏忽了。这是一颗定风珠，算是我送给道友的小礼物，此物能够助你顺利穿越落魄惊风。还有，这个是我的传信阵盘，龙五道友接下来若是遇到问题，可以直接传信给我，只要在下力所能及，一定不会推辞。”蛟三轻笑一声，取出一颗黑色圆珠和一块黑色阵盘，递给了韩立。

韩立眉梢一挑，这颗黑色圆珠和先前狸十六的那颗黑色圆珠一模一样，散发出的气息也完全相同，看起来应该是轮回殿统一炼制的宝物。

黑色阵盘则散发出一圈圈黑光，上面隐约有无数黑色符文流动，仿佛万千星辰一般，看起来颇为不凡。

“那多谢了。”韩立毫不客气地将两件东西收了起来，点头称谢。

片刻之后，一道青色遁光从秘境内飞出，朝着外面飞去。

秘境前方的半空中黑光一闪，浮现一个空间出口，青色遁光一闪而逝，飞入其中，消失无踪。

蛟三站在黑色山峰上，静静地望着那道青色遁光，目光微闪，不知在想什么。

就在此时，他身后人影一闪，疤面男子浮现。

“这次进入仙府，你不打算带此人同行吗？他能炼制虚元丹，或许对我们有用。”疤面男子看了蛟三一眼，问道。

“此人刚刚成为轮回之子，还无法确保其完全可靠。此次任务事关重大，我们还是谨慎一些为好。”蛟三淡淡说道。

“如今我们虽然有了虚元丹，但殿内人手紧张，百里炎下落不明，呼言道人又不知所终，能与萧晋寒正面抗衡之人几乎没有了。”疤面男子担心地说道。

“据我所知，百里炎应该没死。冥寒仙府现世在即，他若仍想突破太乙，应该会现身。至于萧晋寒，我们尽量不要与之正面交锋，让苍流宫和伏凌宗去应付他好了。”蛟三开口说道。

“对了，刚才传来一个消息，在红月岛附近有怪人出没。”疤面男子突然想起一事，说道。

“哦，是什么人？”蛟三问道。

“是一个驱使一只金色甲虫的银袍女子，不知是何来历，修为达到了金仙境。”疤面男子答道。

“银袍女子，金色甲虫……据我所知，三大宗内并没有这一号人物吧？此人既然在红月岛附近出没，恐怕也是对冥寒仙府有所图谋。”蛟三喃喃自语道。

“以防万一，我已经派人跟着此女了，谅她一人也兴不起什么风浪。既然虚元丹已经有了，一切都可以按原计划进行，我那边也要去准备了。”疤面男子话锋一转，说道。

说完，他身上涌出大片黑光，接着整个人便无声无息地消失了。

蛟三也没有在原地多作停留，化为一道遁光，朝着秘境深处飞去。

与此同时，韩立已离开了秘境，迎接他的自然是落魄惊风。

他没有立刻祭出那颗定风珠，而是单手一扬，在体外凝聚出一个青色光团，将自身包裹起来，挡住了周围的阴风。

阴风虽然被挡住，但风中那勾魂的鬼啸声仍传了进来。

韩立负手而立，静静聆听这声音，片刻之后，他微微点头。

此刻，他脑海中的神识之力平稳无比，丝毫没有被外面的声音影响，看来神识的隐患确实已经消除了。

下一刻，韩立单手一挥，一座灰色山峰从衣袖中飞出，滴溜溜一转之后悬浮在他身前的半空中，正是元合五极山。

他看着眼前的灰色山峰，放出神识往里面一扫后，满意地点了点头。

这次炼制虚元丹，在最后成丹前只引发了一次丹劫，被元合五极山挡了下来。他心中也随之确定了，此宝确实能有效地抵挡丹劫，比其他任何仙器都要好用。至于他的苍白脸色，不过是他刻意假装来迷惑蛟三的。

此外，他刚刚和蛟三说炼丹的材料已经用完，其实并非如此。在他的储物镯中，还剩下七份材料，他打算日后找个隐秘之地，再炼制一两颗虚元丹，细细研究一番。

他始终觉得，虚元丹与道丹之间似乎存在着某种关系，若是搞清楚了，或许对之后的丹药炼制也有帮助。

已经有了一次成功的经历，韩立自问有不小的把握能用剩下的这几份材料，再炼制出一颗虚元丹。

到时候，他倒要看看让蛟三这位轮回之子如此迫切想要得到的丹药，究竟有什么特别之处。

心中计定后，他翻手一挥，取出了那颗定风珠，学着此前的狸十六那般掐诀一点。

一圈黑色波纹从定风珠中荡开，朝着周围扩散开来，将漫天落魄惊风隔开。

他转头朝着落魄惊风深处望去，眼中闪过一丝疑惑。

其实对于落魄惊风深处的情况，他是很好奇的，此刻他神识的隐患已经解决，深入其中一探也未尝不可。

但他很快摇了摇头，压下了心中的这种想法，身上青光大放，整个人化为一道青光没入落魄惊风，朝着黑风海域方向飞去。

一日一夜之后。

韩立的身影出现在黑风海域某处海面的上空，他将手中的定风珠一收，轻轻地呼出了一口气。

虽然有了这件异宝，落魄惊风已无法对他产生影响，但长时间身处其中，仍让他感到有些不舒服。

就在此时，他眉头一动，似乎想到了什么，翻手取出赤色面具戴上，单手掐诀，面具上立刻泛起大片红光，他身前出现了任务界面。

韩立目光一扫，眼中流露出喜色，翻手取出一小包仙元石，放在任务界面中央的旋涡法阵内，同时手中掐诀。

片刻之后，他手中的仙元石变成了七八样材料，分别是两株灵草、两件妖兽材料和几块颜色各异的晶石。

这些正是炼制金魂丹所需的灵材，他先前发布了寻找任务，想不到这么快就找齐了。

韩立仔细将这些材料检查了一遍，确认没有问题后，又分门别类地收了起来。

金魂丹的炼制过程并不复杂，以他如今的炼丹水平，结合真言宝轮的时间之力，这些材料足矣。

做完这一切后，韩立化为一道青光，朝着前方不紧不慢地飞去。

他先前和蛟三说要着手修炼炼神术，实则他心中并没有立刻开始的打算。如今他神识的隐患暂时解除，他最迫切的自然是早日进阶金仙了。

说起来，他虽然加入了轮回殿，成为所谓轮回之子，但对于自己被北寒仙宫通缉的现状似乎没有丝毫帮助，若被北寒仙宫发现，他恐怕将面临更大的麻烦。

为今之计，他只有尽可能提升实力，让自己安稳地渡过此次危机，才有心情去考虑其他事。

有金魂丹相助，神魂蜕变已经不是问题，剩下的问题便是打通最后一个仙窍了。这看似简单的一步，却是让无数真仙境后期修士就此止步的关键。

一念及此，韩立忍不住叹了一口气。

这些年，他其实一直没有停止寻找突破金仙的方法，其中就包括寻找《大周天星元功》的完整功法。

仅仅在无常盟中，他就发布了好几个任务，内容都是寻找一切有助于进阶金仙，或者打通仙窍的方法，许诺的报酬极为丰厚。可惜这么多年来，他还是一无所获。

韩立眉头微皱，目光很快变得坚定起来。

他手中掐诀，脸上的赤色面具浮现一层红光，包裹住身体。

下一刻红光消散开来，他已然化身为一名方脸浓眉的中年人了。

接着，他手中掐诀，令遁速增加了倍许，只是几个闪动间，他就消失在了天际。

那个方向，正是黑风城所在。

结果他刚刚飞出十余万里，便突然一停，悬在了空中。

伴随着一阵隆隆巨响从下方海面传来，原本还算平静的海面突然剧烈翻滚起来，掀起一道道巨大浪涛，排山倒海地涌动起来，迸射出无数水花，发出闷雷般的巨响。

不仅仅是下方海面，四周的空气似乎也轻轻颤动起来。

“怎么回事？”韩立见此，皱眉问道。

这种宛如地震一般的异动，似乎是积蓄了许久的能量一下子爆发了出来，这在黑风海域并不多见。

他看了下方的海面两眼，很快便收回了目光，不再理会，继续往前飞遁而去。

黑风岛附近海域，遍布礁石，礁石上生长着一种赤红色海草。从高空望去，这片海域仿佛一个巨大的棋盘，上面分布着许许多多的赤红色棋子。因此，此处被人称为“棋盘海”。

这里虽说是黑风岛附近，但距离黑风岛还有数百万里，又因为不在主要的航道上，所以人迹罕至。

此处海域天地灵气浓郁，海底矿产资源丰富，生活着不少妖兽，有几种珍贵无比，引得很多修士来此狩猎。

这样的情况在黑风海域到处都是，并不罕见。

毕竟相对整片广袤的海域而言，修士占据的海岛实在少之又少，大片大片的蛮荒海域，还是被妖兽盘踞。

修士猎杀妖兽固然是常态，但若是遇到厉害的妖兽，修士被其击杀吞噬，也不新鲜。

棋盘海中，此刻便有几个人族修士即将殒命。

一个络腮胡中年男人，一个红衫女子，还有一个黑袍青年，这三个人族修士驾驭着一艘青色飞舟，风驰电掣地往前飞。

青色飞舟后面，一个蓝色光团穷追不舍，看不清蓝色光团中是什么妖兽，只能看到上面不时闪过一道道蓝色电弧，发出“隆隆”巨响。

三个修士的修为都是化神期，青色飞舟表面铭刻着密密麻麻的灵纹，显然是一件不错的法宝，遁速不慢。

但是那个蓝色光团的速度更快，很快就要追上三人了，双方的距离只剩下十几里。

“不行，再这样下去的话，我们肯定逃不掉。”络腮胡男子眼中泛红，急声说道。

“那怎么办？这已经是飞舟的最快速度了。”红衫女子正在掐诀催动飞舟，闻言脸色一变，说道。

黑袍青年也看了过来，神色很焦急，却并不慌张。

“暮道友，我记得你身上有一张真雷符，赶快拿出来攻击这头雷蚓兽吧。我同时施展极阴罩困住它，或许可以为我们争取一丝逃命的机会。”络腮胡男子着急地道。

“不行，大伯你的极阴罩是阴属性法宝，正好被这雷蚓兽的雷电之力克制，根本争取不了多少时间。”红衫女子立刻摇头说道。

“我知道，但是现在根本没有别的办法，能多逃一时就多一丝活命的机会。若是被这头妖兽追上，我们三个转眼就会被撕碎，还谈什么法宝。暮道友，快！”络腮胡男子催促道。

黑袍青年一咬牙，手腕一翻，一张紫色符箓出现在他手心。

符箓上有一道道刺目的紫色电弧缭绕，虽然还没有被激发，但散发出的威压已经很强。

“疾！”

黑袍青年口中念念有词，单手一挥。紫色符箓立刻飞射而出，化为一道紫色电光，射向后面的蓝色光团。

“轰隆隆！”

紫色符箓陡然碎裂开来，化为十几道水缸粗的紫色雷电。每一道紫色雷电都散发出惊人的灵力波动，径直朝着那个蓝色光团打去。

“砰砰砰！”

蓝色光团顿时碎裂开来，露出里面的妖兽，其长十几丈，通体呈蓝色，形如大蟒一般。

不过此兽全身上下并无一片鳞片，皮肤外面布满一圈圈褶皱，仿佛一条巨大的蚯蚓。

紫色雷电击碎蓝色光团后，狠狠地劈在这妖兽身上。

雷蚓兽顿时发出尖叫声，体表浮现一道道伤口，流出蓝色血液。只是这些伤口并不深，都是轻伤。

雷蚓兽大怒，身上骤然浮现一道道粗大的蓝色雷电，护住全身，顿时将那些紫色雷电弹开。

就在此刻，雷蚓兽头顶黑光一闪，一张黑色大网浮现，猛地落下，将其罩住，然后大网收紧，深深勒进了雷蚓兽体内。

黑色大网表面隐约浮现缕缕黑色火焰，散发出阴冷无比的气息。

“哧哧哧！”

雷蚓兽体表顿时浮现一道道黑色伤痕，伤口冒出一道道青烟，它发出更加尖锐的叫声，飞遁的身形停了下来。

“就趁现在，快走！”络腮胡男子大喝一声。

红衫女子急忙两手掐诀，张口喷出一团血光，没入青色飞舟。

青色飞舟表面的灵纹尽数亮起，喷出一道道青光，朝着前方迅疾无比地飞射而去。

雷蚓兽巨大的身躯剧烈扭动，将黑色大网甩得狂颤不已。与此同时，它身体前端裂开一道口子，形成一个恐怖的大嘴，露出两排白森森的牙齿。

下一刻，雷蚓兽身上的蓝色雷电尽数朝着大口附近汇聚而去，转眼就形成一个巨大的蓝色雷球，散发出恐怖的雷电波动，然后疾速喷射而出。

“轰隆隆！”

耀眼无比的蓝色电光朝着周围飞射而去，黑色大网瞬间被撕裂。

络腮胡男子脸色一白，忍不住闷哼一声，嘴角流出一丝鲜血。

“大伯！”红衫女子惊呼一声。

“我没事……你快走！再不走就来不及了！”络腮胡男子喝道。

第194章

警觉

红衫女子闻言，一咬牙，将视线从络腮胡男子身上移开，手中飞快掐诀，催动青色飞舟迅疾朝着前面飞去。

一旁的黑袍青年则单手一挥，掌心射出一道柔和青光，没入络腮胡男子体内。

络腮胡男子面色顿时好看了一些，朝黑袍青年点了点头。

此时，漫天的蓝色雷光消散开来，再次露出了雷蚓兽巨大的身躯。

雷蚓兽身上的伤势看起来比之前严重，伤口多了一倍，很多地方变得乌黑，蓝色血液流了半身。

然而下一刻，雷蚓兽口中发出一声嘶鸣，巨大身躯一摆，体表再次浮现一道道蓝色雷电。

同时，它体表的蓝色血液“呼啦”一声，燃烧了起来，化为一团团蓝色火焰。

火焰和雷电交织，赫然化为一大片浓郁的蓝色雾气，围着雷蚓兽巨大的身躯翻滚起来。

下一刻，蓝色雾气猛地爆炸，然后消散无踪。雷蚓兽巨大的身躯也随之消失不见了。

“小心！”黑袍青年一直密切关注身后的情况，见到此景，立刻脸色大变，出声提醒。

红衫女子和络腮胡男子一直用神识探查着后面的动静，面色都是一惊。

未等三人做出应对之策，青色飞舟前方突然浮现一片蓝色雾海。蓝色雾海迅疾无比地朝着青色飞舟当头罩下，将飞舟连同上面的三人尽数罩在了里面。

青色飞舟被蓝色雾海笼罩，仿佛陷入泥潭之中，动弹不得。

飞舟上的三人身体一紧，也被一股强大的无形之力笼罩，虽然不至于无法动弹，但举手投足都非常困难，三人脸色再次大变。

突然，前方雾海中蓝影一闪，雷蚓兽浮现，身躯比先前又大了不少，仿佛一座小山拦在青色飞舟的前面。它身上散发出庞大的气息，隐隐达到了炼虚期。

络腮胡男子和红衫女子大骇，眼中隐隐流露出一丝绝望，黑袍青年的脸色也猛地一沉。

雷蚓兽两只眼睛里满是冰冷之色，大口猛地一张。

“哧哧哧！”

一道道蓝色雷电从雷蚓兽口中射出，化为十几道粗大的雷鞭，朝着青色飞舟迅疾无比地袭来。

与此同时，周围的蓝色雾海剧烈翻滚，将三人层层包裹住。

蓝色雾海化为一个巨大的蓝色雾球，翻动旋转，道道电弧在其中蹿动，发出震耳欲聋的巨响。

突然，翻滚的蓝色雾球一停，不再转动。

下一刻，雾球猛地胀大，然后爆裂开来，黑袍青年等三人随之浮现。

黑袍青年手中握着一柄赤色巨型火剑，有数丈长，通体燃烧着赤金色火焰，散发出恐怖的灵力波动。他面色苍白，衣衫破烂，嘴角挂着一道血痕。

络腮胡男子和红衫女子看起来情况更糟，衣衫褴褛，面色煞白，尤其是络腮胡男子，全身血迹斑斑，左臂齐肘而断，鲜血直流。

青色飞舟早已不见踪影，在三人身后的雾海中隐约能看到两块残片。

黑袍青年手中的巨大火剑表面火光一闪，疾速缩小，化为一张半尺长的赤红灵符，上面铭刻着火剑图案。

强烈的火焰灵力从灵符上散发而出，极不稳定。

灵符表面光芒一闪，“刺啦”一声，燃烧起来，转眼就化为一团飞灰。

黑袍青年眼中闪过痛惜之色，猛地转头不看。

“快走！”

他大喝一声，全身青光大放，化为一道青影迅疾无比地往前飞遁。

络腮胡男子和红衫女子也各自强撑一口气，往前飞遁而去。

三人转眼间逃出了一段距离。

爆裂的蓝色雾气一阵波动，雷蚓兽的巨大身形浮现。它小腹上多了一个长长的伤口，蓝色血液流出，看起来伤得不轻，但比起黑袍青年等三人要好多了。

看到黑袍青年等三人逃出了一段距离，雷蚓兽丝毫不担心，眼中闪过一丝冷笑。

它一个翻滚，任周围的蓝色雾气包裹住它巨大的身躯，然后朝着三人急追而去。

黑袍青年等三人全都有伤在身，遁速比之前慢了不少，雷蚓兽疾速追来，双方的距离飞快缩短。

黑袍青年等三人心中大急，眼看雷蚓兽距离他们不足十里，他们却没有任何办法。法力已经见底，身上的法宝也用尽了，他们眼中不由得都流露出绝望之色。

就在此刻，远处天际毫无征兆地浮现一道青光，迅疾无比地飞射而来。庞大的气息从青光中散发开来，远远超过三人和雷蚓兽。

黑袍青年等三人一怔，随即齐声大呼：“前辈！救命！”

青光微微一顿，速度慢了下来。

黑袍青年等三人见此，顿时大喜。

后方的雷蚓兽看着半空的青光，眼中闪过一丝畏惧，它随即看向前面三人，眼中又露出凶光。

它忽地停住，大口一张。

蓝色雾海中浮现无数蓝色电弧，迅疾无比地朝着雷蚓兽口中汇聚而去，转眼便化为一个巨大雷球。

“轰隆！”

巨大雷球轰击而出，射向黑袍青年等三人。

雷蚓兽身躯一转，蓝色雾海开始翻涌，包裹着它的身躯朝来路逃去。

巨大雷球速度极快，转瞬便追上了三人，眼看就要击中三人。

“哼！”一声冷哼从半空的青光中传出。

然后光芒一闪，一道水桶粗的青色光柱从天而降，击中了巨大雷球。

“噗”的一声轻响，巨大雷球被青色光柱轻易击穿，瞬间崩溃。

雷蚓兽见此，心中大骇，身旁的蓝色雾海剧烈翻滚，发出震天响声，朝着远处席卷而去。

从半空的青光中再次传出一声冷笑，接着，一道青光电射而出，速度远在雷蚓兽之上，一闪便追上了蓝色雾海。

青光再次一闪，赫然化为一道数百丈长的青色剑气，没入蓝色雾海。

“刺啦！”

蓝色雾海应声裂开，随后散开，现出里面的雷蚓兽。

雷蚓兽停在半空，腰部浮现一道口子，下一刻，巨大身躯裂成两半，“轰隆”一声落入海中。

黑袍青年等三人停了下来，目瞪口呆地看着眼前发生的一切。

半空的青光消散开来，现出一个方面浓眉的中年男子。

“多谢前辈的救命大恩！方才情急之下，我等贸然向前辈呼救，还请前辈见谅。”黑袍青年等三人互望一眼后，连忙飞了过去，深施一礼，恭敬地说道。

此人一出手便斩杀了雷蚓兽，起码有合体期修为，甚至可能达到了大乘期，所以黑袍青年等三人言语之间无比恭敬。

方面中年男子看了三人一眼，目光在黑袍青年身上略微停留了一下，淡淡开口道：“你们可都是黑风岛的修士？”

“正是。我等三人常年居住在黑风岛，在下更是从小在黑风城长大，对那里非常熟悉。前辈如果有什么需要，在下可以效劳。”黑袍青年立刻说道。

“听你这口气，倒是很像一个风信子。”方面中年男子眼中光芒微闪，淡笑道。

“前辈法眼如炬，在下以前确实做过一段时间风信子。”黑袍青年笑着说道。

“哦，你叫什么名字？”方面中年男子问道。

“晚辈暮雪。这两位是方犀道友和方薇道友。”黑袍青年恭声答道。

方面中年男子挑了挑眉，一时没有说话。

此男子不是别人，正是赶了差不多一个月的路，终于来到黑风岛附近的韩立。

他没想到竟会在这里偶遇暮雪，若非是故人，他也不会因此停下来，继而出手。毕竟修士与妖兽相斗，有死伤很正常，外人没必要插手。

说起来，暮雪当年不过是结丹期修为，如今竟修炼到了化神期。虽说这其中有自己赠送灵石功法相助之功，但这个提升速度算是很快了。

暮雪自然没有认出韩立，韩立也没有和对方相认的意思。

暮雪等三人见这位前辈有些古怪，不敢贸然打扰，互望一眼，静静地站在一旁。

“此处并非安全之地，我正要去黑风城，就捎你们一程吧。”韩立沉默了一会儿，开口说道。

说完，他伸手在储物袋上一拍，一团青光从中飞射而出，化为巴掌大小的精巧灵舟，外形颇像一只青色飞鸟，正是他那艘青鸾飞舟。

飞舟在法诀催动之下，迅速变大，化为十几丈长。飞舟两侧青光一闪，分别浮现四只毛茸茸的青色羽翼，仿佛雏鸟的翅膀，羽翼飞快扇动，看起来极为灵动。

“哇，好可爱！”红衫女子眼睛一亮，忍不住说道。

络腮胡男子略微处理了身上的伤势，听到女子此话，脸色微变，转头瞪了女子一眼。

红衫女子立刻醒悟过来，这位前辈是男子，自己称赞其飞舟玄妙倒也罢了，用可爱来形容确实不妥。女子俏脸微红，急忙低下头去。

“无妨，禁制变化而已，都上来吧。”韩立温和一笑，说道。

暮雪和红衫女子急忙飞了起来，落在飞舟上。

络腮胡男子看了韩立一眼，眼中闪过一丝犹豫，没有动。

“前辈，请恕我得寸进尺，这雷蚓兽……”他目光瞥向下方海面上的妖兽尸体，欲言又止。

“此物对我无用，你若是想要，就去收起来吧。”韩立头也没回，淡淡地道。

“多谢前辈！”

络腮胡男子闻言大喜，朝着韩立行了一礼，随后飞到了雷蚓兽的尸体旁边。他不敢耽搁太久，收取几样重要材料后，便飞回了飞舟。

韩立单手掐诀，正要催动飞舟，周围海域突然晃动起来。

他目光四下一扫，发现附近海面掀起一道道巨浪，发出“隆隆”巨响。

与此同时，数百里外，一座无人海岛上腾起滚滚浓烟，一股粗大的赤红岩浆从地面喷射而出，直冲天空。

暮雪等三人见此情形，俱是一惊，但见韩立神色自若，三人互望一眼后，不敢开口说话。

韩立面上神色未变，心中却是一动。

来黑风岛的这一路上，他经常看到海啸、地震等天灾，黑风海域以前虽然也有此等情况出现，但绝没有如此频繁。

他摇了摇头，收回目光，挥手打出一道法诀。

青鸾飞舟微微一颤，然后青光大放，飞舟两侧的羽翼“呼啦”一下，骤然变大了数倍，化为长长的青色羽翼。

飞舟一闪，化为一道青光，往前电射而去，速度极快，转瞬便消失得无影无踪。

“你们可知道黑风岛如今的情况，与青羽岛的争斗还在持续吗？”韩立一边驱动飞舟，一边随意地问道。

“启禀前辈，自从海域各地出现异变以来，黑风岛和青羽岛的争斗便停止了。”暮雪恭敬地答道。

“你口中的异变，可是指眼前这样的海啸，以及火山爆发？”韩立眉梢一挑，又问道。

“正是。”暮雪点头说道。

韩立闻言，若有所思地点了点头。

接下来，韩立没有再说什么，暮雪等三人自然也不敢随意开口，几人沉默赶路。

以青鸾飞舟的速度，没过多久便抵达了黑风城，在城外某处停下。

“此番多谢前辈出手相救，不知能否知晓前辈姓名，我等必将铭记于心。”暮雪等三人下了飞舟，再次感激道。

“不必了，萍水相逢而已，你们走吧。记得，修炼虽然重要，但性命毕竟只有一条。”韩立淡淡说道。

说完，他不等三人说什么，身形一晃，朝着城池入口飞去。

三人目送韩立离开。良久后，络腮胡男子才神色郑重地问道：“暮道友，此次我们能够坚持到前辈出手相救，多亏你施展了两次符箓。你放心，将这雷蚓兽的材料卖掉后，获得的灵石我们三人平分。”

暮雪笑着对络腮胡男子点了点头，目光再次看向远处的城门口，眼中闪过一丝异样的光。

“暮道友，你怎么了？”红衫女子问道。

“没什么，我们走吧。”暮雪笑了笑，朝着城外一个方向飞去。他的余光却不由得再次朝城门口望了一眼。

这位前辈的言行举止，不知为何隐隐给他一种熟悉的感觉。只是无论他怎么想，都想不起以前在哪里见过这位前辈。

黑风城的护城大阵已经被激发，韩立缴纳了一些灵石后，很快进入城内。他没有在外城停留，径直朝城池中心区域而去。

韩立缓步行走在黑风城内一条主街道上，街道尽头是一个巨大的广场，广场上耸立着一座高塔，正是黑风城的传送塔。

他朝周围的商铺望去，眉头微皱。此处是黑风城内最繁华的地方，街道上却没有多少人，两边商铺里的顾客也很稀少，和以前繁华热闹的景象大不相同。

他心中诧异，脑海中回想起刚刚暮雪的话，思考了片刻后，走进了旁边一家材料铺。

“欢迎贵客光临，不知有什么需要？本店虽然不大，但货源极广，一定不会让您失望的。”商铺掌柜看到韩立进来，立刻笑呵呵地迎了上来。掌柜身材矮胖，穿着一件金袍，头戴圆帽，看着十分富态。

韩立的目光在商铺内扫了两眼，随便买了几株少见的灵草，付了灵石后，就像闲聊一般问道：“掌柜，我以前也来过黑风城几次，那时候这里极为繁华，为何如今变得如此萧条了？”

“唉，还不是这些年的天灾导致的。也不知为何，这些年整个黑风海域都不太平，据说不少海岛直接沉没了，如今很多岛屿都开始闭关封岛，这里虽然还能自由进出，但城中的生意是一落千丈了。”矮胖掌柜摇了摇头，说道。

“以前怎么从没见过，甚至没听说过这等天灾？”韩立皱眉问道。

“个中缘由，我们这些人自然是不清楚。有传言说是因为海底灵脉动荡，也有人说是将有惊天异宝出世，其威力外泄所致，更有甚者说这是黑风海域即将毁灭的征兆。不过，这些都只是传闻，不知真假。”矮胖掌柜压低声音，神秘兮兮地说道。

韩立眉头微皱，这些说法听起来都很荒诞，并不可信。

“且不说这些，掌柜可知黑风城连接外面的传送阵，还有多久才能开启？”韩立苦笑一声，随后又问道。

他此番来黑风城的主要目的，是想离开这片海域，到外面去找一找。毕竟想单纯靠在无常盟发布任务找到进阶金仙的途径，几乎不太可能，与其在这里干等，不如去外面碰碰运气。

“贵客若想去外面，可能要失望了。您可能还不知道，十几年前传送阵开启后，陆均岛主便宣布将关闭传送阵千年。”矮胖掌柜摇了摇头，说道。

“传送阵关闭千年！岛主怎么突然决定关闭传送阵？”韩立闻言，脸色一沉，追问道。

“陆岛主自然有其用意吧。”矮胖掌柜两手一摊，说道。

“多谢了，告辞。”韩立眉头紧皱，朝矮胖掌柜拱了拱手，转身朝着外面走去。

他走出商铺，在街道上走了片刻，迈步走进了另一家商铺。他觉得矮胖掌柜应该不会骗他，但此事他必须再确认一下。

很快，他便再次走了出来，脸色有些难看，转身又走进了另一家商铺。

小半个时辰后，韩立在街道上站定。

他先后打听了十几家大大小小的商铺，得到的消息都是一样，传送阵短时间内确实不会开启，而且陆均并未给出任何理由，非常突然地下了这个命令。

韩立神色阴沉，站了片刻后突然飞射而出，朝着岛王府方向飞去。

岛王府看起来倒是和以前相比没有太大变化，一栋栋黑色建筑仿佛一头头黑色巨兽矗立着，散发出阴森的气息。

数栋建筑被各色禁制笼罩，这些禁制彼此连接在一起，看起来比以前更加宏大，绽放出耀眼光芒，形成一连串巨大光团，让外人无法看到岛王府里面的情况。

岛王府门前的符信殿仍旧开着，不过殿内此刻只有几个修士，看起来空空荡荡，和以前人来人往的热闹情况截然不同。

韩立驻足在符信殿门前，抬头朝岛王府方向望了一眼。此处看起来没有什么异样，但明里暗里多了好多眼线，一道道或明或暗的神识交织在一起，探查着所有靠近的人，防御比之前严密了数倍。

韩立心中惊讶，迈步朝符信殿内走去。

这里的警戒变得前所未有的严密，显然不会仅仅是因为海域出现异常的天灾那么简单。

他刚刚迈入符信殿内，远处天际有两道遁光飞射而来，眨眼间就在岛王府门前落下。遁光一敛，现出了两个人。

其中一人是三十来岁的少妇，虽然身穿一件道袍，看起来像是出家人，但并未剃度，风姿优雅。

另一人则是身穿白衣的男子，背一柄长剑，目光锐利。

白衣男子并没有直接进入岛王府，而是神色一凛，朝着周围望去。

“卢长老，怎么了？”少妇觉得有些奇怪，问道。

“没什么……”白衣男子目光再次在街上扫视了一圈，淡淡说道，剑眉却微微皱了一下。

就在刚刚，他的神识感应到了些许异样，似乎有人在暗中观察他一般。不过这种感觉一闪即逝，他也不敢确定是不是自己的错觉。

白衣男子不死心，又将神识散发开来，笼罩附近区域，仔细地探查了一番，也没有发现任何异样，不禁眉头微微一蹙。

“走吧，别耽误了正事。”少妇低声道。

白衣男子这才点了点头，与少妇并肩走进了岛王府，守门的护卫对二人并未阻拦。

良久之后，韩立才从符信殿走了出来，迈步朝着另一个方向走去。

他面上平静，心中却翻江倒海。

那个少妇他虽然不认得，但那个白衣男子他是认识的，正是北寒仙宫的一名金仙，卢越。此人怎么会出现在黑风海域？

“莫非与我有关？”韩立脑海中忽地冒出这个疑问。

他的心一下子提到了嗓子眼，脚下仍旧迈步前行，神识却悄然放出，牢牢地锁定了身后的岛王府方向。同时，他体内的仙灵力暗暗运转，只要周围出现任何异样，他便立刻发出全力一击。

直至走出了数十里，他紧绷的心弦才微微放松，但仍然不敢放松警惕，继续加快脚步，朝着远处走去。

一个时辰之后，一道青色遁光从黑风城门口飞出，朝着远处海域疾驰而去。遁光中的人，正是韩立。

一口气飞出数万里后，遁光中骤然浮现一道道金色雷光，凝聚成一个雷电法阵，无数金色符文在里面跳动。

金色雷光一阵波动后，韩立的身影消失无踪。

第195章

深入惊风

数百万里外，一处原本平静无波的海面上空，发出“噼啪”声，接着金光闪动，浮现一道道金色雷电。这些雷电交织缠绕，形成了一个玄奥的雷电法阵。

金色法阵一闪而逝，原本法阵中央，韩立的身影浮现。

他一站稳，便将神识散发开来。

确认方圆万里内没有任何异样后，他才心中一松，接着转头朝黑风岛方向望去，目光闪动。

他觉得卢越此番来黑风海域，应该是有其他目的，并非为了找寻自己。自己虽然上了北寒仙宫的通缉令，但毕竟只是一名真仙境修士，北寒仙宫还不至于动用一名金仙专程来对付自己。

话虽如此，但韩立丝毫不敢掉以轻心。虽然如今他面对金仙境修士有自保的能力，但若是被对方知道自己在黑风海域，麻烦可不小。

此外，从卢越直接走进岛王府的架势来看，此人似乎与黑风岛也有些关联。

念及此，韩立脑海中不由得想起当初回黑风海域时遇到的那群奇怪之人，那些人似乎与黑风岛关系匪浅的样子。莫非那些人也是北寒仙宫之人？

韩立心中念头转动，翻手取出了一个黑色阵盘，手中掐诀。黑色阵盘上顿时浮现一团团黑光，然后凝聚到一起，形成了一个传音法阵。

韩立嘴唇微动，发出一条信息后，静静等候。

足足等了一刻钟，传音法阵仍没有反应。

韩立见此，眉头微微一皱。

这个传信阵盘，正是之前离开轮回殿那处秘境时，蛟三给他的。他本想通过此人打探一下黑风海域如今的局势，岂料此人对自己的传信，丝毫没有回应。

韩立不由得摇了摇头，单手一翻，将黑色阵盘收了起来，目光望着眼前平静的海面，心中念头转动。

如今的黑风海域就好比这海面，虽然表面看起来风平浪静，黑风岛与青羽岛之间的争斗也暂时偃旗息鼓了，但内里隐隐有暗流涌动。

首先是轮回殿，这股神秘势力与北寒仙宫是死对头，它突然出现在黑风海域，还软硬兼施地将自己招进去，炼制古怪丹药，不知在图谋何事。如今北寒仙宫之人也出现在这里，而且与这片海域最大的势力黑风岛有说不清道不明的关系。

如此谜一般的乱局，继续留在此地，对自己实在没有任何好处，还是尽快离开这个是非之地为好。

只是黑风岛通往外界的传送阵已被关闭，他如果想离开，只能横穿落魄惊风了。以他的神识之力，在定风珠的加持下，应该能够应付。说起来，他本就对落魄惊风深处的情况有几分好奇，这次正好可以去一探究竟。

心中计定后，韩立呼出一口气，身上青光一闪，正要飞射而出，但紧接着身形一滞，转头朝着一个方向望去。

他犹豫了一下，化为一道青光，朝着那个方向而去。

此时此刻，黑风城岛王府内一处幽深大殿。

此殿宽只有四五丈，深却有二三十丈，大殿深处摆了两排木架，架子上燃着通红的蜡烛，散发出阵阵奇异幽香。昏黄的烛光照不亮昏暗的大殿，反而使这里看起来更加幽深。

大殿尽头是一个三级平台，一个白袍男子端坐在平台的主座上，此人正是萧晋寒。

萧晋寒眼睛紧闭，似乎在修炼，道道黑光从他身上散发而出，覆盖了周围三丈。

一股诡异的气息笼罩整个大殿，仿佛一头无形凶兽在殿内走动，让人喘不过气来。

两个人站在下首，正是卢越和少妇。二人神情恭敬至极，额头隐隐流汗，不敢出声。

良久之后，萧晋寒睁开眼睛，他周身的黑光立刻尽数没入他的体内，大殿内的诡异气息顿时消失。

卢越和少妇面色一松，稍稍站直了身体。

“事情办得如何？”萧晋寒问道。

“宫主放心，一切都按照您的吩咐办妥了。八荒流离阵已经重新加固，入口绝不会被苍流宫和伏凌宗之人感应到。”卢越恭敬地答道。

“我们的主要敌人是轮回殿。”萧晋寒眼睛一眯，眼中闪过一丝寒光。

“是。轮回殿那些人如今恐怕正如无头苍蝇般乱转，根本无法发现真正入口所在。”卢越只感觉一股压力笼罩而来，面色顿时一白，急忙说道。

“此事你们务必小心，绝不能出任何纰漏！”萧晋寒这才满意地点了点头，沉声说道。

“请宫主放心！”卢越立刻说道。

萧晋寒放松了下来，无声地挥了挥手。

卢越和少妇恭敬行礼，退了出去，直到走出宫殿老远，二人紧绷的心才松懈下来。

“宫主的修为越发高深了，只要这次行动顺利，离突破太乙境恐怕不远了。”少妇说道。

“正因如此，此次计划只许成功，不许失败。”卢越缓缓说道。

“这个当然，我知道的。”少妇立刻点头。

二人快步离开，消失在远处。

远处的一个阁楼上，两个人站在窗边，看着卢越和少妇远去，正是陆均和陆雨晴。

“父亲，这次仙府……”陆雨晴说道。

陆均面色微变，连忙瞪了陆雨晴一眼，阻止她说下去，然后关上窗户转身走进阁楼深处。

陆雨晴暗暗吐了吐舌头，跟在父亲后面。

陆均在阁楼深处的一个房间停下，两手一挥，打出一道道法诀。

房间周围浮现一道道禁制，足有七八层，将此处严严实实地罩住。

陆均伸手在一处墙壁上拍打了一下，墙面随即裂开，现出一个暗门。

两人走了进去，暗门立刻关上。

暗门后面是一个小房间，墙壁是用一种黑色晶石砌成，散发出黝黑光芒。

一进入这个房间，就仿佛进入了另一个空间，和外面彻底隔绝。

“晴儿，我已经和你说过多次，那些人修为极高，谁也不知道他们的神识达到了什么程度，我们的一言一行都要万分注意，整个岛王府，恐怕只有这处黑幽间相对安全一些。”陆均沉声说道。

“是，女儿记住了。”陆雨晴点了点头。

陆均神情这才放松下来，满含爱意地拍了拍陆雨晴的肩膀，在桌子旁坐了下来。

“父亲，我们黑风岛这些年一直为北寒仙宫出人出力……别的不说，我们为了和青羽岛争斗，三十六座外岛半数化为了废墟。现在仙府出世，难道真的不能分给我们一个入府的名额？”陆雨晴有些不忿地说道。

陆均的脸抽搐了一下，涩声道：“北寒仙宫是何等存在，我们区区黑风岛在人家眼中根本排不上号。”

陆雨晴听闻，脸上怒色更重。

“算了，这种事情不必奢望，只希望此事结束，北寒仙宫能履行承诺，不再干涉我们黑风海域的事宜。”陆均叹道。

半月之后。

乌蒙岛数万里外的一处海域上空，伴随着金色雷电闪动，韩立从雷电法阵中浮现。

他目光四下一扫，便朝着乌蒙岛方向飞去。

片刻后，韩立一闪而现，出现在乌蒙岛附近。

他望着下方完好无损的乌蒙岛，心中微微一松，看来先前那些诡异频繁的天灾，并未波及这里。

整座岛屿仍处于闭关封岛的状态，各处禁制也依旧在正常运转。

韩立取出一个储物镯，挥手发出一道青光，包裹住储物镯，随后光芒一闪，储物镯就消失不见了。

乌蒙岛一处密室内，洛风盘膝而坐，身上光芒缭绕，不时变幻成各种形状，似乎在修炼一门秘术。

突然，他身前出现一团青光，里面是一个储物镯。

青光一闪消散，储物镯顿时掉在了地上，发出“啪嗒”一声轻响。

洛风体表青光一闪，然后尽数消散开来，睁开了眼睛。

他看到地上的储物镯，微微一怔。就在此时，他耳边传来了韩立的声音：“接下来的百年，继续封岛，休养生息。”

“是！”洛风赶忙站了起来，神色恭敬地抱拳说道。只是除了此前的声音外，便再没有其他任何声音了。

洛风等了一会，这才拿起地上的储物镯，放出神识没入其中，脸上顿时一喜。

储物镯中有一些灵石材料，数量颇多，足够乌蒙岛用数百年了。

此时的韩立，已经来到了地祇化身修炼闭关之处。他此次绕道来乌蒙岛，查看岛上的情况是其次，最主要的还是为了取走地祇化身这些年炼制的重水。

韩立悬在半空中，望着下方海面上正在旋转的巨大漩涡，眼中闪过一丝惊讶之色。

这漩涡的直径足有千里，外围海浪翻滚，形成一道道高逾百丈的巨浪，朝着四面八方席卷而去，声势惊人。

这般大的动静，他在过去可从未见过。

“难道……”韩立忽然想到了什么，二话不说，俯冲而下，直接跳入了漩涡。

海底平台，地祇化身全身散发出耀眼蓝光，蓝光交织，形成了一个直径数十丈的蓝色光团。

此外，地祇化身头顶还悬浮着一根蓝色光丝，比之前粗大了倍许，无数蓝色符文在光丝周围跳动。庞大的气息从地祇化身身上散发而出，赫然已达到了真仙境后期的层次。

韩立见此，眼中闪过一丝喜色，却没有太惊讶。

这具化身先前已达到了真仙境中期巅峰，这些年他虽然忙于修炼，但仍不时凝聚晶粒传回来供其修炼，只要有足够的晶粒供给，在数百年内进阶到真仙境后期倒也不是什么难事。

毕竟在这数百年的时间内，地祇化身凝聚的重水已经堪比其他修士数百万年的量了。

思量间，地祇化身周围的蓝光一阵波动，然后尽数融入其体内，接着其站了起来，目光一转，看向了韩立。

“将你身上所有的重水都给我。”韩立直接开口道。

地祇化身闻言，翻手取出两只黑色袋子递了过来，正是此前韩立从无常盟购来的天水袋。

韩立放出神识一扫，深吸了一口气。

一只天水袋已经装满，另一只天水袋也装了差不多一半，看来随着修为的提升，地祇化身凝聚重水的速度也提升了不少。

韩立手中掐诀，体表浮现一层星光，伸手接过袋子。

虽然已经有所准备，但韩立在接过两只袋子后，两只手臂仍然微微一沉，小腹上一阵星光闪动，隐约浮现十八个星辰光点，这才轻松托起了这两只袋子。

韩立见此情形，脸上露出了满意的表情。

这两袋重水，再加上之前的那一袋，已经足够在战斗中发挥作用。

他将两只天水袋收了起来，然后翻手取出三个空的天水袋，递给地祇化身，吩咐其继续凝聚重水。然后他便没有在此久留，悄无声息地朝着远处飞去。

飞了一段距离，不太引人注目后，韩立立刻施展雷阵传送赶路。

那套拘雷木传送法阵，在他来乌蒙岛的时候正好顺路，就收了过来。

大半个月后，黑风海域边陲某处。

一道青光从远处飞射而来，一闪落下，青光敛去，现出韩立的身影。

前方便是落魄惊风区域，入眼都是黑色阴风，接天连地，排山倒海。

韩立看了前方的阴风一眼，翻手祭出定风珠，然后一头扎进了阴风之中。

阴风立刻向他袭来，但被定风珠削弱了大半，自然无法对他造成太大的影响。

韩立经过了起初的尝试和适应，发现身体没什么大碍后，便开始缓缓提速，朝前方飞去。

由于此地的天地灵气受阻，影响仙灵力的补充，故而来此之前，他花费不少仙元石，从无常盟买了一批恢复类丹药，准备得非常充足。

时间一点点过去，转眼，韩立已经在落魄惊风中前进了四五日。他现在所处区域深入落魄惊风的程度，已经远远超过轮回殿的那处秘境了。

周围的落魄惊风不再是之前那种散乱的状态，而是凝聚在一起，化为一道道巨大的黑色风柱，仿佛无数黑色巨龙，呼啸来去。

一道道巨大风柱冲击而来，虽然一进入定风珠散发出的波纹范围，其威力就会立刻大减，但这风柱之威仍然非同小可，几乎堪比大乘期修士的全力一击。

韩立全身银光闪耀，那光在体表凝聚成一层半透明的真极之膜。一道道风柱袭来，狠狠轰击在他身上，却仿佛撞击礁石的浪花，瞬间消散。

这些阴风他倒不放在眼中，只是从这些风柱中发出的一声声低吼怪叫，令人惊心动魄，比刚刚进入落魄惊风时厉害了十倍。虽然这些怪叫声被定风珠削弱了大半，但仍然非常可怕。

韩立为此不得不放缓了前进的速度，并开始催动炼神术抵御，这才承受了下来。他整个人化为一道黑色流光，仿佛一叶扁舟，在阴风中穿梭前进。

时间一点点过去，数日后，周围的落魄惊风已形成了一道道连天接地的黑色龙卷风柱。

这些风柱四下游走，时而交错，时而分开，铺天盖地，韩立入目之处，皆是漆黑一片，根本无法视物。

韩立身处定风珠所化的黑色护罩之中，在龙卷风柱之间穿梭，尽量不正面碰触这些风柱，同时屏息凝神，守住神识海。

他可以清晰地感受到这些风柱中蕴含的阴寒气息，其威力之强，即便是他也不想正面承受。

如今虽然他仍在不断前进，但速度比起之前已经大减。

此处的鬼啸摄魂之音比之前又强了很多，他虽然还能承受，但已经不敢再将神识散发出体外。

神识之力是神魂的延伸，神识散发出去，一旦碰触到周围的落魄惊风，风中的鬼啸之音对他的影响更大。

所幸他还有明清灵目，双眸中蓝光闪烁，无须神识也能清晰地感知周围阴风的动向，否则他早已寸步难行了。

“呼呼！”

一道巨大的黑色风柱呼啸着席卷而来，速度极快。

韩立身体一扭，仿佛一尾灵活的游鱼，贴着风柱闪开了。

不过就在此刻，一道黑影从风柱中电射而出，直扑韩立而来，速度极快，仿佛一道黑色闪电。

黑影快，韩立反应更快。

他并指一挥，一道明亮的青色剑气冲出，准确地斩在那道黑影上。

黑影被剑气斩成两截，外面的黑气消散开来，露出了里面的真身，竟然是一条浑身漆黑的怪蛇。

此蛇有丈许长，头生三角，通体乌黑，散发出极重的阴寒气息，双眸呈暗红色，看起来冰冷至极。

被斩成两截之后，此蛇竟然没死，两截残躯一扭，便重新融合到一起，好像没有受伤一样，只是散发出的阴寒气息减弱了不少。

韩立看到此景，眼中闪过一丝惊讶。

黑色怪蛇并没有逃走，口中发出怪叫声，眼中凶光更盛，看起来是想再次发动攻击。

只见它身躯一扭，化为一道模糊残影消失无踪。

下一刻，黑色怪蛇便出现在韩立背后，猛地张口一咬。

韩立淡淡一笑，单手一挥。

黑色怪蛇上空波动乍起，一只青色大手浮现，往下闪电般一捞，一把将黑色怪蛇抓在了手中。

黑色怪蛇奋力挣扎，却挣脱不了青色大手的控制。

青色大手抓着怪蛇，飞到了韩立身前。

“这是……”韩立看了黑色怪蛇两眼，眉头微蹙。

此蛇看起来似乎是由此处的阴寒之气凝聚而成的怪物，并无实体，和寻常妖兽大不相同。

为了穿越落魄惊风，他先前翻阅了不少关于落魄惊风的典籍，其中一本典籍上提及，在落魄惊风深处生活着一些怪异阴兽，很难对付。这黑色怪蛇，想来就是其中的一种。

韩立手中微动，青色大手猛地握紧。

“啪！”

黑色怪蛇被捏爆，化为一股黑气。令人奇怪的是，这些黑气并没有消散，反而仿佛活物一般蠕动起来，眼看便要再次汇聚到一起。

韩立面色微沉，屈指一弹。

“噼啪！”

一道金色电弧从韩立指间疾射而出，打在黑气上，正是辟邪神雷。

黑气仿佛遇到了克星，扭曲着发出一声惨叫，随即彻底飘散。

韩立见此，心中一松。不过他并没有在此多留，继续往前飞遁而去。

这条黑色怪蛇只是一个开始，在之后的途中，不时便会从阴风中蹿出一些阴兽，袭击韩立。这些阴兽的实力倒是不强，但身体可以虚实变幻，颇难对付。

幸好韩立的辟邪神雷能够压制这些阴兽，一路行来倒也没有太费事。

“咦！”

韩立面上露出惊讶之色，轻咦了一声。

原本视野中密密麻麻的黑色龙卷风柱突然变得稀疏，而且体积也比之前小了很多。

韩立心中惊讶，却没有停下来，而是继续往前飞去。他发现越是向前，周围的阴风柱越少，到了最后竟然完全消失了。

呼啸的阴风不见了踪影，只剩淡淡的黑雾轻轻飘荡，阴寒之感随之减弱，那些阴兽也消失无踪。

阴风消失，那些鬼哭狼嚎的声音也几乎听不到了，此处仿佛是一片安静的黑雾区域。

“难道我已经穿过了落魄惊风？”韩立心中暗道，随即立刻摇了摇头。自己进入落魄惊风总共还不到半个月时间，绝不可能这么快就穿越了落魄惊风。此处定然还在落魄惊风内，恐怕是到了一个特殊的区域。只可惜他找到的关于落魄惊风的典籍很少，其中并未记载这种情况。

韩立沉吟片刻，身上青光一亮，继续往前飞遁而去。不过他刻意放慢了速度，同时眼中蓝光闪烁，小心地探查着周围的一切动静。

韩立这一飞就是小半日，周围始终黑雾弥漫，越往前去，雾气就变得越浓郁，到了最后，雾气浓郁到恍如实体。

到了此时，即便他施展明清灵目，也看不了多远。而且雾气之中不再像之前那么安静，开始传出一阵阵怪异而尖锐的声音，仿佛小儿啼哭一般。

这声音虽然不大，甚至时有时无，但威力比先前的鬼哭狼嚎更大。

韩立眉梢一挑，看来自己是到了一个新的区域。

他将遁速再次放缓，同时双目一闪，射出两道尺许长的蓝光，查看着周围的动静。

在黑雾中前进了一段距离，他面色忽地一变，飞遁的身形骤然停了下来，眼睛朝着前面望去。

一阵“隆隆”声从前面传来，原本静静飘荡的黑色雾气骤然剧烈地翻涌起来。

声音越来越大，周围的雾气也翻涌得越来越剧烈，最后如同沸水一般，陡然沸腾。

韩立眉头越皱越紧，正考虑是否要去后面或者旁边躲避一下。

就在此刻，他周围的黑色雾气疯狂旋转起来，一个巨大的旋涡浮现。

他此刻的视线范围，竟然看不到旋涡的全貌，甚至连旋涡中心也看不到，可想而知，这旋涡有多大。

强大的吞噬之力从旋涡中心散发而出，笼罩了他的身体。

这力量十分庞大，韩立的身体被硬生生拔起，朝着旋涡中心飞去。

他面色一沉，全身青光大放，这才稳住身形。

韩立朝着旋涡中心望了一眼，眼中寒光闪动，身上青光再次一亮，朝着旁边飞射而去。

前方雾气一阵翻涌，一道黑影从里面飞射而出，赫然是一只房屋大小的黑色蛤蟆阴兽，脖颈粗短，全身疙疙瘩瘩，看起来颇为恐怖。

黑色蛤蟆大口一张，喷出一道浓郁黑光，朝着韩立当头射来，似乎有意阻拦他离开。

黑光散发出惊人的阴寒之力波动，所过之处也浮现出道道冰痕，似乎被冻结了一般。

韩立冷哼一声，单手一挥。

一柄飞剑飞射而出，微微一颤，便化为一柄十几丈长的青色巨剑，剑上浮现一道道金色电弧。

青色巨剑瞬间化为一柄金色雷剑，斩在了黑光上。

“轰隆！”

黑光在金色雷剑面前不堪一击，只坚持了一瞬，便轰然爆裂开来。

金色雷剑一闪，下一刻就出现在蛤蟆阴兽头顶，当头斩下。

“刺啦！”

金光闪动，蛤蟆阴兽被辟邪神雷劈成了两半，化为两团黑气飘散开来。

韩立虽然斩杀了蛤蟆阴兽，但被其耽搁了一点时间。他身后的巨大旋涡再次逼近，周围的撕扯之力猛增。

韩立面色微沉，手中掐诀，身上青光闪耀，正要施展秘术飞遁离开。

就在此刻，巨大旋涡之中一道粗大黑影闪过，迅疾无比地弹射而出，一条巨大的腕足以不可思议的速度，一下缠住了韩立的身体。

幸亏韩立早就施展出了真极之膜，那腕足虽然缠住了他的身体，但并没有真的碰到他。

他脸色微变，随即冷哼一声，手中掐诀。

韩立身上顿时青光连闪，两柄青竹蜂云剑飞射而出，斩在黑色腕足上。

“哧哧哧！”

黑色腕足坚韧无比，青竹蜂云剑只斩入一点点，便停了下来。

韩立眉梢一挑，面露惊讶之色，正要再做什么。

黑色腕足猛地缩回，力量庞大。韩立猝不及防，被一下拉进了巨大旋涡中。

他只觉眼前一花，下一刻便出现在一个剧烈旋转的暴风眼中，周围都是急速旋转的黑气，发出轰鸣声，仿佛千军万马奔腾而过。

巨大的撕扯力从四面八方袭来，作用在他身上，比刚刚强大了数倍。

黑色腕足仍然缠绕在他身上，而且在不停蠕动，飞快收紧。好在真极之膜十分坚固，任凭黑色腕足如何收缩施压，始终岿然不动。

韩立被拉进旋涡中心后，反而镇定了下来，也不去理会身上的黑色腕足，目光朝着周围望去，眉头微皱。

就在此时，沉闷的吼声从旋涡中心传来，伴随着“嗖”的一声，前方黑影一闪，又是一根黑色腕足飞射而出，缠绕在韩立身上，同样快速收缩。

韩立收回目光，朝着旋涡深处望去，眼中光芒一闪，手中掐诀。

第196章

雾影重重

“噼啪”之声大作！

那两柄斩入黑色腕足的青竹蜂云剑表面突然浮现一道道金色雷电，剑身瞬间变大，化为了两柄十几丈长的金色雷剑。

金色雷剑闪电般旋转，发出一连串“砰砰”闷响，斩向缠绕在韩立身上的黑色腕足。黑色腕足被斩成数截，随即化为一团团黑气飘散。

“嗷——”

一阵怪叫声从旋涡深处传来。

韩立定了定神，朝着旋涡深处望去，眼中蓝光一闪。

只见旋涡深处浮现一团巨大黑影，正迅速朝自己所在的方向逼近。

韩立见此情形，并没有后退躲避，此处依旧充斥着撕扯之力，以他目前的实力虽然尚能移动，但已有些艰难。

他心中念头转动，单手一招，不远处的黑气中金色雷光一闪，先前那柄斩杀了蛤蟆阴兽的雷电巨剑随即飞射而回，停在他身侧。

三柄金色雷剑悬在他身旁，剑身金色光点缭绕，缓缓转动。

下一刻，一团巨大黑影飞射而来，赫然是一只身长数十丈，仿若一座小山的巨型章鱼。

此兽通体漆黑，唯有一双水缸大小的眼睛闪烁着红光，散发出冰冷和阴毒的气息。

章鱼怪兽的腕足尽数挥舞，掀起阵阵狂风，其中两条赫然从中断裂，断裂处黑光闪烁，正在以肉眼可见的速度飞快复原。

庞大的阴寒气息从此兽身上散发而出，比刚刚那只蛤蟆阴兽强大何止十倍，已堪比寻常真仙境后期修士了。

此兽一现身，所有腕足蓦然模糊，交织成一张黑色的大网，朝着韩立席卷而来。

韩立见此，眉头微皱。

这些阴兽看起来实力不弱，但灵智似乎都不高，一味嗜血蛮杀，根本不会衡量双方的实力差距。他此前专门研习了一两门秘术，能和无法言语的异兽灵物简单沟通，不过前提是对方灵智清晰。

如此一来，他原本想擒住此兽探查一下这片黑雾区域的情况的打算，也无法实施了。

韩立摇了摇头，手中掐诀一点。

他身旁的三柄雷电巨剑呈“品”字，化为三道金色电光疾射而出。

“刺啦”一声！

三柄巨剑上金色雷电猛地大盛，表面腾起一道道金色电弧，彼此连接在一起，形成一张金色电网。

数道粗大的金色电弧在金色电网上弹跳爆裂，和章鱼腕足形成的大网轰然相撞。

一连串“哧哧”声响起，黑气、金光交织，光芒四射！

腕足表面的黑气一触及辟邪神雷，立刻崩溃消散，金色电弧在腕足上蔓延，大半的腕足上都浮现一道道纵横交错的伤痕。

黑色腕足虽然是由此地特有的阴气凝聚而成，被辟邪神雷克制，但因其太浑厚，辟邪神雷也无法将其一击解决。

章鱼阴兽口中发出一声惨叫，眼中浮现一丝惊惧之色，似乎才明白眼前这个敌人不是它所能抗衡的。它身躯一动，便要转身朝着远处飞遁而去。

韩立岂容它就这么逃掉，眼中光芒一闪，手中立刻掐诀。

三柄巨剑立刻滴溜溜旋转，一道道金色剑影浮现，急追上去，斩在章鱼腕足上。

“刺啦！”

剑影连闪，眨眼间，所有腕足几乎被尽数斩断。

章鱼阴兽再次发出一声惨叫，丝毫不管被斩断的腕足，大口一张，喷出一团漆黑如墨的液体。

这团液体一出现，立刻膨胀开来，化为一个漆黑云团，一下裹住了漫天剑影和三柄金色巨剑。

三柄金色巨剑被黑云中的力量禁锢，动弹不得。

章鱼阴兽全身黑光大放，化为一团黑影朝着远处飞射而去，速度极快。

此处旋涡的撕扯力，似乎对这章鱼阴兽没有丝毫影响。

韩立冷哼一声，手中掐诀，疾飞而出。

三柄金色巨剑光芒大放，继而融为一体，化为一柄百丈长的巨剑，上面浮现一道道粗大的金色电弧，刺目耀眼，散发出骇人的威压。

百丈巨剑微微一转，一股巨力爆发出来。

“轰——”

周围的黑云立刻被撕裂，飘散开来。

金色电弧猛地一亮，百丈巨剑消失无踪，下一刻，巨剑就出现在章鱼阴兽的头顶，以不可思议的速度斩在章鱼阴兽的身上。

“刺啦！”

章鱼阴兽毫无抵挡之力，身体被巨剑劈成两半，化为漫天黑气飘散。

韩立挥手掐诀，百丈巨剑倒射而回，表面雷光尽数消失，随即化为三柄青色飞剑没入他的衣袖中。

但下一刻，他眼中蓝光一闪，口中轻咦一声，挥手发出一道青光，没入黑气之中。

青光很快倒卷而回，包裹着一颗墨绿色圆珠，送到他身前。

绿色圆珠有拳头大小，表面浮现一层碧绿的光芒，晶莹剔透，看起来很像是木属性灵石，只是此物散发出一股阴寒至极的元气波动，和木属性灵气截然不同。

“这是什么，莫非是妖核？”韩立上下打量绿色圆珠，喃喃自语道。

紧接着他目光一闪，脑中浮现当年还在凡人界面时，在阴冥之地收集的魂石。这绿色圆珠散发的气息，和那些魂石很相似，只是这圆珠的气息强大千百倍。

韩立翻手将绿色圆珠收了起来，朝着周围望去，面露沉吟之色。

这落魄惊风和当年阴冥之地的暴风山倒有几分相似，还有这绿色圆珠，莫非二者之间有什么关系？

韩立想了一会，很快摇了摇头，目光朝着外面望去。他此刻无暇管这些，离开这处旋涡才是当务之急。

此处旋涡的撕扯力虽然极大，但对他如今的肉身无法造成什么实质性的伤害。只是，这吸力如此之强，想要离开便有些麻烦了。

韩立沉吟片刻，突然轻喝一声，身上青光大放，同时浮现一道道金色光芒。

他身形一扭，化为一道金青相间的遁光，朝着旋涡外面飞射而去。

“轰隆隆！”

他刚飞离旋涡中心，就感觉周围的风暴陡然变大了。

韩立直觉四周空气一紧，接着身体就被这股风暴卷起，转动起来。

他闷哼一声，催动法诀，身上遁光骤然一闪，并未强行抵御风暴的旋转之力，而是一边随着旋涡转动，一边朝着外面飞去。

片刻之后，巨大旋涡边缘黑雾翻滚，一个人从里面飞出，正是韩立。

他面色隐隐有些苍白，并没有立刻停下，而是往前又飞了一段距离，才停下来，呼出一口气。

这巨大旋涡的威力，比他想象的要更大，他消耗了不少仙灵力才脱困。

韩立翻手取出一颗有助于恢复的丹药服下，下一刻，他身上赤光闪烁，恢复了本来面目。

他将面具收起，身上青光一闪，朝着前面飞去。

转眼，韩立在黑色雾海中又前进了数日。其间，他倒没有遭遇别的危险，只是不时碰到之前那种诡异的旋涡。

这些旋涡有大有小，但绝大多数都比他初次遇到的那个要大，甚至大数倍。其中散发的吸力之强，让他心中生出一种力不从心之感，只怕他离得稍近一些，便将陷入万劫不复的境地。

遇到相对较小的旋涡，他就顺手将盘踞在其中的阴兽斩杀，如此一来，又得到了不少绿色圆珠。

“轰隆隆！”

韩立正往前飞遁之际，后方雾海突然剧烈地翻滚起来。

他身形一顿，双目蓝光一闪，身上青光大放，连忙朝着另一侧飞去。

他刚刚飞出不远，一个巨大无比的旋涡飞快划过，接着消失在了前方雾海之中。

韩立见此情形，在原处停顿了片刻后，继续朝着前面飞去。这些天以来，他摸清了躲避这些旋涡的方法，躲起来游刃有余。

刚刚飞出没多远，前方雾气中忽地传来一声异响，雾气翻滚起来。

韩立面色微冷，二话不说，单手一挥。

一柄青色飞剑从他手中射出，迎风一抖，化为一柄百余丈长的擎天巨剑，绽放出耀眼青光，斩入了前方翻滚的雾气之中。

百丈巨剑刚刚没入雾气，一声巨响便从里面传出。

青色巨剑从中倒射而出，而且表面的青光略微有些散乱。

一股巨力从巨剑上隔空传来，韩立身躯一震，不由自主地往后倒退了一步，同时手一挥。

“嗖嗖嗖！”

十几柄青竹蜂云剑飞射而出，青光一闪，全都化为百丈长的巨剑，朝着雾气狠狠斩去。

虽然韩立还没有看到对方的模样，但心知这次来的阴兽，实力远比此前遇到的任何一只都要强大。

“轰隆隆！”

一道道剑气从雾气中穿出，雾气顿时剧烈翻滚。

随着一声巨响，十几柄青色巨剑再次倒射而回。每柄巨剑剑刃上，都蒙上了一层厚厚的黑色冰晶，散发出的青光也暗淡了不少。

韩立见此情形，脸色微微一变，屈指一点。

“刺啦！”

十几柄青色巨剑表面再次射出一道道金色电弧，剑身猛地一震，顿时将那些黑色冰晶震碎，剑身散发出的青光又恢复了明亮。

韩立没有再次发动攻击，而是身形一顿，停在了半空，目光朝着前面望去，神色凝重。

就在此时，一道巨大黑影突然从雾气中飞了出来，瞬间便扑到了韩立身前不远处。

那黑影不仅速度快得不可思议，并且由始至终没有发出一点声响！

没等韩立做出任何反应，一柄黑雾缭绕的巨型三股叉就从黑影中探出，朝着他狠狠刺来。

一股巨大的威压袭来，让韩立顿觉心惊肉跳。

“莫非不是阴兽？”

韩立心中念头一闪，二话不说，单手掐诀一挥。

他身旁那十几柄早已蓄势待发的青色巨剑顿时一齐迎了上去，错落有致地挡在了他的头顶，形成了一张剑网。

剑身上浮现一道道粗大的金色电弧，交织闪烁。

“砰！”

三股叉以万钧之势刺在剑网上，引得十几柄巨剑剧烈震颤，剑网眼看要散开。

突然，“哧哧”声大作！

一道道辟邪神雷从剑身射出，纷纷击在三股叉上，将周遭的黑雾驱散了不少，三股叉却纹丝不动。

韩立低喝一声，便要再次掐诀。

三股叉蓦然一颤，接着三股黑焰从叉尖狂涌而出，顷刻间散开，将剑网包住，散发出一股极寒气息。

黑焰所过之处，所有青色巨剑上顿时浮现黑色冰晶，上面的金色电弧也被冰晶冻住，看起来有些诡异。

韩立面色一变。

结果三股叉猛地一转，伴随着一声“轰隆”巨响，剑网崩溃，十几柄青色巨剑朝着四周飞了出去。

三股叉丝毫未停，继续朝着韩立狠狠刺了过来，速度快若迅雷，眨眼间已近在咫尺。

大片黑色火焰从三股叉上爆发出来，接着凝聚成一只房屋大小的巨型黑色龙首，朝着韩立大口一张。

这一切发生在电光石火之间，韩立想要躲避已来不及。

千钧一发之际，他低喝一声，胸腹浮现十八个星辰光点，同时挥动双拳狠狠向上击出。

两团星光拳影冲天而起，和三股叉轰然相撞。

又是一声惊天动地的巨响，引得附近空间一阵震颤。

韩立只觉身体大震，顺势往后飞出去百丈才站稳了身形。目光一扫，他发现黑焰所化的巨型龙首此刻也崩溃了，现出里面的三股叉，再次停在了半空之中。

那团驱使三股叉的巨大黑影似乎也微微晃动了一下。

韩立深吸一口气，压下体内翻滚的气血，神情凝重。

到了此时此刻，他仍然没能看清黑影中的东西是什么，但那东西的实力，恐怕与他以前见过的任何金仙修士相比，都丝毫不弱。

说起来，他孤身潜入落魄惊风至今，并不知道自己前进了多远，这一路上虽然遇到过危险，但并不能真正威胁到他。在遇到眼前的黑影前，他甚至觉得此地被传为连金仙都要敬而远之的威名有些言过其实了。

思量间，黑影周围的黑雾翻滚，再次逼近。

韩立对此早有所料，体表青光一闪，夹杂着一道道金色电弧，整个人犹如弩箭倒射而出。

他的速度虽快，但那黑影似乎更快，恍如鬼魅一般，飞快拉近着双方的距离。

韩立两手掐诀，体内锐啸之声大起。

一柄柄青色飞剑从身体各处飞射而出，朝着一处汇聚而去，转瞬间化为一个青色光团，挡在了身前。

那十几柄被黑色冰晶冻结的青色巨剑，也震碎了表面的冰晶，飞射而回，融入青色光团内。

青色光团滴溜溜旋转，蓦然化为一朵巨大的青色剑莲。

黑影微微一动，表面浮现大片黑色火焰，熊熊燃烧，瞬间化为一只巨大鬼首，青面獠牙，双目血红，看起来极为狰狞。

化身鬼首后，其速度陡然大增，几次呼吸的时间便赶了上来。

韩立眉头微皱，手中剑诀一变。

青色剑莲的莲瓣尽数绽放，散发出的光芒陡然大盛，一道道巨大青色剑气浮现，同时上面浮现金色电弧，正是辟邪神雷，斩向了鬼首。

令韩立心中大惊的一幕出现了！

这些掺杂着辟邪神雷的剑气落在鬼首外的黑雾之中，仿佛泥牛入海，除了引得黑雾翻滚得更为剧烈之外，无法伤害其分毫。

巨大鬼首猛地张开大口，发出一声咆哮。

咆哮声中，一圈圈黑色音波飞出，瞬间就将青色剑莲笼罩了。

青色剑莲猛地剧烈颤抖，仿佛瓷器般碎裂，然后化为七十二柄青色小剑，在滚滚音波中东倒西歪地掉落。

韩立身处音波笼罩之中，全身不由自主地颤抖起来，五脏六腑中仿佛有无数小刀搅动。

不仅仅是身体，他的神魂也是一阵震颤。

韩立闷哼一声，瞳孔骤然一缩。

这黑色音波中蕴含着一种古怪的能量，威力极大，好在他已修成真极之躯，肉身强横，若换作普通的真仙境后期修士，此刻恐怕早已五脏粉碎，骨肉成泥了。

“嗷！”

巨大鬼首发出一声低吼，口中黑光一闪，那柄三股叉再次一闪而现，叉尖黑光大放。

伴随着一声刺耳的尖鸣声，三道纤细黑光从叉尖电射而出，没入空中不见了踪影。

韩立心中一凛，两手掐诀，身上骤然浮现大片金光，真言宝轮在身后一闪而现。

随着宝轮飞快转动，金色波纹从中散发而出，朝着周围扩散而去。

只是宝轮上的时间道纹如今仅有十几团是亮着的，所以金色波纹显得颇为稀薄。

金色波纹刚刚出现，韩立身前不远处的半空中一颤，接着三根黑丝浮现，迅疾无比地刺向他的胸口。

虽然由于金色波纹的缘故，黑丝速度大减，但仍然快如闪电。

韩立虽在第一时间竭力躲闪，但怎奈黑丝速度太快，他的肩膀被划开了一道小口子。

诡异的是，伤口一滴鲜血也没流，反而冒出一缕缕黑气。

韩立二话不说，单手一招，附近的一柄青竹蜂云剑电射而回，狠狠地斩在他的肩膀上，将伤口连同其附近一大片皮肉尽数削去。

结果皮肉一离体，上面的黑气便化为黑色火焰熊熊燃烧，顷刻间就将皮肉化为了灰烬。

韩立见此情形，脸色难看无比。显然他方才若是动作慢一些，恐怕就不是受点皮肉伤这么简单了。

巨大鬼首一击不中，周身黑焰翻滚，似乎想要再施展攻击手段。

韩立两手猛地掐诀。

掉落在附近的青竹蜂云剑再次绽放光芒，一道道粗大的金色电弧从中浮现，交织缠绕之下，化为一张巨大的金色电网，横在了巨大鬼首前面。

就在此时，从巨大鬼首外围的黑雾中飞出数条巨型腕足，疯狂地朝前方的金色电网席卷而去。

结果，这些腕足一触及金色电网，便纷纷“哧溜”一声化为黑烟。

鬼首怒吼连连，一时之间无法突破。

韩立心中稍稍松了一口气，他此番一口气将青竹蜂玉剑内的辟邪神雷尽数释放了出来，总算将对方暂时阻挡下来。

思量过后，他单手一挥，将青竹蜂云剑尽数收入衣袖中，接着就地一滚，周身银光一闪，整个人赫然化为一只银色巨禽，浑身跳动着银色电弧。

这正是十二种惊蛰变化中的雷鹏变身!

雷鹏一现身，便双翅一展，翅羽间“噼啪”声大起，竟有另外一对晶莹羽翅在背部浮现，正是风雷翅。

四只翅膀同时展开，韩立身上雷光大盛，顿时从原地消失了。

落魄惊风中到处都有未知的危险，他原本不敢随意施展雷遁之术，但此刻他面对无法匹敌的对手，情急之下，也顾不得许多了。

巨大鬼首发出一声怒吼，双目红光大盛，四周的黑色雾气立刻滚滚汇聚而来，使其周围的黑焰猛地大涨。

火焰剧烈翻滚，巨大鬼首也从原地消失了。

落魄惊风某处，雷光一闪，雷鹏身影浮现。

下一刻，雷鹏身后不远处涌现出大片黑色火焰，巨大鬼首赫然浮现。

巨大鬼首一出现，立刻大口一张。

“哧哧哧！”

三根黑丝再次飞射而出，以惊人的速度冲雷鹏射来。

雷鹏瞳孔一缩，身体猛地一滚，化为一道银色电光朝着前方飞射而出，躲过黑丝。

接着银色雷光一闪，雷鹏身影再次消失。

巨大鬼首发出怪笑声，周身浮现黑色火焰，也再次消失。

韩立继续在落魄惊风中遁逃，可无论他如何增加雷遁传送的距离，甚至施展雷光法阵，巨大鬼首都仿若跗骨之蛆一般，死死追在他后面，他根本甩不掉。

第197章

仙府临世

不知过了多久，落魄惊风某处空中，银色雷光一闪，雷鹏的身影浮现。与起初相比，其身上缭绕的银色电弧已经减少了大半。只见雷鹏双翅一挥，身上银色雷光一闪，化为人的模样。

就在此时，距此不过千丈的空中猛地一颤，大片黑色火焰从中喷射而出，巨大鬼首随之浮现。

韩立见此情形，面色一沉。继续这么逃下去不是办法，虽然他不想用蟹道人这个杀手锏，但此刻已经没有别的办法。

思量间，他身上浮现一道道金色电弧，体内的蟹道人立刻跃跃欲试。

巨大鬼首似乎意识到了什么，动作微微一滞，眼中隐隐闪过一丝迟疑。

就在此刻，巨大鬼首身后的黑色雾气骤然翻滚，一团耀眼黄光从中电射而出。这黄光呈椭圆状，滴溜溜旋转着，发出“呜呜”之声。

黄色光团里面隐约有什么东西，只是这黄光很浓郁，散发出某种无法言喻的禁制波动，并非一般的灵光，让人从外面看不清楚里面的情况。

黄色光团刚出现，一道赤色光芒立刻从中电射而出，里面无数赤色符文闪烁。

赤色符文翻滚着朝一处凝聚而去，化为一根赤色晶丝，迅疾无比地一闪，没入巨大鬼首之中。

在鬼首周围缭绕的黑色火焰，丝毫无法阻挡赤色晶丝。赤色晶丝速度太快，巨大鬼首此刻才反应过来，霍然转头朝着身后望去。

巨大的轰鸣声在鬼首体内响起。巨大鬼首动作一僵，它周围的黑色火焰立刻剧烈翻滚起来。

又是一声巨响，一道巨大赤色火柱霍然从鬼首体内爆发，仿佛火山喷发冲天而起，一股炙热无比的气息从火柱内散发开来。

几次呼吸之后，整个鬼首轰然崩溃，化为大片黑色火焰。

尖叫声从黑焰深处传出，一团黑影从中飞射而出，不管韩立还有那黄色光团，径直朝着黑色雾海深处迅疾飞去，转眼间消失无踪。

韩立眼中蓝光闪烁，眼睛微眯。

黑影周围的黑光稀薄了些许，他隐约看到里面的东西呈人形，脑袋比常人大了不少，手持一件兵器，正是三股叉。只可惜黑影一闪便消失了，他没看清楚。

韩立收回目光，看向那个黄色光团，往后退了一段距离，接着手中掐诀一挥，七枚星环从他体内飞射而出，正是七曜星环。

七曜星环悬浮在他身体周围，组成一个错落有致的星阵。耀眼星光从七枚星环上浮现，彼此连接，形成一个星光结界。

这黄色光团虽然助他击退了黑影，但他不会天真地以为来的是自己人，丝毫不敢放松警惕。

在韩立的注视下，黄色光团微微一转，无数黄色符文在其中闪过，光团随即消散开来，现出一艘黄色飞舟。

此舟有四五丈长，形如飞龙，通体用某种黄色灵木所制。飞舟前端和两侧，各镶嵌着一块明黄色的椭圆晶石，鸡蛋大小，上面黄色光芒流转，散发出一股特殊的法则波动，不知是何宝物。

黄色飞舟上并肩站着二人，左边的老者须发灰白，鼻头微红，腰间挂着一只青色酒葫芦，正是呼言道人。他身后背着一个黄布包，长条形，那黄布似乎可以隔绝神识，令韩立无法探查到里面究竟是什么东西。

右边的少妇身穿白色纱裙，正是云霓。

“呼言长老，云霓长老！”韩立一怔，竟失声喊出口。

“呵呵，方才远远感应到有人在此厮杀，便过来一看，想不到是你这小子。”呼言道人呵呵笑道。

云霓只是冲韩立颔首致意，没有说话。

“我也想不到能在这里遇到二位。”韩立飞到黄色飞舟前，手中掐诀，解除了七曜星环的星光结界，笑着说道。

呼言道人算是他在烛龙道最为熟悉之人，二人亦师亦友，交情还算不错。这些年他暗中关注过呼言道人的消息，想不到在这里遇到了，心中有一种他乡遇故知的感觉。

“看来你我还真是有缘。”呼言道人轻捋胡须，笑道。

“刚刚多谢呼言长老出手相助，击退了那黑影。”韩立拱手行了一礼。

“你我也算相交一场，今日不过举手之劳，算不得什么。话说你小子怎么惹到了阴魅？此物可不简单，你没有被其吞噬，真是侥幸至极。”呼言道人先是摆了摆手，随即神色一肃，说道。

“原来那黑影叫阴魅。此物确实厉害，呼言长老可知其来历？”韩立皱眉问道。

“阴魅是这片区域内的一种怪物，虽然无法判断其具体修为，但就是寻常金仙遇到也难以逃脱，会被其吞噬。不过一般而言，此物只会偶尔出现在落魄惊风最深处，怎么会出现在这边缘之地……”呼言道人喃喃说道，面露疑惑之色。

韩立听闻此话，双眉一挑，还想再说些什么，呼言道人却又开口了：“算了，不说这个了。这阴魅虽然厉害，但心智其实并不高，它既然已经退走，就不会再回来了。”

“那就好。若非侥幸遇到二位长老，在下今日只怕要饮恨于此地了。”韩立心中微松，再次点头谢道。

“我们如今已经脱离烛龙道，这‘长老’二字就免了吧。”呼言道人看了云霓一眼，随后冲韩立眨了眨眼，说道。

“也好。”韩立应道，心中却是一动。

他如今已加入了轮回殿，呼言道人多半也是，二人说起来算是同门。只不过此乃辛秘之事，他没有将此事说出来的意思。

“对了，厉道友你如今也上了北寒仙宫的悬赏令，说起来还是我连累了你，若非我们当年走得太近，你也不会被北寒仙宫悬赏捉拿了。”呼言道人话锋一转，有些抱歉地说道。

“其实在下之所以被北寒仙宫悬赏捉拿，并非因为与你熟识。我和北寒仙宫另有矛盾，他们不愿提及，才会在悬赏令上如此说。”韩立含糊其辞地解释道。

“原来如此。多年不见，你小子倒是洒脱了很多。咦，你的修为已经到了真仙境巅峰，进步如此之快，难怪能抵挡阴魅。”呼言道人神色忽地一变，上下打量韩立一眼，笑着说道。

云霓一直安静地站在一旁，听到呼言道人此话，也上下打量了韩立一眼，眼中闪过一丝诧异。

“侥幸突破而已，在下这点微末修为，对二位来说不值一提。”韩立目光一闪，随即笑着说道。

“厉道友当年还只是真仙境初期，这才过了数百年，便能突破到真仙境后期巅峰。如此提升速度，莫说烛龙道，就是放眼整个北寒仙域，老道也从未听说过。”呼言道人的神情仍然满是不可思议。

“呼言前辈如此谬赞，在下实在愧不敢当。在下只是因为种种机缘，偶然得到了一些丹药，修为提升才快了一些。”韩立暗暗苦笑，说道。

“哦，原来如此，若有合适的丹药辅助，修为提升的速度确实可以加快千百倍。”呼言道人一怔，点头说道。

韩立见此，心中松了一口气。有掌天瓶在手，他虽然可以极快地提升修为，但也会引发一系列的问题，需要妥善解决。

“对了，你们二位为何出现在此处？”韩立不愿多谈此事，话锋一转问道。

“我们当年从烛龙道侥幸逃走，为了躲避北寒仙宫的追捕，这些年来一直隐姓埋名。此次是因为一件要事需要前往黑风海域一趟，结果连接海域的传送阵关闭了，我们只好穿越落魄惊风。”呼言道人解释道。

“原来如此。”韩立闻言，若有所思地点了点头道。

“厉道友为何也会在此，莫非从黑风海域那里而来？”云霓忽地问道。

“云霓前辈目光如炬。没错，在下正是从那里来的，如今黑风海域确实有些不平静。”韩立目光一转，没有隐瞒什么，点头说道。

呼言道人和云霓听闻此话，互望了一眼，眼中都闪过一丝喜色。

韩立将二人的神情看在眼里，心中一动。

“黑风海域地处偏僻，厉道友又怎么会在这里？”云霓继续问道。

“其实在下在加入烛龙道前，在黑风海域待过一段时日。这次离开烛龙道，被仙宫追捕，不敢在繁华之地停留，只好躲在这片荒僻海域，倒也安稳过了数百年。只是现在海域内纷争不断，还有其他变故，不再适合安静修炼，我便打算离开。由于传送阵被关闭，在下便想穿越这落魄惊风，不过现在看来，实在是有些不自量力。”韩立叹了一口气，有些自嘲地说道。

“不知黑风海域发生了什么变故？”呼言道人目光一闪，追问道。

说话之间，呼言道人挥手打出一道红光，飞至韩立身前，一动不动。

韩立双目微眯，只见那红光之中是一只淡金色的玉瓶，隐隐散发出一股沁人心脾的药香。

“这是一瓶六合玄丹，不仅可以疗伤，还有助于恢复元气。你此番强行穿越落魄惊风，又遭逢阴魅，元气损伤不小，正好合用。”呼言道人缓缓地说道。

“呼言前辈如此就见外了，不说别的，就是方才二位的及时相助，在下已无以为报，回答你们一两个问题，又岂能收取报酬？”韩立摇了摇头，挥手将玉瓶送了回去。

呼言道人见此，没有说什么，翻手将玉瓶收了起来。

韩立略微一顿，当即将在黑风海域的所见所闻大致说了一遍，将北寒仙宫之人出现在黑风岛的情况，也对二人提及了。

他加入轮回殿之事，由于牵扯自己的秘密，自然没有说，他虽然暗暗猜测呼言道人也是轮回殿之人，但对方毕竟没有承认过。

呼言道人和云霓闻言，目光闪烁不定，不时互望一眼，不知在想些什么，他们的神情并不意外，似乎对这些早有所料。

“看二位的神情，似乎对黑风海域的异变和北寒仙宫的人出现在此，并不感到意外？”韩立说完，看了二人一眼，笑着说道。

呼言道人闻言，白眉微微一挑，云霓则看了呼言道人一眼。

一时安静了下来。

“若二位前辈不便回答，就当在下刚刚的话没问吧。”韩立淡淡一笑，说道。

“哈哈，厉道友如此坦诚，我也就不隐瞒什么了。”呼言道人略一沉吟，开口笑道。

“呼言！”云霓秀眉微皱，忍不住出声。

“无妨，厉道友并非外人，再说此事说不定还需要厉道友帮忙。”呼言道人一摆手，似有深意地说道。

云霓闻言一怔，没有再说什么。

“呼言前辈此话何意？若是有什么难言之隐，大可不必说出来。”韩立双眉微蹙，他现在一心想置身事外，一点也不想卷入什么麻烦的事情。

“厉道友不必急着询问，不妨先听我把话说完。此事对你来说，未尝不是一个大机缘。”呼言道人略带几分神秘地说道。

“前辈请说。”韩立心中念头一转，说道。

“你方才提及，这些年黑风海域各处频发天灾异变，其实事出有因。简而言之，缘于一座仙府即将出世，引起灵脉动荡。北寒仙宫之人来此，目的就是为了这座仙府。不瞒厉道友，我们此次前往黑风海域，也是因为这个缘由。”呼言道人缓缓说道。

韩立听闻此话，身体一震，脸上露出惊讶之色。这些信息就仿佛一个惊雷在他心里炸响，即便他已经有心理准备，仍然有些震惊。

韩立回想起一些不解之处，此刻终于豁然开朗。黑风岛、青羽岛上的种种怪异举动，以及北寒仙宫之人的突然出现，原来都是因为一座仙府即将出世。甚至蛟三费尽心思将他拉入轮回殿，并许以重酬让他炼制虚元丹，恐怕也和这仙府脱不了干系。

他心中念头急转，轻轻呼出一口气，很快稳住心神，继续凝神倾听。

“……这座仙府叫冥寒仙府，是一位名为冥寒仙君的前辈遗留的洞府。至今具体有多少年已经不可考证，只是听说这位仙君前辈在施展大法力将仙府封印在空中的裂缝里后，便失踪了。之后每隔数万年时间，这座仙府便会自行出现在北寒仙域某处……那仙府之中有无数丹药、功法、仙器，所以，每次开启都会引来各方势力争夺。可以说，冥寒仙府是北寒仙域的第一宝藏。”呼言道人继续说道。

他一边说，一边暗中观察韩立的神色。韩立的反应有些出乎他的预料，韩立除了一开始有些惊讶，之后始终很平静。

“冥寒仙府……听起来不错。前辈刚刚说的机缘，莫非是让我随两位一起去探索此仙府？”韩立沉默了一下，问道。

“不错！此等机缘可遇不可求，厉道友莫非没有兴趣？”呼言道人点了点头，问道。

“听前辈此话，这冥寒仙府已经存在了不知多少年，出世的次数应该也不少，里面纵然有宝物，恐怕也早已被拿走了吧？”韩立没有回答呼言道人的问题，反问了一句。

“关于这点，你大可完全放心，仙府内机关禁制重重，外人想要夺取宝物并不容易，实力不足者贸然进去，大多会永远留在其中，这些人的遗留之物就会成为仙府宝物的一部分。除此之外，据说冥寒仙府上一次开启时，还有人发现仙府内别有洞天，不知里面有什么机缘。”呼言道人笑道。

韩立闻言，并没有兴奋，反而再次沉默了。

看到韩立的反应，呼言道人倒没有出言催促，只是笑眯眯地望着他。

“多谢前辈邀请。不过闯这等仙府秘境，纵使有机缘，也必然伴随着极大的危险。在下就不参与了。”韩立沉默了片刻，抬起头来说道。

他现在的当务之急是寻找突破金仙的方法，这冥寒仙府听着虽然不错，但内里不知道有多危险。

最重要的是，北寒仙宫此次也派出了不少人，其中不乏修为高深的金仙境大拿。若是被他们发现自己的身份，恐怕这仙府便是自己的葬身之地了。

“厉道友是担心在仙府内遇到北寒仙宫之人？”呼言道人似乎看穿了韩立的心思，问道。

“在下不过是一个小小的真仙境修士，若是遇到北寒仙宫之人只怕毫无抵抗之力。”韩立没有否认，点了点头说道。

他还有些话没有说出来，呼言道人和云霓都是北寒仙宫追杀的人，他要是跟着二人进入冥寒仙府，暴露的可能性更大。

“其实你根本不用担心此事。我知道你也加入了无常盟，无常面具本就蕴含极为玄妙的幻化之功，即便是金仙也无法轻易看穿。我们三人若用无常面具幻化容貌，扮成三名散修潜入，北寒仙宫之人未必能识破我们的身份。而且每次冥寒仙府出世，来的势力都极多，此次苍流宫、伏凌宗等势力定然都派了人前来。北寒仙宫虽然势大，但也是众矢之的，想来他们无法分出多少心力对付我们这些‘散修’。”呼言道人摇了摇头，如此说道。

“无常面具……前辈是说，苍流宫和伏凌宗也派人来了黑风海域？”韩立面露惊讶之色，不禁问道。

“每次冥寒仙府开启，包括烛龙道在内的三大宗门从来没缺席过。如今烛龙道遭难，苍流宫和伏凌宗却没有受到什么影响。此次得知仙府出世的消息，这两宗必然已派人来了黑风海域。由于烛龙道的事，这两宗对北寒仙宫敌意渐增，说不定便会在仙府内有所行动。”呼言道人又说道。

“前辈是说，北寒仙宫此次大部分心思也许会用来应付他们，根本不会放在我们身上？”韩立问道。

“不错。”呼言道人笑着点了点头。

韩立摸了摸下巴，陷入了沉思。呼言道人的话倒有些道理，不单单是苍流宫和伏凌宗，还有轮回殿，也是北寒仙宫的死敌。蛟三之前神神秘秘的，只怕也是在做着进入冥寒仙府的准备。北寒仙宫有这么多或明或暗的敌人，恐怕还真分不出余暇来对付他们几个了。

“况且冥寒仙府内宝物众多，以你如今的修为，说不定便能寻到机缘，突破瓶颈，成就金仙境。”呼言道人见韩立似有些心动，继续劝说道。

“冥寒仙府之中有能够突破金仙境的宝物？还请前辈指点。”韩立闻言，眼睛一亮，立刻追问道。

“这……我只是听说而已。虽然只是传言，但我觉得此言应该不虚，毕竟曾有人在冥寒仙府内寻到一炉可助金仙境修为提升的极品丹药……”呼言道人微微一怔，然后说道。

“看来前辈对这冥寒仙府也所知不多，府内或许有很多宝物，不过在下实在不想为了一些无谓之物冒生命危险。”韩立沉吟了片刻，摇头说道。

“其实你这般想倒也合乎情理，我等修炼之人是万金之躯，不可轻易涉险。不过，我猜你修炼的功法是真言化轮经吧？”呼言道人略一沉吟，突然话锋一转，看着韩立问道。

“不错。”韩立一怔，有些不明白呼言道人此话何意，不过还是点了点头。

“呵呵，你虽然修炼了这门功法，但对于此功法的来历，可能不太清楚吧？”呼言道人笑道。

“倒要向呼言前辈请教。”韩立一怔，拱手说道。

“这真言化轮经虽然是烛龙道的三大镇派功法，但并非传承而来，而是百里道主多年前从一个叫真言门的宗派抢夺而来的。”呼言道人如此说道。

第198章

折返

韩立听到呼言道人的话，只是微微点了点头，并不怎么惊讶。

这里虽然是真仙界，各个仙域林立，高阶真仙比比皆是，但和人界、灵界等界面没有什么差别，修士之间的厮杀争斗从未断绝，每天不知有多少宗门被灭，抢夺功法的事情更是一点都不新鲜。

他心中念头转动，并没有接话。呼言道人既然说起此事，显然不会只是为了说明真言化轮经的来历，应该还有下文。

果然，呼言道人略一停顿后，又接着说道："当然，这种事情没什么好说的，我想说的是，这门真言化轮经并非只有三层，全本的《真言化轮经》，其实一共有九层。"

"什么？！"韩立面色一变，眼中浮现激动之色。

这些年随着修为不断精进，尤其是在达到真仙境后期巅峰后，他确实在考虑进阶金仙后修炼功法的事情。他通过许多途径打听过其他与时间法则相关的功法，可惜都一无所获，谁承想真言化轮经竟然还有后续功法。

这对于他来说，无疑是一件天大的好事。

"既然如此，百里前辈为何只在烛龙道内放了前三层功法，还对外宣称真言化轮经只有三层？"韩立轻吸一口气，平复了一下心绪，这才开口问道。

"在整个真仙界，与时间法则相关的功法极为罕见，能修炼至金仙境界的堪称不传之秘。只有三层功法的真言化轮经已经被当作烛龙道镇派功法之一，若被人知道此功法其实有九层，不知会引来多大的麻烦。"呼言道人叹了一口气，缓缓说道。

“确实如此。”韩立闻言点头道，对于这一点，他十分认同。

“其实关于此功法，百里道主当年所得也不全，只拿到了前六层。如今这门功法的前六层，便在我手中。”呼言道人又说道。

“前辈有什么话，就请直说吧。”韩立神色平静，心中却是一动，说道。

“只要你愿意随我们一同进入冥寒仙府，助我取得一样东西，成功之后，我就将后三层的功法传授于你。”呼言道人笑着说道。

韩立闻言，摸了摸下巴，陷入了思考。

呼言道人负手而立，看起来很从容，似乎一点也不担心韩立会拒绝他。

“若是呼言前辈所说一切属实，你的要求在下未尝不可考虑。不过我要确认一下，前辈手中是否真的有真言化轮经的后续功法。”良久之后，韩立抬起头，说道。

呼言道人闻言一怔，随即点了点头，翻手取出一枚玉简，挥手掐诀对着玉简连点了几下，然后将玉简扔向了韩立。

“没错，是真言化轮经的后续功法。”韩立接住玉简，将神识探入其中。半晌后，他点了点头。

玉简内的内容不多，只有几行功法口诀，不过他既已将真言化轮经修炼至第三层，自然对此功法很熟悉，略一辨识，就可看出这是否为紧承其后的第四层功法。

“呵呵，既然如此，那我们就此达成约定……”呼言道人呵呵一笑，说道。

“先等一下，在答应之前，我还有一个疑问想要请教二位。”韩立突然出声打断了呼言道人的话。

“厉道友但说无妨。”呼言道人一怔，并没有生气，说道。

“厉某只是一个真仙修士，神通实力和二位相差极远，就算到时候进去了，应该也无法相助二位多少。呼言前辈花费如此大的代价邀我同行，想必是有原因的，我需要知道这个原因。”韩立凝视呼言道人，缓缓说道。

“对于这个问题，你就是不问，我等下也会说明。刚刚我已经说了，我们此次进入冥寒仙府，是为了取一样东西，若有道友的真言宝轮神通相助，成功率将大增。”呼言道人笑着说道。

“既然是取宝，争夺是不可避免的，到时候只怕是危险重重吧？”韩立眉头一皱，说道。

“危险自然会有。不过真言化轮经何等珍贵，你想要得到，自然要冒一些风险。当然在力所能及的范围内，我二人自会尽量护你周全。”呼言道人看了云霓一眼，淡淡一笑，说道。

韩立听闻此话，眉头没有松开，似乎仍然在犹豫。

“这样吧，为了表示诚意，我承诺，只要你随我一同进入仙府，我便将真言化轮经第四层功法告知于你，等拿到那东西后，我再给你后面两层功法。”呼言道人说道。

韩立闻言，脸上露出诧异之色，略一沉吟后，默认了此事。

“怎么样，厉道友还有别的问题吗？”呼言道人含笑问道。

“没有了。”韩立摇了摇头。

“那好，你我之间的约定就此达成。放心，事成之后，我自会兑现我的承诺。”呼言道人大笑道。

“在下和前辈相识多年，自然不会怀疑前辈。”韩立微微一笑。

“厉道友，请上飞舟吧，毕竟是在落魄惊风之中，不可久留。”呼言道人笑道。

韩立打量了黄色飞舟两眼，飞了上去。

呼言道人挥手打出一道法诀，黄色飞舟周围浮现明亮的灵纹，那三块黄色晶石更是光芒大盛，往外射出三道明亮的黄光，黄光再次凝聚成一个黄色光团包裹住飞舟。

黄色光团滴溜溜一转，朝着前方迅疾无比地飞射而去。光团散发出一股特殊的气息波动，似乎能克制这落魄惊风，所过之处，阴风黑气自动朝两旁退去，丝毫无法侵入黄色光团。

韩立坐在黄色飞舟上，竟然一点也听不到外面的阴风呼啸之声，心中不觉有些惊讶。这飞舟不知是何种宝物，看起来和他的定风珠功效相仿，却强大十倍，想必呼言道人和云霓横穿落魄惊风也是凭借此飞舟。

一念及此，他仔细打量黄色飞舟，尤其在飞舟的三块黄色晶石上多看了几眼。

“这晶石是辟邪兽的骸骨所化之物。”一旁的云霓注意到韩立的视线，主动解释道。

“辟邪兽，可是传闻中能趋吉避凶的奇兽？”韩立有些惊讶地说道。

他在古籍中见过“辟邪兽”这个名字，此兽是传闻中的一种奇兽，天生可以克制一切阴魂鬼怪，在真仙界大大有名。

关于此兽还有一个传言，据说只要有此兽在旁，便能够驱走厄运，得享安吉，所以，此兽被称为祥瑞之兽。很久以前，仙界爆发过一次狩猎此兽的热潮，其后这辟邪兽便越发稀少，如今已经几乎灭绝。

“辟邪兽能不能趋利避害我不知道，不过此兽是纯阳奇兽。呼言取了其骸骨炼制出这艘飞舟，用来横穿落魄惊风。”云霓微微一笑，说道。

“原来如此，呼言前辈真是大手笔。对了，云前辈，不知白素媛现在如何？”韩立点点头，又问道。

“媛儿在讲道大会前便离开了烛龙道，现在在一个安全的地方修炼，多谢厉道友关心。”云霓说道。

“那就好。”韩立点了点头。

提起白素媛，韩立心中不由得想起了曾跟随自己的梦浅浅等人，为了不暴露身份，他这些年一直没有联系他们。不过，每个人都有自己的路要走，梦浅浅等人没有了庇护，或许能走出一条自己的道路。

韩立暗暗摇了摇头，不再想这些，闭目修炼了起来。

三日光景转瞬即逝。

韩立花十几天飞过的距离，乘坐这艘黄色飞舟，三天便飞了出来。

“这里就是黑风海域……”看着前方的海域，呼言道人呼吸着咸湿的空气，眼中流露出一丝惊奇。

“黑风海域是北寒仙域的边陲之地，天地灵气稀薄，自然不能和其他地方相比。我们此刻在黑风海域的西北边陲，这是整个黑风海域的地图。”韩立笑了笑，取出两块地图玉简递给二人。

呼言道人接过玉简，将神识探入其中略一探查，白眉微挑，道：“这黑风海域面积还真不小。”

“黑风海域虽然偏僻，但若论面积，不比一般的大陆小。”韩立点头道。

呼言道人眉头微皱，收起玉简，然后翻手一挥，手中蓝光一闪，多出一件东西。这是一幅蓝色画卷，上面画着山河风景，看起来是一件灵宝。

“咦，这是……《冥寒山河图》！”韩立眼睛一眨不眨地盯着蓝色画卷。

“哦，厉道友认得此物？”这次换呼言道人有些惊讶了。

“我曾经在烛龙道讲道大会前的一个秘密拍卖会上看到此物，不过当时拍卖的是一幅残图，被人高价买走了，莫非拍下此物的就是呼言前辈？”韩立想到了什么，问道。

“讲道大会前的拍卖会上出现过《冥寒山河图》？此事我是第一次听说，不过我这幅图是从别处得来，肯定不是你看到的那幅。”呼言道人面露惊讶之色，说道。

“哦，如此说来这《冥寒山河图》有两幅？听名字，此图莫非和冥寒仙府有关？”韩立摸了摸下巴，问道。

“不错，要进入冥寒仙府，必须有这《冥寒山河图》，此物可以说是钥匙。据我所知，此图一共有八幅，北寒仙宫、伏凌宗、苍流宫、烛龙道各有一幅，其他四幅流落在外，不知所终。你在拍卖会上看到的，应该是其中一幅吧。”呼言道人沉吟着说道。

韩立听闻呼言道人此言，心中不觉恍然。没想到这幅《冥寒山河图》竟还有这般来头，难怪在当年的拍卖会上，那名神秘的红袍女修不惜以极高的价钱拍下此物，只是不知此女到底是何方神圣。

“前辈刚刚说，烛龙道中也有此图……莫非……”思量间，韩立出言问道。

“不错，烛龙道如今已没有《冥寒山河图》了，此图一直是由百里道主保管，如今百里道主与老夫既已脱离宗门，自然也将此图带了出来。”呼言道人嘿嘿一笑。

“说起此事，想当年我烛龙道何等兴盛，与苍流宫、伏凌宗雄踞三方，十三金仙道主、千名真仙云集，收服的中小势力不计其数，与北寒仙宫也可分庭抗礼。倘若欧阳道主他们不与北寒仙宫勾结，纵使北寒仙宫势力再强，又能奈我们何？”韩立摇了摇头，轻叹了一口气道。

呼言道人与云霓闻言，神色一黯，显然对于此事他们仍耿耿于怀。

“其实你所看到的只是表象而已，宗门早已不复当年。十三金仙道主之间由于本散之争，分歧已久，明争暗斗不计其数。若没有百里道主坐镇，烛龙道早已被苍流宫、伏凌宗远远甩在了后面……此事不提也罢，还是正事要紧。”呼言道人冷笑几声，不再多言。

他顿了一下后，口中念念有词，十指如车轮般变化。一道道蓝光从他手中飞射而出，凝聚成一个圆形的法阵虚影，散发出耀眼蓝光。

呼言道人一挥手，手中的《冥寒山河图》化为一道蓝光飞射而出，一闪落入了法阵中央。

“嗡！”

蓝色画卷上顿时泛起蓝光，丝丝缕缕，如云如雾，一股极寒气息猛地从中散发开来，周围空气温度骤降。

几乎在顷刻间，方圆数十里的海面彻底冻结，半空中浮现一片片雪花，随风飘落，整个世界似乎一下子陷入了极寒。

韩立打了一个激灵，立刻反应过来。这寒气虽然厉害，但还不足以对他造成伤害。

《冥寒山河图》悬浮在法阵中央，蓝色法阵光芒大放，“嗡嗡”运转起来。两者彼此呼应，散发出的蓝光在半空中交织在一起，忽隐忽现，似乎在感应着什么。

韩立看到此景，眼中露出一丝好奇，不过他看呼言道人神情严肃，便没有出声打扰。至于云霓，他与她不熟，自然不会去询问。

片刻之后，呼言道人手中法诀一停，接着一甩衣袖，只听“呼啦”一声，整座蓝色法阵顿时崩塌，化为点点蓝色晶芒随风消散。

《冥寒山河图》散发出的光芒也随之暗淡下去，落到了他的手中。

几乎同一时间，四周的极寒气息也随之消散一空，只是原本冰封的海面仍保持着原状。

“怎么样？”云霓出言问道。

“从目前的迹象来看，距离冥寒仙府出世还有三四年吧。”呼言道人略一沉吟，开口说道。

韩立闻言，看向了呼言道人手中的蓝色画卷，此图看起来不只是入口钥匙那么简单。

“那具体位置呢，可有探查到？”云霓又问道。

“这里还无法感应到具体位置，看来是距离太远。所幸还有时间，我们根据地图选定几个地点再试一下吧。”呼言道人摇了摇头，说道。

“也只好如此了。”云霓点头。

“厉道友，如今还有一些时间，不知你有什么打算？是随我们一起，还是另做准备？”呼言道人转向韩立问道。

“在下修为不及二位前辈，如今既决定一同进入仙府，还是回去做些准备为妥，就不随二位去寻址了。”韩立想了想，如此说道。

“也好，仙府之中危险重重，你修为稍弱一些，确实要多做准备。”呼言道人点了点头道。

他翻手取出了一块巴掌大小的暗红色阵盘，交给韩立，又说道："你先觅一处安全之地，若是有什么事情，就用这块烽火盘联系我。"

韩立接过阵盘，只见上面铭刻着一幅火焰图案，点了点头后便收了起来。

呼言道人随后又交代了两句，让韩立务必小心莫要被仙宫之人发现，便和云霓一同离开了。

韩立在海面上站了片刻，接着身上青光一闪，转身朝着一个方向疾射而去。

半个月后。

乌蒙岛附近青光一闪，一个人影浮现，正是韩立。他朝着乌蒙岛看了一眼，整个岛被禁制灵光覆盖，看样子仍在闭关封岛。

韩立点了点头，收回视线，身形一动，朝着远处飞去。

乌蒙岛不远处的海面上，一个巨大漩涡浮现，发出"隆隆"巨响，方圆数万里的海水涌来，尽数汇入漩涡。

韩立见此，身形一晃，直接跳入漩涡中，很快落到了海底。

蓝色禁制之内，地祇化身闭目盘膝，头顶一根蓝色晶丝正随着漩涡缓缓转动。周围海水剧烈翻滚，不断汇聚而来，都被其以功法催动，悉数转化为重水。

在地祇化身两手之间，有一团不小的黑色重水在转动。

这团黑色重水乍看之下，没有什么特别之处，韩立却能够清晰地感受到它与普通重水的差别。

这是精炼程度远超一层重水的二层重水！

韩立身上青光波动，整个人直接化为一道青影，飞入蓝色禁制中，盘膝坐了下来。

只剩下三四年时间，他懒得再另外寻觅地方闭关，索性回到了乌蒙岛。

韩立单手一招，地祇化身手中的那团二层重水飞到了他身前。

二层重水的重量远在一层重水之上，这一小团便几乎相当于一座数百丈高的山峰的重量。

韩立闭上双目，放出神识一扫，只觉阵阵浓密的水灵力从二层重水中浩浩荡荡地散发而出，让他不禁有一种自己正面对着一片大泽湖泊的错觉。

他睁开眼睛，眼中闪过一丝满意之色，二层重水果然很玄妙。

韩立眼睛一眯，心中不由得生出了将所有一层重水尽数炼制成二层重水的念头。

不过随即，他便摇了摇头。如今时间并不充裕，能炼制多少便是多少吧，等此次仙府之事结束，再考虑其他。

韩立一挥手，将手中的重水又还给了地祇化身，不再理会那边的情况，眼中闪过一丝沉吟之色。

如今距离仙府开启之日不过三年光景，修炼任何功法都有些仓促，想要快速提高实力以提升自保之力，他恐怕只有在灵宝仙器上再下点功夫了。

像七曜星环这种掠夺来的仙器，并非他亲手炼制，想要再重新炼化并不容易，除此之外，似乎只有青竹蜂云剑和重水真轮了。

韩立一念及此，单手一抬，一道道青光从衣袖之中飞出，青光闪动间，化为七十二柄青色小剑，剑身缭绕着一道道纤细金色电弧。

这些正是青竹蜂云剑。所有飞剑围着他的身体盘旋飞舞。一股股庞大而又锐利的气息从七十二柄飞剑上散发而出，附近海水也震颤起来。

这套飞剑在和那头阴魅怪物对战之时，受了一些损伤，不过所幸此套飞剑在熊山的千锋剑阵吞噬了数百剑元，早已今非昔比，这几日又在他体内得到温养滋润，已基本恢复了。

他手又是一挥，一轮黑色圆轮从他身上飞出，一晃悬浮在了身侧。

一圈圈耀眼的黑色水光从上面弥漫开来，正是重水真轮。

韩立的目光在两件宝物上来回游移，片刻之后还是停在了重水真轮上，挥手将青竹蜂云剑收了起来。

青竹蜂云剑虽然是他的本命法宝，但以如今的情况，他想再提升其威力并非易事，盲目作为恐怕会得不偿失。

至于重水真轮则不同，此物本就是他通过功法炼制的一件伪仙器，提升空间还很大，即便失败，损失也在他可承受的范围之内。

韩立心中计定后，深吸了一口气，手中掐诀一点。

“呼啦”一声！重水真轮滴溜溜运转起来，上面的水之道纹光芒大放，散发出一圈圈蓝色波纹。

韩立目光闪烁，嘴角露出一丝笑容。

这些年随着他修为的提升，以及在战斗过程中对于重水真轮的运用，他对真轮有了更加深刻的体会，知道要提升其威能并不难，甚至在思量了数次后，想要将其重新祭炼一番。

他翻手取出一枚玉简，玉简中正是伪真轮的炼制之法。他将玉简贴在额头上，闭目静坐。

足足过了三日，韩立才睁开眼睛，站起身来，取出一些材料，在地面刻画起来。

一日一夜之后，一个复杂的法阵出现在地面上。这个法阵内有八个圆环图案，散发出阵阵蓝光。

韩立在法阵中央坐下，地祇化身早已停止精炼重水，坐在了韩立对面。

韩立两手掐诀，张口喷出一团青色婴火。几乎同一时间，地祇化身也张口喷出一团蓝色火焰，和青色婴火结合在一起。

“刺啦！”

两团火焰融合在一起，化为一个火球，青蓝两色交织，包裹住重水真轮，狠狠地煅烧起来。

重水真轮上的符文禁制顿时尽数亮起，发出一阵阵颤鸣。

第199章

重塑

韩立口中念念有词，十指冲前方接连弹出一道道法诀。

法阵立刻运转起来，其内八个圆环图案一阵模糊后，竟从中浮现一道道玄奥的金色符文，上下跳转，交织缠绕，在半空中凝成一颗颗圆球虚影。

随着韩立手中法诀变化，“噗噗”几声，圆球虚影纷纷爆裂开来，化为一团团蓝色火焰，整个法阵似乎在燃烧一般。

就在此时，他手中法诀一变，口中发出一声低喝。

“呼呼”声大作！

一团团火焰从法阵中飘飞而出，朝着重水真轮汇聚而去。

包裹着重水真轮的火球飞快增大，顷刻间化为磨盘大小，散发的温度骤升，令附近空间的温度也骤然狂升。

真轮在这炙热的蓝色烈焰的煅烧之下，表面灵纹光芒大放，并且逐渐变得透明。

韩立见此，手中法诀催得更急……

时间一晃，便过去了一个月。

法阵上方被蓝焰包裹的重水真轮，此刻通体变得透明，仿佛一块晶莹剔透的蓝色水晶，散发出阵阵耀眼蓝光。

不过这些蓝光闪烁不定，起伏不断，似乎重水真轮已然支撑不住，随时会熔化成液体一般。

与此同时，真轮上的水之道纹更显得光芒璀璨，散发出一股强烈的水之法则波动。

韩立见此，单手一挥，身前浮现七八块材料。这些材料都是蓝色的，只是颜色深浅不同，赫然都是蕴含水之法则的材料。

他单手掐诀，同时衣袖一抖。

地面法阵中的蓝色火焰在一阵波动后，逐渐汇聚到法阵的八个圆环图案之中。

几次呼吸之后，法阵中的所有蓝色火焰尽数消失，全部汇聚到了八个圆环内，形成了八根蓝色火柱。

他一挥手，八块材料飞射而出，分别落入法阵的八根蓝色火柱中。

韩立口中念念有词，八根蓝色火柱飞快旋转起来，接着化为八道火焰龙卷风，发出呼呼的声音，散发出令人心悸的炙热高温。

火焰龙卷风中，八块材料先后熔化，化为一团团蓝色液体。每团蓝色液体中，都浮现一团蓝色符文，正是材料中蕴含的法则之力。

韩立看着这一切，暗暗点了点头，手中法诀再次一变。

八根火柱中的蓝色液体同时飞了出来，一闪没入了重水真轮所在的火球之中。

韩立深吸了一口气，面色变得凝重，两手车轮般掐诀。

重水真轮周围的火球随之翻滚起来，不断旋转，形成一个飞快旋转的火焰旋涡。

法阵中的八根火柱也汇聚而来，融入火焰旋涡之中，使之飞速胀大，散发出的温度也随之猛地高涨。

韩立神色愈加严肃，十指如车轮般变化，额头上冒出一颗颗豆大的汗珠。

火焰旋涡在旋转之间，那八团液体逐渐融入了重水真轮之中。

每融入一团液体，真轮散发出的蓝光就会随之明亮几分，光芒之中，可以看到无数蓝色符文在跳动。只是这蓝光看起来很杂乱，各种蓝色符文也混乱无序地跳动着，引得整个真轮颤动起来。

就在此时，坐在对面的地祇化身双目突然睁大，两手掐诀，体表蓝光陡然亮了数倍，头顶浮现一道粗大的蓝色晶丝。

韩立轻喝一声，掐诀一点。

地祇化身头顶的蓝色晶丝赫然飞射而出，融入了重水真轮之中。

“轰！”

一道耀眼的蓝光从重水真轮上散发而出，如同骄阳般不可直视，将方圆数百里的海底照得一片透亮。

蓝光之中，一股强烈的水之法则荡漾开去，泛起阵阵肉眼可见的涟漪。

重水真轮上的蓝色符文骤然稳定下来，然后尽数没入真轮之中。

韩立眉梢一挑，两手飞快掐动，一道道法诀没入其中。

“嗡嗡！”

重水真轮发出颤鸣之声，散发出的蓝光也随之轻颤起来。

下一刻，方圆数百里的海面随着蓝光波动，剧烈动荡起来，海面浮现无数旋涡。

原本柔和的海水中陡然浮现无数水刀、水箭、水刃，它们急速旋转，将一切都割碎。

方圆数百里内，海中所有生物瞬间被斩杀，海底也被狠狠刮掉了一层。

韩立见此，微微一怔，随即露出惊喜之色。

他深吸一口气，敛去眼中喜色，口中停止喷出青色婴火，随即双手掐诀，地面的法阵立刻停止运转。

地祇化身也停止喷出蓝色婴火，所有的火焰尽数消散，只剩半透明的重水真轮悬浮在半空中。

韩立张口，喷出一口血，那血一闪，融入了重水真轮内。

重水真轮发出“哧哧”声，半透明的轮身迅速变成黑色，温度骤降，在几次呼吸后彻底冷却下来。

轮身上蓝光连闪，九团柔和蓝光亮起，化为九团水之道纹。一股比之前强烈数倍的水之法则之力从新生的重水真轮上散发而出。

韩立见此，面露喜色。辛苦了一个多月，终于大功告成。

他神色有些疲惫，取出一颗丹药服下，身上闪过一阵青光，面色才渐渐恢复。

韩立长出了一口气，上下打量着眼前的重水真轮，脸上的满意之色愈浓。这一次的炼制出乎意料地成功，此轮威能大增，虽然还没有真正尝试，但他估计其威能起码能达到之前的四五倍。

之所以会如此，一方面是他舍得下本钱，一下子将七八块蕴含水之法则之力的材料融入重水真轮中。这些材料无一不是稀有之物，不少是他这些年攒下来的珍品，若拿来炼制仙器，能炼制出一两件不逊于重水真轮的仙器，如今被悉数融入重水真轮中，对其威能的提升可想而知。

另一方面，还有一个重要原因，便是地祇化身将通过信仰之力凝聚的那一根水之法则之丝也融入了重水真轮之中，令其中水之法则之力大增。

地仙凝聚的水之法则之丝虽不如真正领悟水之法则的真仙炼制出来的精纯，但作用同样不容小觑。

思量间，韩立单手一招，重水真轮落在他的手中。手握此轮，他感觉自己五指之间仿佛掌握了一片浩瀚的大海，只要心念一动，便可轻易调动方圆万里的水之力，形成一片汪洋。

韩立将重水真轮一抛，挥手打出一道法诀。

重水真轮上浮现耀眼的蓝色水光，九团水之道纹尽数光芒大放，形成一个玄妙的蓝色光环。

他闭上眼睛，仔细感悟蓝色光环中的玄妙变化，试图参悟水之法则。虽然他目前主修的是三大至尊法则之一的时间法则，但若是可以的话，多领悟几种法则自然是更好。

如今刚刚将此真轮重塑，在这个过程中，他对于水之法则有了些许感悟，自然要趁热打铁尝试一番。

一阵水属性法则之力散发开来，附近的海水如同受到召唤，再次翻滚波动起来，掀起阵阵滔天巨浪。

就在此刻，地祇化身腰间的天水袋黑光一闪，一团漆黑的重水从中飞射而出，正是地祇化身炼制的二层重水。

这团重水一飞出天水袋，便犹如乳燕投林般没入重水真轮之中，飞快融了进去。重水真轮散发出的水光顿时微微波动了一下，变得浓郁了一丝。

这情形，和当年重水真轮吸收一层重水一样。

“咦！”韩立睁开眼睛，口中发出一声轻咦，并没有出手阻止。

重水真轮继续轻轻转动，一团团二层重水从天水袋中接连飞射而出，纷纷投入其中，与之融合。

由于时间有限，地祇化身炼制出的二层重水并不多，很快尽数飞出。

真轮在吸收了这些二层重水后，散发出的蓝光明亮了一些，而且明显变得更沉重了。

韩立目光闪烁，心中又惊又喜。

重水真轮刚刚炼制出来的时候，威力并不算大，之后吸收了大量一层重水，威能飞涨，才成了他的一个杀手锏。可惜后来重水真轮达到了极限，无法吸收更多的重水，威能不再增涨。

没想到重新祭炼后，重水真轮再次开始吸收重水。此轮现在的威力已经非同小可，若是能再进一步……

一念及此，韩立单手一挥，从他身上的天水袋中飞出一团一层重水，缠绕在重水真轮上。

重水真轮上蓝光缭绕，似乎有些抗拒，并没有吸收这团一层重水。

韩立见此情形，眉头微皱，略一思量后，很快便发现了原因。重水真轮经过再次祭炼，不仅威能大增，内部元气也精纯了许多。一层重水与其相比已经低了一个层次，吸入之后非但不能增强力量，反而会有妨碍。

“看来必须将一层重水尽数精炼一番了……”他喃喃说了一句，立刻翻手取出一个天水袋，交给地祇化身。

此刻距离仙府出世只剩下不到三年，时间紧迫得很，多炼制一点二层重水，重水真轮的威能便能增强一分。

地祇化身接过天水袋，一挥手，从中召唤出一大团一层重水。随着他运转功法，身上浮现耀眼蓝光，一股股信念之力隔空传来，头顶浮现一根发丝般纤细的蓝色光丝。

韩立看着这蓝色光丝，苦笑了一下。

地祇化身之前才将千年来通过信仰之力一点一滴凝聚的水之法则尽数打入了重水真轮中，修为大损，如今想要重新凝聚法则之力，一切都要从头开始了。

地祇化身两手掐诀，运转黑海重水经功法。

蓝光从蓝色光丝中散发而出，照射在其手中的一层重水上，蓝光里面隐约能看到无数细小的蓝色符文。

一层重水顿时翻滚起来，开始浓缩，慢慢转化成二层重水。只是转化速度十分缓慢。

韩立见此情形，轻轻叹了一口气。炼制重水的速度本就很慢，加上地祇化身水之法则受损，这速度自然更慢了。若按照这样的速度，三年时间根本炼制不出多少二层重水。

他略一沉吟后，翻手取出掌天瓶，瓶内有一滴绿色液体。

韩立两手掐诀，两道青光从他手中飞射而出，没入瓶内。

“轰隆！”

海域上方天空变色，浮现无数黑云，天地灵气沸腾一般翻滚……

数日之后。

韩立面色如常，手中拈着一颗时间晶粒。以他如今真仙境后期的深厚仙灵力，凝聚晶粒已经没有什么负担。

他略一沉吟后，单手一挥，时间晶粒飞到了地祇化身头顶，晶粒中的金色晶丝一闪，融入蓝色光丝之中。

蓝色光丝立刻光芒大放，表面浮现一层金光。耀眼蓝光从光丝上散发而出，照射在一层重水上。

一层重水立刻剧烈翻滚，飞快缩小，化为二层重水，速度比之前快了不知多少倍。

没过多久，这团一层重水便尽数转化成了二层重水。

地祇化身将其收了起来，又挥手取出另一团一层重水，继续精炼。

韩立见此，松了一口气。还好时间晶粒对炼制二层重水一样有用，否则他就有些头疼了。

韩立身形一晃，朝着上面飞去，很快来到了海面。目光左右一扫，随即朝着附近飞去，在靠近乌蒙岛的一个小岛礁上落下。

海底虽然安静又安全，但日光月光都照射不到，无法凝聚绿液。

他单手一挥，一杆杆阵旗飞射而出，落在岛礁附近。

这里地处偏僻，韩立没有怎么费心布置，布下了几座法阵便停手，盘膝坐了下来，取出掌天瓶放在身旁。

韩立微微沉吟，右手一挥。

一排材料浮现在身前，正是炼制金魂丹的。

炼制金魂丹的材料已经收集齐全，之前一直忙，无暇炼制。眼下他无事，倒是可以趁机将金魂丹炼制出来，以备日后不时之需。

韩立闭目静坐了片刻，将气息调顺后，翻手取出银色丹炉，张口一喷，银焰童子飞射而出，落在丹炉底部，化为一团银焰熊熊燃烧。

做完这一切后，他单手一翻，取出了被层层禁制捆缚的陶羽元婴，将禁制去除后，投入了丹炉之中。

他张口一吐，喷出一道青色婴火，和银色火焰融合在一起，丹炉内的温度立刻上升。

在两色火焰的包裹之下，金仙元婴被狠狠煅烧，体表隐约有一缕缕灵蛇般的金光上下流转。

韩立见此情形，微微点了点头，全神贯注地凝视着元婴身上发生的变化，同时不断掐诀，控制着丹炉内的两色火焰。

时间一点点过去，转眼间过去了大半个月。

丹炉内的元婴缩小了大半，化为一颗拳头大小的金色圆珠，一道道晶莹光芒在圆珠上流动，看起来颇为特别。

韩立略一沉吟后，取过另一样材料，投入丹炉之中……

转眼间，又是大半个月过去了。

海域上，天地灵气突然翻滚起来，一道道金光浮现，凝聚成一朵朵金花，竞相开放。同时，这些金光发出天籁般的仙音，经久不散。

韩立看着身前的丹炉，面露喜色。丹炉上空悬浮着一颗龙眼大小的金色丹药，散发出耀眼金光，正是金魂丹。

金魂丹虽然对于炼制所需的灵材要求苛刻，但其炼制过程并不复杂，以韩立如今的炼丹造诣，花了一个多月便顺利完成了。

此丹灵性十足，丹药上隐约浮现一个小人，仿佛有了神魂一般。一股股奇异药香从金魂丹中散发出来，让人精神振奋。

韩立只觉药香入鼻后，脑海中神魂之力波动，隐隐有要突破的迹象。

“果然不愧是能使神魂蜕变的丹药。”韩立赞叹了一句，取出一个玉盒，将金魂丹小心地放入其中，又贴上了数道符箓后，才收入储物镯中。

他随即伸手一招，将掌天瓶悬浮在身前，单手打出一道法诀没入其中。

岛礁附近的天地灵气剧烈翻滚起来，朝着掌天瓶潮水般汇聚而来。

韩立见此，深吸了一口气，两手掌心各射出一道精纯无比的青色光柱，没入小瓶之中……

数日后，岛礁附近翻滚的天地灵气恢复平静。

韩立掐诀一挥，散去了手中射出的青色光柱，掌天瓶缓缓落下，里面的绿液化为一颗时间晶粒。

他将小瓶收起后，翻手取出一颗丹药服下，单手一挥放出一道青光，包裹着晶粒朝海底飞去。

片刻之后，那道青光从海底飞射而回，里面包裹着一个黑色袋子，正是天水袋。

青光飞回的速度有些缓慢，似乎托着一座大山一般。

韩立伸手接住天水袋，只觉手臂一沉。他放出神识一扫，发现袋中已盛放了不少二层重水。

韩立心中一喜，看来有了时间晶粒的加持，地祇化身炼制二层重水的速度加快了不少。

思量间，他心中一催法诀，重水真轮在身后浮现，然后一闪飞到身前，轻轻转动。

韩立对天水袋掐诀一引，一团拳头大小的二层重水从中飞射而出，缠绕在了重水真轮上。

重水真轮上的九团水之道纹散发出蓝光，蓝光猛地一亮，将附近照得一片明亮。

九团道纹散发出的蓝光闪烁，仿佛九张大口，飞快吞噬起二层重水来。没过多久，就将这团重水尽数吞噬了进去，而重水真轮散发出的水光变得更明亮了。

韩立手中动作不停，再次掐诀一引，又是一团重水飞出，融入重水真轮中。

岛礁上蓝光闪烁，一团团二层重水飞出，连续不断地融入真轮内。过了一天一夜，天水袋中的所有重水终于尽数融入了重水真轮内。

重水真轮通体散发出阵阵耀眼蓝光，轻轻转动之间，迸发出一股令人心惊的巨大力量，引得附近空气颤动不已。

韩立眼中一喜，吸收了这些重水，重水真轮的威能明显提升了一截。

而且和先前吸收一层重水时不同，这次吸收了几乎一池塘的二层重水，重水真轮仍然没有出现不堪重负、心神联系突然断绝的情况。

韩立目光一转，落在了重水真轮那九团水之道纹上，脸上露出若有所思之色。应该是重新祭炼后真轮上的水之道纹大增，故而对于重水的承受能力也随之大大提升了。如此一来，倒省得自己还要用丹火慢慢祭炼了。

他伸手一招，将重水真轮收了起来，闭上了眼睛。

三年后。

岛礁上，韩立盘膝而坐，仿佛这段时日他丝毫也没动过。

一团耀眼的蓝光悬浮在他身前，旁边是一团重水。被蓝光包裹着的，自然是重水真轮。

韩立此刻并没有施法催动，只是让其悬浮在半空，却可以清晰地感受到一股沉重到可怕的气息从光团中涌出，引得附近空气嗡嗡颤动，浮现肉眼可见的波纹，仿佛无法承受重水真轮的重量。

韩立手中掐诀一点，重水真轮开始缓缓转动。

附近空气震颤得越来越剧烈，发出擂鼓般的声音，海底掀起巨大动荡。海水翻滚，狂风呼啸，朝着四面八方席卷而去，而岛礁附近因为有禁制笼罩，并没有受到波及。

重水真轮蓝光闪烁，包裹住周围的重水，飞快地吸收起来。不过片刻之后，所有重水都被真轮吸收进去。

重水真轮上的蓝光忽地一胀一缩，就像打了一个饱嗝一般。

韩立见此，单手一招。

重水真轮顿时停止转动，上面的耀眼蓝光尽消，落在了他手中。

真轮停止旋转后，空气不再颤动，恢复了平静，附近海域也很快恢复原样，仿佛什么都没有发生过一般。

重水真轮看起来和之前没有什么两样，但上面的九团水之道纹明显变大了一圈，蓝光缭绕，乍一看仿佛九个蓝色小旋涡。

比之前强烈许多的水之法则波动，从九团水之道纹上散发而出。九股法则波动糅合在一起，汇聚成一股浩大的法则洪流。

如此庞大的法则之力，单从量来说，已经远胜于韩立身上其他所有仙器。如此一来，他在即将到来的吉凶莫测的仙府之行中，也将多一些生存保障。

韩立面露一丝兴奋，上下打量着重水真轮。从这三年不断吸收二层重水，此轮显然还有余力，甚至吸收之势没有丝毫减弱的趋势来看，未来如果吸收更多的重水，此轮定可以变得更强。

第200章

有备无患

韩立思量间，摸了摸腰间的天水袋。他身上的一层重水还有不少，到现在为止，只有三成左右转化成二层重水，被重水真轮吸收了。

只是不知道，重水真轮究竟能吸收多少二层重水……

韩立摇了摇头，单手一扬，将真轮收了起来，又翻手取出一块赤红阵盘，正是之前呼言道人给他的传信阵盘。

他双眉轻蹙，时间已经过去三年了，按照呼言道人当年所言，距离仙府开启只有三到四年时间，现在应该已经临近开启，对方却丝毫没有联络他的迹象。

“莫非事情有变？”韩立心中不禁暗自猜测起来。

其实他对于去不去这仙府并不怎么在意，毕竟此行有包括北寒仙府在内的诸多势力掺杂其中，修为远高于自己的金仙境修士也有不少，可谓风险莫测，即便有不少好处，但自己的小命显然更为重要。

但在得知真言化轮经仍有后续功法，且就在呼言道人手上后，他不得不重视了，尤其是在见识了时间法则所展现的那足可逆转乾坤的莫大威能之后，他更是对此行向往不已。

他心中念头翻滚，看着手中的阵盘，考虑是否要发一条信息过去询问一下。不过，他转念一想，还是摇了摇头，放弃了这个想法。不管呼言道人和云霓此刻寻找仙府入口是否顺利，他都帮不上忙，既然如此，自己还是不要打扰他们，静候结果为好。

虽然如今的黑风海域并不怎么安全，但以那二人联手的神通，只要不遭遇萧晋寒那般对手，多半不会有什么问题。

韩立将手中的赤红阵盘收起来，目视前方，面露沉吟之色。

想到冥寒仙府，他脑海中又不禁浮现蛟三的身影。此刻回想起来，蛟三和轮回殿之前的种种举动，八成也是因为冥寒仙府。

韩立右手忽地一抬，掌心浮现一个储物袋，里面是几副炼制虚元丹的材料。

他目光闪动了两下，将掌天瓶收起，体表灵光一闪，遁光一起朝着一个方向而去，转瞬间消失在天际。

韩立沿着这个方向，一直飞了数日，才在距离乌蒙岛不知多少万里的一个荒岛上停了下来。

此处已经靠近落魄惊风区域，天地灵气动荡得厉害，飓风呼啸，海面掀起一道道巨大怒涛。

他没有理会周围恶劣的环境，将神识放出，朝着周围扩散而去，感知到周围没有任何异动，才满意地点了点头，收回了神识。

随即，韩立衣袖一挥，厚厚一摞阵旗、阵盘浮现。

他口中念念有词，阵旗、阵盘化为一道道光芒，朝着岛屿四周飞射而去，然后没入其中。

片刻后，一层宛如黄云般的禁制光芒浮现，笼罩了整座荒岛。

荒岛内的一切立刻彻底与外界隔绝开来，别说是外面的声音传不进来，就是天地灵气也隔绝了，仿佛是两个空间。

不多时，黄云禁制之外，空气一阵波动，浮现一层厚厚的青色禁制。青色禁制之外，又浮现无数白光，很快凝聚成一层白色禁制。白色禁制刚刚形成，外面的空气再次波动起来。

转眼间，七八道禁制浮现，将小岛层层笼罩，最外面是一层犹如水幕般的蓝色禁制，无数蓝色水波在禁制上浮现，整个岛屿缓缓消失，和附近海域融为了一体。这些禁制正是当年韩立用来守护临时洞府的，此刻布置在荒岛附近，对他而言轻车熟路。

韩立朝周围望了两眼，微微颔首，在岛屿中央一处平整的地面盘膝坐下，单手一抬。

银光一闪，一道银光从他手中飞出，化为一只银色丹炉，落在他身前。随即又是一道银光闪过，精炎小人出现，落在了炉底，化为一团银色火焰。

韩立手脚麻利地将一切准备妥当后，才翻手取出那个储物法器，挥手之间，一堆炼制虚元丹的材料从中浮现，落在他身旁。

他略微调息，等心境彻底平复后，拿起身旁的一样材料，投入丹炉中。

他打算利用最后这一段时间将此前留下来的那几份炼制虚元丹的灵材，再次炼制一番。虽然不知此丹药具体有何用处，但从蛟三的表现来看，此药八成是要在仙府之中使用。

原本他对此丹只是抱着几分好奇，如今既然他也要进入仙府，便索性炼制出一颗来，正所谓有备无患，或许能博取一点机缘。

鉴于此丹此前所表现的不属于道丹的丹劫之威，他怕在乌蒙岛附近炼制，会引起众人瞩目，故而才不远万里来到这里。

拜蛟三所赐，对于虚元丹的炼制他已经颇为熟练，当下两手如飞般掐诀，飞快催动起了丹炉……

就在韩立专注于炼制虚元丹的时候，在另一座不知名岛屿上，一名身穿蓝袍的中年男子负手立于半空之中。

此人正是苍流宫宫主洛青海。他眉头紧皱，脸上隐隐有烦躁之色，和平日里的沉稳形象有些不一样。

洛青海身后站了一人，正是那名貌若女子的秀气青年南柯梦。此刻他的脸色也不太好看，一双秀眉紧蹙在一起。

二人都没有说话，气氛有些沉闷。

就在此刻，一道蓝色遁光出现在远处天际。

二人感应到，立刻转身看了过去。

蓝色遁光一闪，便出现在洛青海面前，光芒一敛，现出一名留着络腮胡的中年男子身影。

男子一现身，正要抱拳施礼，却被洛青海一摆手拦住了。

“不必拘礼。可有什么发现？”

“启禀宫主，我们七人将各自负责的区域搜索了数遍，仍然没有任何收获。”络腮胡男子犹豫了一下，摇了摇头说道。

洛青海闻言，神色未变，南柯梦却明显感觉到四周的温度骤然降低了。

“宫主，我们是否要继续……”络腮胡男子迟疑地问道。

“继续搜索。扩大搜寻范围，一丝一毫的痕迹也不能漏掉。”洛青海目光一暗，沉声吩咐道。

“是。”络腮胡男子答应一声，转身化为遁光飞射离开。

“师尊，会不会是我们得到的情况不实，这黑风海域并非冥寒仙府的出世地？”南柯梦说道。

“不会，黑风海域的诸多迹象近些年愈加明显，是仙府出世的征兆无疑。且《冥寒山河图》在此处也有感应，仙府肯定是降落于此。”洛青海摇了摇头，说道。

“那为何找不到入口所在？按照记载，以往每次仙府出世，只要按图索骥，应该不难找才对。”南柯梦有些疑惑地问道。

“只有一种可能……”洛青海眼中寒光一闪，说道。

“什么？”南柯梦一怔。

洛青海没有回答他，翻手取出一面蓝色小镜，掐诀催动。

小镜立刻变大了数倍，向周围散发出一圈圈耀眼蓝光。

镜面上浮现影影绰绰的画面，飞快变幻，好一会儿才稳定下来，现出一个紫红面孔的中年男子，头戴羽冠，看起来气度不凡。

“樊师弟，情况如何？”洛青海问道，语气比面对刚才的络腮胡男子，温和了不少。

“北寒仙宫的人，还有黑风岛的一些主要人物前段时间突然从黑风岛消失了，我们三人多方查找，仍查不出他们的下落。”镜中的羽冠男子摇了摇头。

洛青海听闻此话，面色更沉。

南柯梦听到这里也明白了过来，道：“师尊，您觉得如今的情况，是北寒仙宫之人做了手脚？”

“八成是萧晋寒施展什么秘术将入口封印了，否则距离仙府开启只有不到一年时间，无论如何仙府入口也应该出现了。”洛青海说道。

“虽然我对冥寒仙府了解不多，但也知道仙府入口其实是两界空间界面的交错之地，想要封印绝不是在短时间内能完成的，而且动静必定很大，我们不可能毫无察觉才是。”南柯梦蹙眉说道。

“呵呵，恐怕这次他用了什么特殊手段，提前判断出了入口位置，然后设下了禁制封印吧。”洛青海冷哼一声，说道。

南柯梦闻言张了张嘴，似乎有些难以置信。

“宫主，距离仙府开启已时日不多，事到如今，我们怎么办？”镜中的羽冠男子问道。

“无论如何也要找到仙府入口。你们继续寻找北寒仙宫诸人和黑风岛岛主的下落，他们这么多人，不可能如从人间蒸发一般消失，顺藤摸瓜总能找到一些线索。必要之时，手段极端一些也无妨。”洛青海略一沉吟后，别有深意地缓缓说道。

“是。”羽冠男子答应了一声，身影一晃消失不见了。

洛青海掐诀一点，蓝色镜子迅疾缩小，飞入他的袖中。

他在原地呆立了片刻后，突然挥手现出一道蓝光，包裹住了自己与南柯梦，化为一道遁光，朝着远处飞去。

与此同时，黑风海域另一处巨浪翻滚的海面上，十几个人影正迎风立于空中。

这些人皆身穿灰袍，看模样正是与烛龙道、苍流宫齐名的伏凌宗的人。为首二人，正是形如僵尸一般的封天都以及身为伏凌宗宗主的独目男子。

除了这二人之外，在场诸人之中，有三人与其他人相比气质决然不同，赫然是金仙境修为。

其中一人方面大耳，身材高大而肥胖，远远望去，如同一座肉山。另外二人倒是寻常体格，只是肤色看起来很诡异，与常人不太一样。一人全身皮肤漆黑如墨，面如灶君，若是光线不足，恐怕五官看起来都有些不易辨认。另一人全身皮肤雪白如纸，没有一丝血色，甚至连头发眉毛也是纯白的。

剩下之人自然都是真仙境修士，修为也不弱，约莫在中后期的样子。

“属下去了黑风岛探查，发现不仅北寒仙宫的人不见了踪影，而且岛主陆钧还有他的几个重要手下也不在。我对一位管事搜魂，这才得知那些人早在前些时日就不知所终了。”方面大耳的金仙修士面色恭敬地说道。

“果然如师兄所言，八成是萧晋寒对仙府入口做了什么手脚。”独目男子听闻此人的话，面色难看地说道。

“看来是我们大意了，此次仙府之行意义与以往不同，我早该料到以萧晋寒的心胸，绝不会轻易与他人分享。”封天都轻叹了一口气，说道。

“启禀大长老、宗主，属下还发现，除了我们伏凌宗，还有其他势力也在寻找北寒仙宫众人。”方面金仙继续说道。

“哦，有几股势力？可曾查清他们的来历？”封天都目光一闪，问道。

“有两三股，他们都警觉得很。属下不敢太靠近，所以没有查得很清楚。不过，其中应该有苍流宫的人，是五极宫主中的西极宫主崔灿。”方面金仙说道。

“既然我们能发现入口消失是北寒仙宫做的手脚，其他势力自然也能意识到。萧晋寒既然做到这步田地，其他势力显然不会善罢甘休……此事姑且不必在意。”封天都摆了摆手，说道。

“萧晋寒是北寒仙宫宫主，做事却如此卑鄙，这是要彻底断了其他所有人进入仙府的路啊！师兄，我们现在该怎么办？”独目男子看向封天都，恨恨地说道。

“现在距离仙府出世还有一段时间，无论如何也要找到入口，否则，我们就白来一趟了。更可怕的是，若是让萧晋寒得到那东西，伏凌宗恐怕就真的危险了，烛龙道的下场就是前车之鉴。”封天都面色一冷，寒声说道。

黑风城。

城中心区域，一家看起来颇为别致的客栈，一间雅间内，坐着一男一女。男的看起来三十几岁，穿着一件青袍。女的是个穿白袍的少妇，容貌普通，身姿却颇为曼妙。

二人身前摆着一桌丰盛酒席，不过他们丝毫没有吃喝的意思，神情都有些焦躁。

“想不到萧晋寒还有釜底抽薪这一手。如今期限临近，呼言，你说我们眼下该怎么办？”白袍少妇有些焦虑地问道。

这二人正是变幻了容貌的呼言道人和云霓。

“看来，继续待在黑风城守株待兔没什么用，不如去别处寻找吧。此事事关重大，无论如何，也要找到仙府入口！”呼言道人目光闪烁，说道。

“但是我们只有两个人，黑风海域如此之大，哪里找得过来？要不，叫那个厉飞雨过来帮帮忙，死马当活马医吧？”云霓提议。

“不必，如今这片区域可不太平，还是尽可能避免让他与其他势力的人接触为好。至于寻址之事，我另有打算。”呼言道人摇头说道，然后站了起来，朝着外面走去。

云霓看着呼言道人的背影，心知对方说一不二，幽幽叹了一口气后，莲步轻移，跟了上去。

黑风海域某处，一座有些荒芜的岛屿上，十余位身穿白袍的修士聚集于此。他们的衣服上都绣着雪燕图案，三两成群，并没有人说话。

从这些人的站位来看，为首之人是站在中间的一名方面老者，他身上气息浑厚，赫然是一名修为不弱的金仙境修士。至于其他人，都是真仙。

这些人不时张望，似乎在此等人。

不知过了多久，一道银光从远处天际浮现，并以肉眼可见的速度疾射而来，转眼间就到了近处。

岛上诸人这才看清楚了，来者是一名银袍女子。

“渠道友，您来了。”那方面老者立刻迎了上去，脸上露出略显讨好的笑容。

“可有什么收获？”银袍女子脸上露出一丝笑容，问道。

“暂时还没有。不过，我们雪家虽然早就迁出了黑风海域，但还是有很多暗线埋在这里。我已经派人联络那些人，一同帮忙寻找，相信很快就会有收获。”方面老者说道。

“距离仙府开启已经没有多少时间，必须全力寻找仙府入口，否则我们千方百计来到这里，只会竹篮打水一场空。”银袍女子眉头皱了一下，随即立刻舒展开来，柔声说道。

“渠道友放心，我们定然尽心。”方面老者立刻说道。

银袍女子点了点头，和方面老者又说了两句后，身形一晃，化为一道银光飞走了。

“老祖，这渠灵修为高深，远胜我们，她找上我们雪家，说是协力共闯冥寒仙府，但她是真心和我们联手吗？我看她眼中隐现戾气，并非良善之人。”一个长脸男子两手一挥，张开一个白色结界，笼罩了所有人，上前几步对方面老者说道。

“应该不会，此女修为虽然高，但毕竟势单力薄。这次来黑风海域取宝的势力都是人多势众，只有她是孤身一人，所以她才想找些帮手。”方面老者微一沉吟，说道。

长脸男子听完，没有说话，不过脸上的疑虑之色并未减轻。

“放心吧，此女虽然实力强大，但你们十人联手布下雪蚕大阵，再加上我，自保绰绰有余。就算她想利用我们，只要进了仙府，我们要做什么，难道她还能干涉吗？”方面老者得意地一笑，说道。

“还是老祖思虑周全。”长脸男子神情放松了下来，笑着说道。

此时此刻，银袍女子在海面上往前疾速飞驰。

她肩膀上停了一只白色小虫，形如天牛，通体洁白如玉，仿佛用白玉雕刻而成。

白色天牛嘴巴开合，发出声音：“……只要进了仙府，我们要做什么，难道她还能干涉吗？”正是那方面老者的声音。

“几只小杂虫……算了，眼下还需要你们。”

银袍女子冷笑一声，翻手收起了白色天牛，两手不断挥动。每挥动一次，都有一团淡淡的白色雾气从她袖中飞散开来。

雾气飞快飘散开来，原来这雾气是由一个个米粒大小的半透明小白虫组成，雾气朝着四面八方飞去。

海底，一头结丹期的鳗鱼妖兽飞快游过，身体碰到了几只小白虫。小白虫立刻没入鳗鱼体内。对此，鳗鱼妖兽丝毫没有察觉，继续往前飞快地游去。

这些小白虫不仅附着到各种海兽身上，甚至进入了寻常鱼类体内，飞快地朝着四周扩散开来。

风平浪静的海面上，十几名修士盘膝而坐，围成了一个圆阵。

三个光头男子悬浮在圆阵前，他们都是金仙修为，看起来是这群人的首领，其他人都是真仙修为。

这些修士身前各悬浮着一面蓝色小旗，通体晶莹，旗面上密密麻麻的符文清晰可见。每一面小旗都散发出一股水之法则波动，赫然都是仙器级别，而且看起来是一套仙器。

这些修士口中念念有词，两手不断掐诀。

耀眼蓝光从蓝色小旗上散发出来，在半空凝聚到一起，形成一层巨大无比的蓝色光幕，看起来仿佛一面巨大的镜子。

三个光头金仙口中念法诀，掌心各射出一道蓝色光柱，纷纷没入蓝色光幕之中。

蓝色光幕“咔嚓”一声，碎裂开来，化为数十面水镜。每一面水镜上都浮现一处场景，或是海面之下，或是天空之中，或是岛屿之上。

水镜上蓝光闪烁，各种场景不断变换。在场的修士紧紧盯着这些水镜，查看着各地的情况。

随着仙府出世时间的临近，前来黑风海域的各大势力却始终无法确认仙府入口的位置，自然是焦急万分，纷纷发疯一般在各处寻觅。

起初，他们都尽可能隐匿行迹，随着时间越来越紧，他们再也顾不得许多，纷纷显现行迹，大张旗鼓地寻觅起来。

黑风海域一下子多出这么多外来修士，本地的势力顿时战战兢兢，越来越多的岛屿闭关封岛，几乎看不到几个本土修士的身影了。

第201章

另一个消息

时间飞快而逝，转眼间又过了半年。

这一日，黑风海域边缘的某处海域突然天地灵气剧烈动荡起来，无数黑云浮现，很快形成一个巨大旋涡。

强烈的法则气息从黑云中散发而出，引得天地灵气剧烈波动，海面波涛翻滚，狂风大作。

幸好此处靠近落魄惊风，海域常年动荡，所以并不特别显眼。

“轰隆”一声巨响，一道粗大的黑色光柱从黑云旋涡中飞射而下，轰向海面某处。

原本空空荡荡的海面，突然浮现道道禁制光芒，拦在黑色光柱之前。伴随着数声脆响，黑色光柱瞬间穿过了几道光幕，朝着更深处轰去。

就在此刻，一声巨响，一座灰色山峰虚影浮现，挡在黑色光柱前。

一声惊天动地的巨响传来，空间猛地一颤，附近海域也剧烈晃动，海底浮现一道道巨大裂缝，好一会儿才平静下来。

一道光柱从半空的黑云中射出，黑云迅速消散。海面上的几层禁制光芒突闪后瞬间消散，现出了韩立的身影。

他脸色苍白，神情却有些欣喜。他长出了一口气，单手一挥，一团青光飞射而出，迅疾无比地绕着岛屿转了一圈。

岛屿周围的阵旗阵盘飞射而出，没入青光之中，然后飞回他的衣袖里。

紧接着，韩立没有耽搁，十指飞快掐动，体表浮现一道道金色雷电，然后朝着周围扩散开来，形成一个金色雷阵。

伴随着一声雷鸣，金色雷阵骤然光芒大放。韩立的身影变得模糊后，便消失无踪了。

黑风海域一处阴暗空间内，一个高大的人盘膝而坐。此人身上笼罩着一层黑色雾气，令其身影更加模糊，黑色雾气中散发出一股凶厉气息。

在他周围，还盘坐着几个人，不过都不敢靠近他。

突然，此人动了一下，黑色雾气尽数敛入体内，现出一张冷峻的面孔，正是萧晋寒。他面上露出一丝异样神色，目光朝着一个方向望去。

周围几人看到萧晋寒起身，也急忙站了起来。这些人正是北寒仙宫的几位金仙长老，副宫主雪莺也在其中。

“宫主，怎么了？”雪莺走了过来，恭敬地问道。

萧晋寒没有理会这几人，翻手取出一个白色玉盘。

此盘差不多有脸盆大，通体用某种奇异白玉制成，边缘铭刻着许多古拙的花纹图案，中间则是很多白色方形玉格，每一格都只有豆粒大小，围绕着玉盘中央缓缓移动。

柔和的白光从玉盘上散发而出，仿佛白色流水在缓缓流动，看起来玄妙无比。

圆盘中的一块白色方格上浮现一道黑光，看起来很显眼。那黑光闪烁了两下，很快消失不见。虽然黑光一闪而逝，但还是能从中感应到一丝法则波动。

“咦，这是……有人炼制出了道丹？”萧晋寒面色微变，轻声说道。

“道丹……黑风海域这种偏僻之地不可能有道丹师吧？莫非是苍流宫或者伏凌宗带来的？不过他们此刻炼制道丹做什么？”雪莺脸上也浮现惊讶之色，丝毫没有怀疑萧晋寒的判断。

“我也猜不透，也许是他们一直找不到仙府入口，想施展什么手段吧。”萧晋寒缓缓摇头，说道。

雪莺神色微变，点了点头。

萧晋寒翻手收起白色玉盘，朝着前面走去，很快站定。

只见前方不远处赫然耸立着一座巨大的蓝色光门，足有百丈高，门上雕刻着古朴花纹，散发出耀眼的蓝色光芒。

光门中间蓝光璀璨，仿佛流水般涌动，隐隐形成一个蓝色旋涡。那蓝光不时闪亮，朝着外面冲击而去。

蓝色光芒周围赫然耸立了九根巨大白色玉柱，形成一个九宫格，每根玉柱上都刻满了密密麻麻的玄奥纹路。玉柱周围的地面上也铭刻了复杂的阵纹，形成一个巨大的法阵。

每根玉柱顶端都盘膝坐着一个修士，欧阳奎山等三人赫然在其中，口中念念有词。

耀眼白光从玉柱和法阵内涌出，形成一层厚厚的白色光幕，将光门笼罩起来。

每次蓝光向外冲撞时，白色光幕都会剧烈震颤一下，连带着周围的九根玉柱也轻轻晃动，上面的修士的身躯也为之一颤。

“仙府出世之日越接近，冲击的震荡会越大。吩咐下去，最近一段时间要愈加注意，切不可大意，莫要出了岔子。”萧晋寒吩咐道。

“宫主放心，为了此次之事我们早已做了充足的准备，绝不会出任何问题。”雪莺自信地说道。

“此外，欧阳奎山这几个人你要钉紧一点，别让他们偷懒，出工不出力。”萧晋寒点点头，又说道。

“呵呵，谅他们没这个胆。而且到了这里，就由不得他们了。”雪莺冷笑一声，说道。

“如今外面的情况如何？”萧晋寒应了一声，随即问道。

“苍流宫和伏凌宗的人都像没头苍蝇一般在找我们，多亏宫主睿智，先前已经做了周密的布置，才让那些势力没有丝毫收获。”雪莺笑道，口气中充满了幸灾乐祸之意。

“苍流宫和伏凌宗不足为虑，轮回殿的人呢？”萧晋寒微微一笑，随即问道。

“轮回殿的人行动仍旧十分隐秘，表面上并未现身。如果他们发现了最外围的禁制，开始全力破解，我们布下的陷阱就会神不知鬼不觉地启动，一举将他们封印。虽然未必能让他们全军覆没，但也足以让他们大伤元气。即便他们有人能够逃脱，起码也要花个一年半载，到时候冥寒仙府这边的入口早已关闭，他们来了也无可奈何了。”雪莺笑着说道。

萧晋寒满意地点了点头，看向蓝色光门，眼中透出丝丝炙热光芒。

就在此时，距离其不远的一名白袍剑眉男子身上忽地浮现一道白光。此人正是当年提前来到黑风海域的冯姓男子。他脸上露出些许惊讶之色，翻手取出一个白色阵盘。

阵盘上光芒闪烁，浮现一行小字。

剑眉男子看了一眼，脸色立刻大变，快步朝着萧晋寒走去。

“宫主，不好了！”

乌蒙岛附近一处海面上空，一道道金色雷电浮现，随即凝聚成一个金色雷阵。

韩立的身影在雷阵中浮现，目光朝着周围望去，同时将神识散发开来。

感应到周围没有异样，他才松了一口气，翻手取出一个玉盒。里面是一颗黑色丹药，散发出丝丝法则波动，正是虚元丹。

虽然之前他已经成功炼制过虚元丹，但这次炼制仍然免不了失败。他将几份材料尽数用光，才炼制出这么一颗。

他看着手中的虚元丹，目光有些闪烁。

经过这次炼丹，韩立对虚元丹又多了一些了解。此物虽然与道丹十分相似，但作用似乎不是用来参悟其中的法则。究竟要用此丹做什么，他也猜不透。

韩立看了虚元丹两眼，便翻手将其收了起来，目光朝着前方望去，眉头微皱。

又是半年过去了，呼言道人仍然没有消息，算算时间应该马上就要到仙府开启的日子了，莫非真的出了什么问题？

韩立沉默了片刻，翻手取出赤红传信阵盘，掐诀催动。明亮红光从阵盘中浮现，形成一个赤红法阵。

他嘴唇微动，发出一条信息。赤红阵盘轻轻转动，法阵光芒闪烁，但呼言道人始终没有回复。

韩立眉头紧皱，对方竟然不回信息，莫非真的出事了？

他略一沉吟，飞身入海，同时翻手取出无常盟面具戴在脸上，打开了消息界面。如果冥寒仙府真的出了什么事情，无常盟应该能查到一些线索。

韩立脸色一怔。无常盟中传送消息的界面，此刻乱成了一锅粥，无数条消息交织在一起，热闹无比。

他急忙翻看起来，越看他脸色越古怪。

这些年他不是在专心炼制重水真轮，便是在炼丹，对于冥寒仙府的事情并没有留意，此刻看了这些消息，才对黑风海域如今的情况有了一些了解。

过去这三年，仙府入口竟然迟迟没有出现，现在各方势力都在全力寻找。

不过此刻无常盟如此热闹，却是因为另一个消息："仙府入口，红月岛下。"虽然这消息不知真假，但在无常盟中引起了轩然大波。

"红月岛……"韩立喃喃自语。

红月岛他自然不会忘记，当年他和蛟三等人就是在那里斩杀了红月岛岛主。此岛下方竟然另有乾坤，冥寒仙府的入口真的在那里吗？

韩立目光闪烁，取出了一块黑色晶石，正是墨钰晶。此物是那猪豚兽在红月岛附近找到的，蛟三似乎对此石颇为关注，还有那虚元丹……

韩立脑海中各种念头急转，所有线索都隐隐指向红月岛。

“莫非这个消息是真的……”他轻声说道。

突然，韩立身旁的传信法阵忽地一亮，一道赤红人影出现在里面，正是呼言道人。

“厉道友，速至海榕岛集合。”呼言道人开口说道。

“海榕岛……前辈，莫非冥寒仙府的入口真的在红月岛下方？”韩立一怔，红月岛正是他初次执行无常盟任务时去过的岛屿。

“哦，看来你也看到了盟内流传的那个消息。此事十有七八是真的，你先速来和我们会合吧。”呼言道人催促道。

“好，我马上过去。”韩立点了点头，掐诀中断了通讯，收起传信阵盘，朝着海面之下飞去。

片刻之后，一道青色光芒从海中飞射而出，在半空一个盘旋，朝着某个方向疾速飞去。

黑风海域一处海面上，苍流宫众人尽数站在一艘大型蓝色飞舟上，往前迅疾飞去。

“红月岛的地理位置既不偏僻，也不靠近黑风海域中心，确实容易让人忽略。”洛青海站在船头，若有所思地喃喃自语。

在其身前，浮现着一小块蓝色光幕，上面显示着蔚蓝海域上星罗棋布的岛屿。其身后站着数人，除了一名羽冠中年男子外，还有三人。

其中一名是二三十岁年纪的白面书生，他手持一柄蓝色羽扇，看起来颇有几分儒雅之气。

另一位神情严肃的黑须老者，正低着头看自己的双脚，看起来有些沉默寡言，不苟言笑。

还有一人头戴斗笠，帽檐压得很低，看不清容貌，只能隐约看出是个男子。此人两只手臂齐肩而断，身体仿佛一个球，看起来有一点滑稽，隐隐又带着一丝恐怖。

其他人包括南柯梦和络腮胡男子，都站在稍远的地方。

“宫主，这红月岛我先前去探查过，并未发现有何异样之处，或许是我等疏忽了。”白面书生有些自责地说道。

“若真是北寒仙宫处心积虑设下的禁制，用寻常手段肯定是探查不到的，这并非你们之过，无须自责。虽然不知这条消息是何人传出来的，但我的直觉告诉我，应该是真的。”洛青海摆了摆手，缓缓说道。

“宫主，您的意思是……”白面书生微微一怔，继而面带几分兴奋地说道。

听闻此言，原本低头看脚的黑须老者抬起头，虽然面色依旧严肃，但双目之中多了几分神采；连那名斗笠男子所戴的斗笠也微微颤了颤。

不远处的南柯梦等人听闻洛青海如此说，脸上也露出兴奋之色。

洛青海没有再多说，手中掐诀一点，蓝色飞舟光芒大放，速度更快了，隐隐化为一道巨大蓝色幻影，朝着前方疾驰而去。

黑风海域另一处海面上空，一群灰袍人站在空中一动不动，正是伏凌宗众人。

“师兄，你觉得这个消息是真是假？”独目男子看向封天都，问道。

“空穴来风，必有其因。你们这么多人都找不到什么线索，还不如现在死马当活马医。”封天都面无表情地说道。

“师兄此言极是，不过话说回来，这一次的仙府入口着实有些古怪……”独目男子有些尴尬地赔笑道。

未等独目男子说完，封天都蓦地抬手，袖子一挥，大片黑云浮现，将所有人笼罩起来。阴风大作，黑云裹着所有人滚滚而去，瞬间消失在天际。

一座葱葱郁郁的海岛上，一个银袍女子悬浮在半空，此人正是渠灵。她脸上戴着青色面具，明亮的青光从面具上泛起，形成一个青色光幕。

渠灵看着青色光幕，眼中露出一丝笑意。

突然，远处天际浮现一团白光，迅疾飞射而来。

渠灵转头朝白光看了一眼，取下脸上的青色面具，收了起来。

白光落在海岛上，闪烁了两下消散开来，现出了方面老者一行人，人数比之前多了几人。

“渠道友，你可听说那个传言？仙府入口出现了，就在红月岛下。”方面老者向前走了两步，兴奋地说道。

“我已经知道了，这个消息在无常盟中已经传遍了。”渠灵点头说道。

“你觉得这个消息是否可靠？”方面老者压低了声音问道。

“无常盟中质疑这个消息的人很多，却没有人能拿出确切的证据否认这个消息，看来有几分可能是真的。不管这个消息是真是假，我们都要去红月岛看看。”渠灵不置可否地说道。

“看来也只有如此了。”方面老者若有所思地点头应道。

“只是关于红月岛，我现在知道的信息不多，你们雪家以前是黑风海域的势力，雪山道友应该对此岛了解一些吧？”渠灵话锋一转，问道。

“渠道友有所不知，红月岛在黑风海域本来并不怎么出名，而雪家早在数万年前便离开了黑风海域，对其了解不多。只是听说红月岛岛主是一位颇有名气的地仙，修为不俗，后来不知什么原因，此人被杀，红月岛便荒废了，至今那里也无人管辖。”方面老者想了想，说道。

“这样啊……”渠灵闻言眼睛微眯，露出沉吟之色。

“既然决定要过去，我们还是尽快出发吧，万一这个消息是真的，莫要让其他势力的人抢了先机。”方面老者等了一会儿，见渠灵仍沉默不语，不由得有些着急地说道。

“好，那走吧。”渠灵目光一闪，收回心绪答应道。

方面老者转身，挥手发出一道白光，笼罩着雪家众人，便要飞射而出。

就在此刻，方面老者觉得后背一阵微风吹过，然后小腹一凉，一股剧痛传来，全身力气飞快消散。他低头一看，一个白色蛇头从他腹部伸出，口中叼着一个白色小人，五官长得和自己一模一样，正是自己的元婴。

方面老者双目圆瞪，脸上满是不敢相信的神色。

他身上虽然看不到多少灵光，但穿着的这件贴身灵甲是他花费数十万年心血辛苦祭炼的宝物，在此蛇面前，竟然仿佛纸糊的一般。

只见白蛇口中白光一闪，一缕白焰飞射而出，打在元婴小人上。

“咔咔！”

方面老者的元婴顿时被白色冰晶冻结。

白蛇大口一张，赫然将方面老者的元婴连同外面的冰晶一起吞噬了，然后身体一缩，倒射而去。

方面老者闷哼一声，身体被白蛇一带，转了过来。

他的身后，渠灵面色冷漠，身上缠绕着一条白色大蛇，狭长的蛇目冰冷，口中蛇信轻吐，发出“哧哧”的声音。

“不好！”

“疯女人，你干什么！”

“老祖……”

这一连串的变化快如闪电，雪家众人此刻才反应过来，看见老祖被暗算，立刻连连怒喝，飞扑上来。

各色光芒的灵宝顷刻间倾泻而出，汇聚成一条巨大的灵光洪流，朝渠灵而去。

渠灵冷笑一声，衣袖一挥。

一团金光飞射而出，化为一条数十丈长的金色巨虫，挡在那灵宝洪流之前。

“为……什么……”方面老者盯着渠灵，全身力气飞快消散，艰难地开口问道。

“我邀请你们雪家同行，不过是因为不熟悉这黑风海域，需要一个合适的探子。现在仙府入口既然已经出现，我自然就用不到你们了。”渠灵淡淡地说道，屈指一弹。

方面老者眉心处顿时出现一个血洞，眼睛暗淡，他倒在了地上。

渠灵目光一转，看向另一边。

一道道灵宝轰击在那条金色甲虫身上，发出一连串巨响，光芒狂闪。只见所有灵宝被轻易弹开，甲虫身上没有一丝痕迹。

被灵宝轰击了几下，金色甲虫眼睛中露出恼怒之色，两只前爪一挥。

两道晶光飞射而出，斩在两件灵宝上。

“刺啦”一声轻响，两件灵宝仿佛泥捏的一般，轻易被晶光斩成两截，光芒尽失，掉在了地上。

雪家众人见此，全都目瞪口呆。

“别犯傻！此女非我们可以力敌，快分散逃走！能逃一个是一个！”长脸男子大吼一声，连祭出的灵宝也来不及收回，就化为一道白光，朝着某个方向飞遁而去。

其他人如梦初醒，尽数转身逃走。

“来了何必还走？都给我留下吧。”渠灵冷笑一声，屈指一点。

金色甲虫两只前爪金光大放，再次一挥。两道十几丈长的粗大晶光飞射而出，发出“嗡嗡”颤鸣。

两道晶光轻轻一颤，赫然化为十几道较小的晶光，分别朝着雪家众人斩去。

这些晶光的速度快得不可思议，一闪便出现在众人身后。

“噗噗”几声，雪家众人的护体灵宝在晶光之前，仿佛纸扎的一般，轻易被斩碎。

在一连串的凄惨叫声中，雪家众人无一例外，身体连同灵宝化为漫天荧光，消失无踪。

渠灵微微一笑，挥手发出一道银光，将方面老者的尸体卷到身前。

“金仙修士气血充沛，倒是不错。”她打量了尸体两眼，点了点头，将其收了起来，随后目光一转望向金色甲虫，笑道。

说完，她挥手召回了甲虫，身体化为一道银光，飞射而出。

第202章

入口

数日后，海榕岛。

一道青光由远及近，飞速划过天际，落在了岛屿上空，遁光敛去，现出一名身材魁梧的男子的身影。

男子正是韩立，只是此刻的他幻化成一名面容黝黑的中年大汉。

他身形一动不动地悬于半空，双目蓝光闪烁，朝着下方扫去。

就在此刻，下方岛屿某处“嗡嗡”一响，浮现一层蓝色光幕。紧接着“刺啦”一声，光幕裂开一道可容一人通过的口子。

“是天宇来了吗？进来吧。”未等韩立做出什么举动，一个声音传了出来。

韩立眉梢一动，落了下去，一闪身飞入了蓝色光幕内。那道口子闪了一下就消失不见，接着那层蓝色光幕也隐没了。

光幕下方空间并不大，是百丈范围的半球形区域，里面温度却颇高。

韩立进入其中，微微一怔。

这里聚集着一群陌生的修士，他并不认识。其中正与人交谈的一名身穿黑袍的黑须老者含笑朝他望来，在老者身旁，还站着一名容貌姣好的黄裙女子。

韩立略一思量，便猜到了这二人的身份，正是呼言道人和云霓，二人与自己一样，也幻化了容貌。

“在下路上耽搁了一点时间，让师叔久等了，真是抱歉。”韩立拱手说道，目光朝着二人身后看去。

呼言道人和云霓身后，还站着九名道人打扮的修士。这些人都身穿火红道袍，长袍上绣着一只栩栩如生的火鸦图案，看来是同一宗门。

九人的面色都有些怪异的潮红，全身上下散发出阵阵浓烈的火焰灵力波动，显然他们修炼的都是火属性功法。

为首三人，包括一名须发皆红的耄耋老者，一名赤裸上身的高壮大汉，以及一名四十余岁的中年美妇。

三人身上的气息浩大绵长，虽不及呼言道人与云霓，但显然也都是金仙境修士，老者的修为比大汉和美妇还要高深。

“来，天宇，我先给你介绍一下，这几位是古云大陆真焰宗的道友，此次将和我们同行，一起入那冥寒仙府寻机缘造化。这位是宗主旭阳子，这两位是震云长老和卢兰长老。三位道友，天宇是我二人的后辈子侄，为人机警，实力还算不错，应该能在仙府中发挥一些作用。”呼言道人所化的黑须老者笑着介绍道。

“原来是真焰宗三位前辈，还有诸位道友，在下古天宇，有礼了。”韩立目光一闪，脸上露出笑容，拱手道。

真焰宗这个名字，他是知道的。

这个宗门在古云大陆偏居一隅，是仅次于烛龙道的几大势力之一，尤其擅长火属性神通。但不知何故，所属门人在外鲜少走动，处事似乎颇为低调，以至于整个宗门声名不显。

其实，在烛龙道未遭逢大变之前，古云大陆大大小小的势力大多明里暗里依附于烛龙道。各大势力互相之间时有纷争，但只要不涉及底线，烛龙道不会插手，也乐见其成。

烛龙道如今的情况具体如何，韩立虽然不知情，但以他的阅历见识，自然也多多少少可以猜测十之八九。如今古云大陆的情形，可被称为“树倒猢狲散”。这次呼言道人突然邀此宗前来同行，或许有几分欲盖弥彰之嫌。

“真是后生可畏。古道友，此刻仙府入口还不知道在哪里，你便谈论进入仙府后的事情，未免有些太心急了吧。”旭阳子冲韩立微微点了点头，便移开了目光，如此说道。

震云和卢兰扫了一眼韩立，显然对于并非金仙的韩立并不怎么在意。

韩立对此只是淡淡一笑，也没有在意，默默走到了呼言道人身后站定。

“无常盟中流传的那个消息，相信三位道友都知道了。虽然那里未必真的是仙府入口，但总算是有了一些线索。”呼言道人微微一笑道。

“两位道友偶得宝图，愿意将进入仙府的名额拿出来与我真焰宗共享，是对本宗的信任，本宗自是感激万分。只是如今我等找了这么长时间，几乎将整个黑风海域翻了个底朝天，却丝毫没有收获。这个消息来得蹊跷，恐怕多半是子虚乌有。”旭阳子蹙眉说道。

“旭阳道友此言差矣，既然找了这么长时间都没有收获，如今这消息出现，不管是真是假，我们都应该前去红月岛探查一番才是。”云霓开口道。

“恕严某直言，此消息虽然在无常盟中闹得沸沸扬扬，但是真是假谁也不知。说不定是有人故意透露，在红月岛设下陷阱，试图谋害前去之人，我们若是过去，岂非自投罗网？”震云摇头说道。

“是啊，恐怕就是北寒仙宫设下的圈套，此举还是慎重为好。”卢兰也蹙眉说道。

“三位，这冥寒仙府每隔万年才开启一次，尤其是上次开启时，有人发现其中或许别有洞天，极可能真有传闻中对突破太乙境极有助益的‘太乙丹’，所以此次包括北寒仙宫在内的各方势力才会如此兴师动众。这可是千载难逢的造化机缘，到了此刻，莫非三位真的甘心退缩？”呼言道人眉头紧皱，说道。

“这……倒也并非如此……只是此事应当从长计议，一切当以稳妥为上。”旭阳子面色微变，说道。

震云和卢兰一时没有再说什么，但目光中的疑虑之色犹在。

韩立见此，眉头微皱。

这几位真焰宗的金仙境修士被仙府中的宝物吸引而来，面对如今的局面却有些举棋不定，毫无锐气可言。宗主及长老都如此胆小怕事，也难怪此宗以前行事那么低调了。

“我知道，北寒仙宫势力大且野心勃勃，三位是担心单凭我们这些人，哪怕再加两三倍的助力，若是遇上北寒仙宫也恐不敌。自烛龙道之变后，北寒仙宫明面上虽然实力大增，但暗地里也遭到了不小的抵抗。据我所知，包括苍流宫、伏凌宗在内的各方势力，都对北寒仙宫颇为愤懑，不想遭遇烛龙道的下场。尤其此次北寒仙宫暗地里封印了仙府入口，算是惹了众怒，我料定其他势力的人定然都会前往红月岛。”呼言道人轻叹了一口气，缓缓说道。

“若这个消息是真的，仙府入口就在红月岛下，到时候众人联手行动，北寒仙宫虽然势大，但也不可能和所有人抗衡吧？就算这是个陷阱，也不可能困住我们所有人，三位又何惧之有？”云霓旋即补充道。

“二位这么说的话，倒也有几分道理……”旭阳子捋着胡子，似乎被说动了。

震云和卢兰互望了一眼，神情也松动了。毕竟仙府中的各种奇珍异宝，着实令他们眼馋不已，更别说还有传闻中的太乙丹。

“如今时间无多，三位道友可要尽快做决断了。要知道里面珍宝无数，难道你们真的甘心让这些宝物都落在其他人手中，自己一件也捞不到？”呼言道人再次说道。

旭阳子眼中闪过炙热的光芒。

“当然，我们也不能大意前往，必须小心行事，想一些对策。”呼言道人点了点头，说道。

“师叔算无遗策，想必已经想好办法了吧？”韩立看了真焰宗众人一眼，笑着说道。

呼言道人不置可否地淡淡一笑，挥手撤下了周围的禁制。

他随即一拂袖，一团蓝光出现，化为一架蓝色飞车。飞车外形颇为怪异，前后各有一个十字风车，光芒闪动，灵气逼人，引得包括旭阳子在内的真焰宗诸人纷纷注目。

“这架御水车是我多年前入冥寒仙府偶得的一件异宝，隐蔽效果极佳，我们乘坐此飞车过去，应该会安全很多。”呼言道人如此说道。

韩立打量了飞车两眼，心中一动。

此车显然是用某种特殊的灵材所炼制，其中不乏稀有的水属性灵材，上面铭刻着无数繁复玄奥的灵纹，散发出极淡的水之法则波动。

他因为重水真轮的缘故，对水之法则也有些感悟，隐隐觉得飞车散发出的法则波动，应该是属于隐匿方面的。

韩立身形一动，率先飞身落在了飞车上。

旭阳子在原地略一踟蹰，才下定了决心，飞身落到飞车内。

他一动身，震云和卢兰两名长老及随从的六名真仙境修士也先后飞入了飞车中。

呼言道人和云霓脸上露出笑容，也飞了上去。

呼言道人站稳身形后，挥手打出一道法诀，飞车各处散发出颇为奇异的蓝光，恍如雾气一般，笼罩了整个飞车。

蓝色飞车顿时变得若隐若现，丝毫气息都没有散发出去，连先前那一丝微弱的法则波动也彻底消失了。

呼言道人单手掐诀，飞车顿时往下落去，没入了下方海面。

进入海中后，飞车上散发出的蓝光立刻和周围的海水彻底融为一体，原本已经极为隐蔽的飞车，此刻气息全无，仿佛化为海水的一部分。

紧接着，飞车表面灵纹一闪，整架飞车化为一道流光，朝前方疾驰而去。

“呼言道友的飞车果然玄妙无比，看来冥寒仙府中的宝物果然都是万中无一的精品。”旭阳子看着四周飞过的景物，赞道。

“旭阳道友过奖了。此番若是能顺利入府，诸位的收获想必不会少。”呼言道人笑了笑，手中再次掐诀。

“呵呵，御水飞车，此名果然贴切得很，在下对此行愈加期待了。”震云长老见此，眼睛一亮，点头赞道。

“希望一切顺利，但愿这仙府入口果真在那红月岛吧。”卢兰目光微微闪动，说道。

呼言道人微微一笑，没有再多说，脚下轻点，光芒一闪。

飞车前后的风车顿时“嗡嗡”转动，飞遁速度再次加快，宛如一道幽灵，以肉眼几乎无法分辨的速度在海中穿行，没有引起周围海水的波动。海中的游鱼和妖兽丝毫没有察觉到飞车的存在，依旧游动觅食。

韩立朝着周围看去，暗暗点头。

这飞车设计精妙，显然炼制之人不但技艺超群，而且对于水属性法则之力的掌控妙到毫巅，乘坐此车在海中前行确实很安全。

只是从此车散发的仙灵力波动来看，消耗的仙元石怕是不少。呼言道人为了能让那几位心甘情愿地加入此行，看来是花了大本钱。

韩立心中念头转动，自顾自找了一个角落盘膝坐了下来，闭目养神。

真焰宗的几位修士在起初的兴奋劲头过去后，也纷纷找地方坐下，自行其事。

海榕岛距离红月岛距离并不远，加上呼言道人的这艘御水飞车速度极快，只用两日光景便已赶到。

蓝色飞车在距离红月岛数百里的海中停了下来，众人没有立即登岛。韩立等人站了起来，望向前方的巨大岛屿，都没有说话。

“好一座红月岛，想不到面积竟然不小。即便那个传言是真的，想要在这么大的范围内找到一个小小的仙府入口，恐怕也不容易。”呼言道人看向前方的岛屿，眉头皱了起来。

由于残图无法发挥效用，这种情况下，若要不露行迹，自然不能使用神识探查。但若用别的神通，想要探查如此大的一座岛屿，又谈何容易？

旭阳子等人彼此互望，显然都没有办法。

“先沿着岛屿寻找一圈看看吧，或许有什么发现。”云霓提议道。

“也好。”呼言道人一时想不出好的办法，于是驾驭飞车，环绕着红月岛行进。

呼言道人、云霓和旭阳子等人各自施展不易被察觉的手段，探查着周围的环境。

韩立双目蓝光大放，射出数尺长的蓝光，朝着周围望去。

“小辈，你才多少修为，莫要乱用神通，万一被人探查到，你担当得起吗？”旭阳子眉头一皱，冷冷斥道。

“旭阳子前辈说的是，在下小小神通，不值一提。不过此神通是灵目探查，并无气息外泄，还请几位前辈放心。”韩立笑了笑，说道。

“旭阳子道友放心，天宇这门灵目神通颇为玄妙，既然他想帮忙，不妨给他这个机会。”呼言道人笑道。

旭阳子见呼言道人开口，便没有再说什么。

呼言道人对韩立略一点头，继续驱动飞车，很快绕着红月岛飞了半圈，然而众人却没有丝毫发现。

旭阳子面色再次沉了下来，震云和卢兰的面色也变得不好看，甚至眼中再次闪过一丝不安。

就在此时，韩立面色一变，急声说道：“师叔，还请停一下飞车。”

呼言道人闻言，眉梢一挑，立刻掐诀一点，蓝色飞车瞬间停住，表面浮现一层蓝色光波，向外荡漾。

呼言道人刚刚停下飞车，就见一道遁光从左前方飞射而来，毫不停留地朝着海底深处而去，转眼间消失无踪。

“天宇，你的灵目神通不错啊。”呼言道人笑道。

“师叔谬赞，偶然发现而已。”韩立谦逊地说道。

旭阳子嘴角抽动了一下，脸色有些不自然，但还是与其他人一样，向那道遁光所去的方向望去。

“莫非入口就在下面……天宇，你再试试。”云霓忍不住说道。

韩立深吸了一口气，双目蓝光闪烁，竭力运转明清灵目。可惜下方水太深，以明清灵目的目力看不到底，他只能有些无奈地冲呼言道人与云霓摇了摇头。

“既然来了这里，不冒险是不可能的，还是下去探一探为好。”呼言道人思考了片刻，说道。

云霓点了点头，韩立自然也不会反对。

“旭阳子道友，你们觉得呢？”呼言道人看向旭阳子等三人。

“也好，正所谓富贵险中求！”三人也颔首同意。

呼言道人手中掐诀，让蓝色飞车略微掉转方向，朝着刚刚那道遁光所去的方向飞射而下。

此处海底极深，蓝色飞车行驶了好一会儿，还没有到底。而且深沟极多，看起来仿佛一片连绵的群山，地形很复杂。

呼言道人脸上露出迟疑之色，一边四下张望，一边让飞车慢了下来。追到这里，他已经感知不到那蓝光究竟去了何处。

呼言道人略一沉吟，先是与云霓交换了一下眼神，又转头望向旭阳子等三人，露出询问之色。

三人神情有些尴尬，他们显然也感应不到那道遁光究竟去了何处。

“师叔，从那条海沟追下去。”韩立指向不远处一条巨大幽深的海沟。

“咦！你的蓝眸究竟是何种灵目，竟如此厉害，能探查到如此遥远的距离？”呼言道人赞赏道。

说完，他手中掐诀。蓝色飞车立刻飞射而出，钻入了韩立所指的海沟。

“师叔过奖了，在下的灵目哪能看到如此远的地方，只不过是善于探查灵力波动，找到了那遁光飞过后留下的蛛丝马迹罢了。”韩立笑了笑，说道。

他如今修为大增，明清灵目神通也随之长进，即使不用和破灭法目结合，也能看到微弱的灵力痕迹。

“能探查到如此微弱的灵力痕迹，也是了不起的灵目神通了。”云霓忍不住夸赞道。

旭阳子等人听闻此话，露出几分惊讶之色，再次上下打量了韩立几眼。

韩立只是冲几人微微笑了笑。

谈话的间隙，飞车已经飞入了海沟深处。

此处地形也极为复杂，有很多条通道，不知延伸到什么地方。这些海沟通道看起来并非人力打通，而是天然形成的。如此奇特的景象，不知是如何产生的。

韩立见此，眼中闪过一丝异色。上次来红月岛执行任务，他一直都在岛上行动，没想到此岛下面竟然另有乾坤。

他和呼言道人此刻顾不得谈话，各自颇为默契地施展神通搜寻起来。

韩立以明清灵目寻找那道遁光的痕迹，呼言道人操控飞车一路追寻而去。有些地方颇为狭窄，仅有数尺宽。好在众人都是真仙境修士，蓝色飞车也能变化大小，这点小困难难不住他们。他们一路没有停顿，顺利地前进。

转眼间小半个时辰过去了，蓝色飞车在一条通道中缓缓前进。此处的岩石呈淡蓝色，看起来仿佛冰晶一般，而且散发出丝丝灵气，材质类似灵材。

这条通道不知深入了海底多远，光线极为昏暗，通道内壁的岩石散发出微弱的蓝光，照亮了通道。

韩立表情严肃，眼中蓝光闪烁，散发出一圈圈蓝色光晕。他在此处除了探查到刚刚飞射的那道蓝色遁光，还探查到很多别的灵力痕迹，似乎有很多人来过此处。

他没有隐瞒，将探查到的情况和众人一一说明。

众人听闻此话，又惊又喜。有很多人聚集在此处，看来那仙府入口十有八九就在前面。

呼言道人并不心急，操控着飞车缓缓前进。又往前飞了一段距离，通道前方隐隐传来一阵阵轰鸣声，似乎有人在打斗。

众人也都听到了，脸上都露出一丝喜色。

“应该就在前面了！”

“看来这消息果然不假。”

“还没确认之前，大家切不可掉以轻心，以免着了别人的道。”

众人七嘴八舌地讨论着，呼言道人口中念念有词，手中法诀一点，蓝色飞车速度略有提升，飞快前进。

第203章

封锁

随着韩立等人所乘的御水飞车越往前去，他们听到的轰鸣声越发响亮。

入目之处，海水激荡，翻滚不休，旁边通道不断晃动，不时有大大小小的石块落下。前方通道内浮现各色光芒，不断闪烁波动，耀眼至极，光芒之中隐隐还有人在大声喧哗。同时，一道道神识从前面横扫而来，肆无忌惮地交织碰撞，热闹无比。

韩立等人彼此互望，此处情景倒是大大出乎他们的预料。

蓝色飞车没有停下，飞快前进，转眼间就到了通道尽头。

通道尽头赫然是一个巨大的地下洞窟，顶端是密密麻麻的蓝色石钟乳，看起来是个天然溶洞，长宽足有百里。

洞窟之内聚集了数十名修士，他们正驱动灵宝，朝着洞窟的一处地方狠狠地轰击而去。

那里赫然浮现一道厚厚的黑色光幕，光幕后面隐约有一个洞口，洞口深处站着一些修士，只是黑色光幕太厚，有些看不真切。

一道道灵宝打在光幕上，黑色光幕不断颤动，表面光波起伏，不时有些黑色灵光从上面溅射而出。

此处洞窟不知是被人布下了禁制，还是原本便坚固无比，承受如此多的攻击竟然没有崩塌，只是微微晃动几下。

“北寒仙宫，你们倒是打了一手好算盘，竟然将仙府入口封印了！”

“你们想要独占这次进入冥寒仙府的机会，痴心妄想！”

“冥寒仙府是北寒仙域的宝藏，不是你们一家之物，还不快将这禁制撤下！”

一众修士不断怒喝，驱动手中灵宝，如雨般轰击在黑色光幕上。

韩立一行人见此，脸上都是一喜。

呼言道人大手一挥，翻手取出了那幅《冥寒山河图》。

此图一出现，表面的蓝光立刻一盛，遥遥指向黑色光幕，并且发出轻微的颤鸣声，显然若是离得稍远，可能会没有任何反应。

“就是这里了，那个传言看来是真的！”呼言道人收起了《冥寒山河图》，目光炙热地看向那个洞口。

旭阳子等人也有些激动。

韩立心中虽然有些欣喜，但没有其他人那般难以自抑，他很快平静下来，朝着洞窟内的人群打量。

在场之人有三四十位，修为都在真仙境以上。其中不乏韩立感应不到修为境界，气息深不可测之人，显然都是金仙境。

在场诸人所穿的服饰各异，隐隐分成三个小团体。

其中一个团体最为显眼，站在最边缘。他们有十余人，尽数身穿蓝袍，为首之人是个容貌和善的中年男子。

韩立目光微凝，认出此人正是当年参加烛龙道讲道大会的苍流宫宫主——洛青海。至于洛青海身旁之人，除了那个极为秀气的青年，其他人他都没什么印象。

苍流宫这一行人的实力似乎是在场众人中最强的，除了洛青海外，有四人的气息深不可测，明显都是金仙境修士，而且至少是金仙境中期修为，洛青海更是金仙境后期修为。至于其他人，也大都拥有真仙境后期修为。整体实力比韩立他们一行人，高出一个层次。

韩立看了几眼，便不敢多看，移开了视线，望向其他人。

另一群人尽数身穿黑袍，胸口都绣着一个骷髅图案，看起来魔气森森，并非善类。他们也有十几个人，为首的是一名满脸麻子的老者、一个身材娇小的蒙面少妇，以及一高一矮两个汉子。

麻脸老者一脸凶悍之色，双目不停转动，一道道摄人寒光流露而出。蒙面少妇看起来三十几岁，全身上下被一圈圈晶莹的青光笼罩，看起来高深莫测。

高矮二汉，高的那个身高足有两丈，体型壮硕无比，恍如一座铁塔。矮汉身高不足五尺，短手短腿，虽然看起来有些滑稽，但全身肌肉厚实，犹如一个铁秤砣，让人不敢小觑。二人身高差距极大，五官却很相似，都是小眼大嘴，满脸横肉，似乎是兄弟，只是不知为何身形差距如此之大。

这四人都是金仙境修为，以麻脸老者最高，大约是金仙境中期，其他三人应该都是金仙境初期。至于其他人，都是真仙境。

最后一个团体人数也与前面两拨相当，只是所穿服饰颇为怪异，无论男女都身穿类似马甲的短衫，头裹黑巾，一副异族装扮。

这些异族人中有四名金仙，一个皮肤黝黑的古稀老者；一个鹤发老妪，满脸皱纹；还有两名黄脸大汉，身形粗壮，神情却很木讷，好似木偶傀儡一般。

这四人手中各持一根金色拐杖，上面刻满了怪异的金色花纹，散发出阵阵惊人的气息，而且彼此呼应。

此刻洞窟内的众人，出手攻击黑色光幕的只有那群异族人和黑袍修士。苍流宫之人却在一旁冷眼旁观，并没有动手。

洛青海目光不时朝地下空间入口望去，似乎在等待什么。

呼言道人等人看清局势，也都渐渐冷静下来。

“古道友，我们是否要现身？还是继续潜伏在一旁？”旭阳子略一犹豫后，小声问道。

“既然这里没有陷阱，还是现身的好，否则一旦被发现不好解释，反而会招致别人的敌意。不过，在这里现身也不太好。”呼言道人说道，然后脚下蓝光一闪。

蓝色飞车从洞窟入口往后退去，在通道内倒飞了一段距离。

呼言道人手中掐诀一挥，蓝色飞车光芒闪烁，飞快缩小，飞回了呼言道人袖中。

众人身形立刻显现。

“走吧。”呼言道人和云霓带头往前飞去，旭阳子等人立刻跟上，很快来到洞窟内。

洞窟内众人感应到有人进来，立刻都看了过来，甚至那黑色光幕后也传出了几道气息。

洛青海看了一眼刚刚进来的一行人，眼中闪过一丝失望，很快便移开视线。

另外两个团体也暂时停止攻击黑色光幕，看了过来。

呼言道人等人露出一副惊讶的神情，没有走得太近，在距离众人不远处停了下来。

“我当是谁，原来是真焰宗的旭阳子道友，想不到你们也来了。不过这两位道友看着面生，不知尊姓大名？”那麻脸老者脸上露出一丝难看的笑容，迎了上来，先朝旭阳子等三人打了个招呼，随即目光落在呼言道人和云霓身上。

至于韩立，区区一名真仙境修士，自然没有引起麻脸老者的关注。

蒙面少妇、高矮二汉和其他黑袍修士也走了过来。

“陈道友，久违了。这两位是我们真焰宗的好友，此番一起来探寻这冥寒仙府。古道友，这位是上阿大陆鬼泣宗宗主陈丕。”旭阳子拱了拱手，随即为彼此介绍了一番。

韩立眉梢一挑，鬼泣宗是古云大陆与真焰宗实力相仿的一股势力，擅长各种鬼道魔功，行事狠辣，动辄杀人，取人魂魄祭炼鬼道神通，甚至屠灭了一些小型宗门势力，并不为烛龙道之人所认可。

只是此宗行踪隐秘，且宗门所在之处地处天险，只要他们没招惹到烛龙道，烛龙道自然不会专门去找他们麻烦。

“原来是鬼泣宗的诸位道友，久仰。在下古焰，这位是我师妹古霓，我们都是海外散修。”呼言道人笑道。

云霓只是冲几人微微颔首，没有说话。

“原来是二位古道友，幸会。”麻脸老者哈哈一笑。他似乎有意结交旭阳子和呼言等人，言谈间倒是颇为热情。

旭阳子与呼言道人似乎也想和其交好，不过片刻工夫，彼此便熟络了起来。

至于那群异族修士沉默地站在原地，并没有过来的意思。

“这里莫非便是仙府入口所在？”旭阳子看向不远处被黑色光幕遮掩的山洞，眼中光芒一闪，问道。

“不错！北寒仙宫之人都在里面，这帮人竟敢设下禁制封印仙府入口，企图独吞里面的宝藏。嘿嘿，别人怕北寒仙宫，我陈某人可不怕！你们真焰宗来得正好，我们三大势力联手破开这道禁制，给北寒仙宫一个好看！”麻脸老者狠狠地瞪了黑色光幕一眼，冷笑道。

“三大势力，包括那些异族修士吗？”呼言道人闻言朝那些异族人望了一眼，问道。

“正是。旭阳道友、古道友莫怪，那些人是来自北寒仙域西边的南黎族修士，他们一贯不喜欢和外族人打交道，并无对几位不敬之意。”麻脸老者点头说道。

呼言道人笑了笑，没有在意。

这些异族修士一向都是如此，对外族人戒心很重。不过除此之外也就没什么了，相反他们民风淳朴，说话行事说一不二，不像寻常修士那般狡诈，与其合作可以很放心。

“不瞒几位，刚刚我已和他们沟通过，他们对于北寒仙宫此番封印仙府入口的行为同样颇为不满，与我们暂时联手绝对没有问题。仙宫布置的那处禁制虽然坚固，但是只要有十名金仙联手，同时攻击一处，绝对可以将其破开。”麻脸老者眼中光芒一闪，说道。

旭阳子听闻此话，眉头微皱，下意识地看向呼言道人。

麻脸老者见此，眼中闪过一丝惊讶，暗中再度审视呼言道人与云霓二人。

“苍流宫之人也在这里，陈宗主为何不与他们联手破开禁制？”呼言道人瞟了苍流宫众人一眼，问道。

“苍流宫……人家是大门派，岂会看得上我们这些小宗族？更别说和我们联手了。”麻脸老者嘿嘿一笑，说道。

呼言道人闻言，略一沉吟，衣袖轻挥。

一道柔和的光芒散发开来，瞬间形成一层光幕，笼罩周围十几丈的范围。

呼言道人这才淡淡地说道：“陈宗主，以在下看来，这禁制还是不要由我们破开为好。”

“哦，古道友此话何意？”麻脸老者双眉一皱，脸色顿时冷了几分。

“北寒仙宫封印入口的做法，我想只要是有能力前来探寻仙府的各大势力，定然都不会苟同。我们三方此刻若是联手破开禁制，接下来定然会和北寒仙宫正面冲突，就算我等联手能抵挡北寒仙宫，结果也只会便宜了别人。”呼言道人没有生气，解释道。

“你的意思是……”麻脸老者听闻此话，紧皱的眉头慢慢松了下来。

“以古某的意思，陈宗主何必心急。据我推测，此时距离仙府开启还有一段时间，就算北寒仙宫的人在里面守着入口，也无法进入仙府中。此消息流传已久，等所有势力到齐，北寒仙宫难道还敢在这么多人面前坚持此举吗？”呼言道人顿了顿，继续说道。

“古道友此话不错，我们此时破开禁制确实不妥。苍流宫之所以没有出手，恐怕正巴不得我们和北寒仙宫的人大杀一场，他们好坐收渔利。洛青海这只老狐狸，最擅长做这种坐山观虎斗之事了。”旭阳子连连点头，瞅了一眼洛青海，说道。

“呵呵，好！古道友此言甚是。在下是有些心急了，这北寒仙宫仗势欺人，在下本已抱着就算放弃此次入府机会，也要破坏北寒仙宫计划的打算。如今看来此事尚有转机，应该从长计议。”麻脸老者眼睛明亮起来，抱拳说道。

“哪里，陈道友过奖了。”呼言道人摇了摇手，谦逊道。

麻脸老者和呼言道人又聊了两句，转身离开，朝着那群南黎族修士飞了过去，和那四个异族金仙交谈起来。

南黎族两个黄脸大汉神情呆滞，没有丝毫反应，但那古稀老者和鹤发老妪神情略微变化了一下，朝呼言道人看了一眼。然后，二人点了点头，带着其他人走到一旁站定，没有再动手攻击那黑色光幕。

旭阳子和呼言道人见此情形，也带着韩立等人找了一个地方站定。

洞窟之内，一时安静了下来。

不远处的洛青海深深地看了呼言道人一眼，眼中闪过一丝异色。

“宫主，看起来这群乌合之众中，总算出了一个有脑子的。”一个白面书生走了过来，说道。

虽然呼言道人刚刚施展开了禁制，外人听不到他们的对话，但事情发展一目了然，看一眼便明白是怎么回事了。

“这样也好，他们此刻若是冒冒失失破开了禁制，对我们未必真的有利，我们静观其变就是。”洛青海若有所思地说道。

“宫主说的是，还是等所有人到齐，再逼迫萧晋寒打开入口禁制才是正道。”白面书生说道。

洛青海笑了笑，没有再说话。

黑色光幕后面是一个山洞，往里走几步，空间陡然变大，又形成一个小洞窟。北寒仙宫众人尽数站在此处。

欧阳奎山等几个在石柱上施法的修士，此刻也停止施法，尽数落到了地面上。不过石柱上的法阵并未消失，仍然牢牢地将光门笼罩着。

除此之外，还有一些身穿黑风岛服饰之人站在周围，包括陆均、陆雨晴和几个黑风岛长老。

此刻所有人都低头而立，大气也不敢喘一下，因为居中而立的仙宫宫主萧晋寒正脸色铁青，身体周围黑雾翻滚，双眸中隐隐透出一丝红色，全身散发出可怕的凶厉气息，骇人至极。

“你们谁能告诉我，这究竟是怎么回事？这消息怎么会无端泄露了？”萧晋寒目光缓缓扫过在场诸人，开口说道。

北寒仙宫众人面面相觑，没有人说话。

萧晋寒目光一转，落在了副宫主雪莺身上。

“禀宫主，所有可能知道入口位置之人，早已全部被监视起来，此刻也都在这里。此处周围的禁制能够隔绝一切传信，应该不会泄露消息才对。”雪莺迟疑了一下，说道。

“那你来说说，外面那些人为何会出现在这里？”萧晋寒目光变得尖锐起来，盯着雪莺，冷冷地说道。

“这……”雪莺被萧晋寒这么一看，面色顿时煞白，说不出话来。

“哼！我将此事交给你们来办，你们就办成这个样子吗？”萧晋寒目光扫向其他人，冷冷地说道。

他视线看到哪里，那里的人就瑟瑟发抖。

“启禀宫主，现在看来，只有两种可能。”一个微弱的声音从旁边传了过来，是卢越。

“哦，说来听听。”萧晋寒道。

“第一种，自然是我们这些人中有人出了问题，将消息透露了出去。”卢越轻声说道。

萧晋寒听闻此话，目光闪动了一下。

“不可能！这次选派来这的人，都是我们北寒仙宫的忠实干将，绝不会有任何问题。况且，即便是你我这样的金仙，也断不可能无声无息地透过这断言禁制，将消息传出去。”雪莺秀眉微皱，忍不住说道。

“雪副宫主，我也相信此刻在这里的都是忠实可靠之人，所以这个可能性极小。”卢越说道。

“那另一个可能呢？”萧晋寒问道。

“第二个可能，就是此处仙府入口的位置早已被轮回殿的人探查到，正是他们泄露了位置所在。”卢越缓缓说道。

此言一出，在场众人面色一变。

萧晋寒眉头微皱，脸上露出沉吟之色。他身上翻滚的黑气慢慢收敛，没入体内，那股可怕的戾气也飞快消散。

北寒仙宫众人见此，紧绷的面容不由得一松。

“宫主，这些年来我们牵着轮回殿之人的鼻子，让他们一个接一个地追逐那些假入口，此刻回想起来，事情进行得未免太顺利了。轮回殿和我们仙宫对峙多年，以他们的能力，应当不至于如此不堪，恐怕是他们早已看出了我们的用心，这些年一直在假装上当，麻痹我们，掩盖他们真实的行动。”卢越顿了一下，继续说道。

众人听到这里，全都面露异色，似乎想起了什么，纷纷议论起来。

“聒噪！”萧晋寒开口喝道。

众人顿时噤若寒蝉，不敢再出一点声音。

“不管是什么原因，现在都不重要了，你们仍旧各就各位，余下之事我自有安排。”萧晋寒淡淡地说道，神情已经恢复了平静，身上的黑气也尽数消失。

“是。”北寒仙宫众人答应一声，各自忙碌起来。

欧阳奎山等人再次飞上九根石柱的顶端，盘膝坐了下来，催动法阵。

另有几人走到山洞口的黑色禁制旁，坐了下来。山洞入口附近，也有一个庞大法阵。其他人也没有闲着，各司其职。

萧晋寒朝着外面望去，眼中隐隐有冷笑之色，不知在想什么。

外面的洞窟之中，所有人都没有出声，安静无比。

韩立站在呼言道人和云霓身后，暗暗打量周围众人。

蛟三等轮回殿之人的目的也是这冥寒仙府，此刻或许他们已经来到了这里，不过轮回殿的人都和他一样，有无常盟面具，可以幻化容貌，遮掩气息。

韩立细细审视周围所有人，想找到一星半点的线索，可惜始终没有任何发现。

突然，韩立神情一变，朝着外面望去。他的心底莫名传来一阵悸动。

“这是……”韩立眼中闪过一丝惊疑。

“怎么了？”呼言道人注意到韩立的神情变化，传音问道。

“没什么，好像又有人来了。”韩立的神情立刻恢复了平静，传音答道。

呼言道人闻言，朝着洞口望去，面色顿时为之一变。

只见洞窟入口处银光一闪，一名身穿银袍的女子出现。

银袍女子面无表情地朝着洞窟内的众人扫了两眼，目不斜视地缓步走了进来。

洞内几大势力一阵骚动，真焰宗、鬼泣宗，甚至南黎族等人面上都是一阵变色。洛青海的双眼也微不可察地眯了一下。

第 204 章

齐聚

韩立打量这银袍女子，眼中闪过一丝震惊。这银袍女子身上气息若有若无，以他的神识，竟然感应不到女子的修为。

这种情况，韩立只在萧晋寒和百里炎身上体会过，就是洛青海都没有给过他这样的感觉。

他看了银袍女子两眼，眼睛忽地一闭，凝聚心神。

此女正是渠灵。她腰间悬挂着一只金色小袋，小袋灵光剔透，表面隐约浮现几道奇特花纹，一股法则波动从中散发而出。

就在此时，金色小袋忽地微不可察地颤动了一下。

渠灵面色微变，一只玉手不着痕迹地从金色小袋上拂过。她掌心浮现一个银色光球，迅疾无比地渗入了小袋内。

金色小袋表面浮现一层微不可察的光芒，立刻恢复了平静。

韩立内心一震，睁开眼睛，眼中闪过一丝异样的光芒。不过他立刻垂下眼睑，遮住了眼中的光芒。

就在此时，渠灵抬起头，朝着洞中众人看了过来，眼中银光一闪。

众人出于好奇，大都望着渠灵，视线与其一接触，眼睛立刻像被针刺了一下，非常刺痛。

大多数人面色一变，急忙收回视线。

一些修为较低的人面色变得苍白，甚至有人发出了闷哼声，似乎受了内伤。

几大势力的金仙修士面色一沉，凝视着渠灵，却没有说什么。

“原来是渠灵道友，想不到你也会对冥寒仙府感兴趣，倒是难得。”洛青海眉头微皱，开口说道。

就在方才，苍流宫中有两名真仙境修士，面色一白，受了一点内伤，这对于即将开始的仙府之行，可不是什么好事。

“连久居不出的洛宫主这一次都亲自出马了，怎么，我就不能来吗？”渠灵瞥了洛青海一眼，淡淡地说道。

“这冥寒仙府又不是我们苍流宫之物，渠道友自然能够来此。不过阁下一来便给了这些小辈一个下马威，这不太符合阁下的身份吧？”洛青海微微一笑道。

“那就请洛大宫主管好你手下的这些小辈，别用眼珠子乱瞅人，否则渠某不介意替苍流宫教训他们。”渠灵冷笑一声，面无表情地说道。

苍流宫其他几名金仙闻言大怒，正要说什么，却被洛青海伸手拦住了。

“呵呵，渠道友说得是，确实是这些小辈失礼在前。这么多年没见，道友的神通看起来又精进了不少，佩服。”洛青海淡淡一笑，说道。

渠灵朝那黑色禁制望了两眼，在洞窟内找到一个地方站定，丝毫没有再理会洛青海的意思。

洛青海也没有生气，面上笑容不减，然后移开了目光，与此前一样，一副气定神闲的样子。

“呼言前辈，此女是什么人？连洛青海都不敢招惹她。”韩立传音询问道。

“此女名叫渠灵，不经常在外界走动，却是此界颇为有名的一位金仙修士，早在十几万年前就达到了金仙境后期，现在看来，她的修为似乎更进了一步。”呼言道人传音回道。

韩立瞳孔一缩，暗道果然如此。

“此女擅长驱使各种灵兽，修为虽然高强，但真正厉害的是她身上那些千奇百怪的灵兽灵虫。而且她性情偏激狠辣，喜怒无常，即便是北寒仙宫也不愿意去招惹这种角色。你若在仙府中遇到此女，记得立刻远远避开，千万莫要触怒她。”呼言道人继续传音说道。

“是，多谢前辈提醒，在下记住了。”韩立听闻此话，眼中隐隐闪过一丝光芒，点头说道。

转眼间又过了半日。

洞窟内众人的神情再次焦躁起来，尤其是鬼泣宗之人，那麻脸老者的视线在洞窟门口和黑色光幕之间穿梭。

就在此刻，洞窟入口传来破空声，麻脸老者等人面上一喜，一群灰衣人影出现在入口处，正是以封天都及独目男子为首的伏凌宗修士一行人。

“哈哈，封长老、齐宗主，洛某可是等候你们多时了。”洛青海哈哈一笑，起身相迎道。

洞内其他人看到伏凌宗众人，面色各异。

“呵呵，洛宫主，想不到你来得倒是挺早，还带着这么多精兵强将，看来阁下对冥寒仙府中的重宝，是志在必得了。”伏凌宗宗主独目男子皮笑肉不笑地说道。

“哪里，有封长老和齐宗主在，那东西想必逃不过二位的手掌心。洛某此次进去，不过是想带这些不长眼的门人去见识一下，开开眼界罢了，完全没有和二位争夺那东西的意思。”洛青海摆了摆手，笑着说道。

“洛宫主还是这么谦虚。”独目男子冷笑数声，显然对于洛青海的话，一个字也不相信。说完，独目男子朝着洞内其他人望去。

封天都从进来开始便一言不发，木然的双眸朝洞内众人看去。他换了一身干净的灰袍，面色虽然仍然惨白如僵尸，但看起来比之前正常了很多，他体表的那些锁链尽数消失无踪。

突然，封天都的视线一停，落在一个人的身上，正是渠灵。

“渠道友也来了。”封天都神色微变地开口说道。

“封道友。”渠灵柳眉一挑，略微点了点头。

韩立见此，心中吃惊，不禁暗暗打量起封天都来。

渠灵自从进入洞窟以来，一直很嚣张，即便面对洛青海，态度也丝毫未变，但面对封天都竟然收敛了很多。

不过这位来者，修为确实惊人，他带给韩立的感觉丝毫不比渠灵弱。

“呼言前辈，这些人莫非是伏凌宗的？”韩立传音向呼言道人询问。

“没错，那位独目男子是伏凌宗宗主，齐天霄，此人行事一贯低调，所以名声不显。至于那位貌似僵尸的修士，则是伏凌宗大长老，封天都，他在我们北寒仙域名气极大。多年前，此人和百里道主、北寒仙宫萧晋寒并称三绝金仙，但不知何故，他于数万年前便开始闭关不出。想不到这一次他也来到了这里。”呼言道人给韩立介绍道，声音有些低沉。

韩立听闻这些，心中一动。他仔细打量着封天都，不知为何隐约觉得此人的气息有些熟悉，莫非在哪里见过?

就在此刻，封天都似乎感应到了韩立的视线，转头看了过来。

二人视线相交，韩立心中顿时“咯噔”一下，全身有些发凉，似乎被封天都的目光看穿，手脚都有些无措。

韩立急忙移开了视线。

封天都深深地看了韩立一眼，眼中似有异色闪过，但很快移开了视线，看向洞内的黑色禁制。

“洛宫主，北寒仙宫那些人此刻就在里面？”封天都眼睛微眯，问道。

“没错，他们都在里面。”洛青海点头说道。

封天都打量了黑色光幕片刻，单手一抬。

“嗖”的一声轻响，一道黑色光箭从掌心飞射而出，一闪即逝，打在了黑色光幕上。

光箭看似寻常，也不甚明亮，落在黑色光幕上，却引得落处猛地一颤，泛起一圈圈水波般的涟漪。

只见黑色光幕上立刻浮现无数黑光，凝聚成一个个形似九宫的图案。

一股奇特的禁制之力浮现，光幕上的涟漪很快消失，几次呼吸间便平静了下来。

“九寰玄藏封禁法，确实是萧晋寒的手笔。”封天都淡淡说道，随即看向洛青海。

“封长老慧眼如炬。”洛青海笑道。

“这禁制虽然厉害，但以洛宫主的通天修为，再加上苍流宫几位长老的实力，想要破解并不困难，洛宫主为何还不动手？”封天都缓缓问道。

“哈哈，封长老说笑了，洛某岂有这个本事？再说了，既然大家都想进入仙府，自然得大家合力破开这禁制才是。”洛青海哈哈一笑，说道。

“洛宫主所言不差。渠道友，你说呢？”封天都目光深邃，看向渠灵。

渠灵没有说话，只是点了点头。

“好，既然大家都是明白人，多余的话我们就不说了，在场诸位道友，我等暂且联手，先逼迫北寒仙宫打开禁制，一同进入仙府。至于进去后能得到多少宝物，便各凭本事，如何？”封天都转头朝着周围众人望去，扬声说道。

“好！”

“没问题！”

众人彼此互望，纷纷点头。

封天都略微颔首，不再迟疑，身形拔地而起，一晃便落在了黑色禁制前。

伏凌宗众人见状，急忙跟上，其他势力的修士也纷纷迈步，尽数落在黑色禁制前。

韩立等人自然不会落后，不过韩立飞射而出时，落在了人群后面，一个毫不起眼的角落。

庞大的威压从众人身上散发而出，汇聚在一起，朝着黑色禁制压去。

空间似乎承受不住这股威压，轻轻颤动，整个洞窟也随之晃动起来。黑色禁制一阵波动，表面黑光闪烁不已。

“萧晋寒，你封印仙府入口，想要独占仙府，可惜人算不如天算。如今形势倒转，你快些将禁制撤去，否则我们不介意动手破开这禁制！”封天都冷笑一声，缓缓说道。

黑色禁制光芒闪动，却丝毫没有打开的迹象。

“诸位道友，既然北寒仙宫一意孤行，我们也不必和他们客气了，让我们一起出手，轰开这禁制！”旁边的齐天霄冷喝出声。

“好！”

洞内众人这些年辛苦寻找仙府入口，不知费了多少心力，吃了多少苦头，对北寒仙宫早已心生怨气。如今由不亚于仙宫的势力领头，自然有不少人响应。

“诸位道友，仙宫如此不仁，难道只是让他们打开禁制便算了？我们不妨齐心协力，将他们从这里赶出去，让他们也尝尝无法进入仙府的滋味。”鬼泣宗的麻脸老者陈丕蓦然大喝道。

此话一出，众人都是一怔，接着变得鸦雀无声，在场的诸多金仙神色各异。

虽然平素不少势力表面上与北寒仙宫虚与委蛇，奉北寒仙宫为尊，但实则背地里多有不服，只是碍于仙宫势大，加之未涉及自己的根本利益，倒也没有什么大矛盾。

如今有烛龙道之事在先，仙宫展露野心，又有封锁仙府入口之事在后，牵涉各大势力切身利益，自然惹得众怒。

如此一来，即便是洛青海、封天都等金仙的神情似乎也有些触动。

虽然不知道此次北寒仙宫派了多少人来，但就算倾尽北寒仙宫所有战力，也绝不会比在场众人更厉害，要将北寒仙宫赶出去，未必不能做到。

洛青海、封天都等人心中念头急转，彼此互望，正要说什么。

就在此刻，异变突生！

黑色禁制表面忽地泛起一圈圈波纹，浮现无数玄奥的灵纹，接着那些形似九宫的图案交替浮现，环环相扣，越来越明亮，引得整个光幕震颤起来。

几次呼吸之后，所有九宫图案骤然大亮，变得刺目，继而光芒一敛，所有图案同时消散，黑色禁制也随之消散开来，露出了后面黑黝黝的山洞。

原本气势汹汹，准备一鼓作气攻进去的众人顿时愕然，你看看我，我看看你，有些不知所措起来。

紧接着，一个声音从山洞内传出："诸位道友，都请进吧。"

韩立神色一动，他在烛龙道见过萧晋寒，虽然当时只是在远处一瞥，但萧晋寒给他留下的印象极深，他听得出这声音是萧晋寒的。

洛青海、封天都等几个首脑听闻，眉头不禁一皱。他们交换了一下眼神，迈步朝着山洞内走去。

渠灵也在略一沉吟后，紧随洛青海、封天都等人，朝洞内走去。

其他真仙境修士见此，立刻默默跟上，韩立自然也跟在呼言道人身后，不动声色地随着众人缓步而行。

所有人很快进入了山洞内。

不光是入口的黑色禁制消失了，蓝色光门周围的禁制法阵此刻也尽数消失，不过那九根封印石柱还在。

蓝色光门没有了禁制封印，散发出比之前耀眼数倍的蓝光，其中夹杂着一股奇寒气息，还有一股股强大的空间之力。奇寒气息和空间之力交织在一起，光门之中蓝光翻滚，越来越剧烈，隐隐有爆发出来的迹象。

此时，红月岛上空灵气翻滚不已，不时形成一个个耀眼光团，随即崩碎爆裂开来，发出闷雷般的声音。

北寒仙宫诸人站在光门附近，为首之人正是萧晋寒。他望着鱼贯而入的各大势力的修士，含笑而立，如同一位热情好客的主人，在迎接远道而来的宾客。

韩立身处一个不起眼的角落，看向北寒仙宫众人，瞳孔顿时一缩。只见北寒仙宫诸人以萧晋寒为首，足有二三十人，其中金仙占了近半，至于其他人，修为也都在真仙境后期或者真仙境巅峰，没有一个弱者。

令韩立意外的是，欧阳奎山等三个烛龙道金仙也在此处。

韩立不由得咧了咧嘴，北寒仙宫的实力显然远超在场任何一股势力，雄踞仙域这么多年的官方势力，果然底蕴深厚，不容小觑。

但此刻若是苍流宫、伏凌宗和其他势力联手，比北寒仙宫又强了不少。

韩立视线忽地一顿，落在北寒仙宫众人身旁。几个身穿黑袍的人站在那里，正是黑风岛陆均和陆雨晴几人。

韩立心中一凛，急忙退到一个大汉身后，遮住了自己的身形。他用无常盟面具幻化容貌，虽然可以瞒过别人，但陆雨晴天生异瞳，可以认出他来。

“原来萧宫主与仙宫的诸位道友在此商议大事，我等贸然造访，真是多有打扰。”伏凌宗宗主齐天霄嘿嘿一声，不阴不阳地说道。

封天都、渠灵、洛青海等人的目光扫过北寒仙宫一众人后，也都齐齐落在了萧晋寒身上，没有说话。

“呵呵，封道友、渠道友、洛宫主，众位老朋友都来了，萧某有失远迎，真是抱歉。”萧晋寒淡淡一笑，说道。

“萧宫主，真人面前不说假话。我们刚刚在外面说的话，想必你都听到了吧？”封天都显然不愿与对方啰唆，冰冷地说道。

“萧某做事情，从来不会后悔。诸位想如何行事，悉听尊便，我北寒仙宫接着就是。”萧晋寒脸上依旧挂着微笑，淡淡说道。

北寒仙宫众人的手尽数放在了储物法器上，脸上没有丝毫畏惧之色。

“萧宫主当我们不敢吗？”渠灵眼中泛起冰冷的银芒，缓缓说道。

“诸位联手，实力确实超过北寒仙宫，不过诸位最好想清楚，在这里打斗要付出的代价。诸位看到的这些石柱，是我们北寒仙宫的独门法阵——八荒流离阵。只要我让法阵爆炸，其威力虽然无法将入口炸毁，但足以将入口附近的空间摧毁，到时候这入口会怎么样，诸位自行想象吧。”萧晋寒淡淡地说道。

听闻此话，渠灵面色一沉，看向那九根石柱。

封天都等人神情也是一变。

“你以为凭借一句话，就能让我们放手吗？”齐天霄寒声喝道。

“诸位若是不信，大可以立刻动手试试。”萧晋寒双手一摊，泰然自若地说道。

看到萧晋寒如此神情，封天都等人心中一沉，传音交流。

“封道友，你可是北寒仙域数一数二的法阵大师，这几根石柱真的是那八荒流离阵？”洛青海传音询问道。

“这九根石柱上的阵纹我认不全，不过根据我这么多年在法阵上的经验，这确实是一个极厉害的法阵。若是引爆，后果不堪设想。”封天都仔细看着九根石柱，片刻之后传音说道。

“萧晋寒真是老奸巨猾，竟然还留了这么一手，难道此事就这么算了？”齐天霄有些不甘心地传音道。

“要破开此禁制，需要相当长的时间，绝对来不及。算了，我们最重要的目的是进入仙府，这次只好便宜他了，他既然已经让我们进来了，且看看他怎么说吧。”封天都叹了一口气，传音说道。

洛青海、齐天霄、渠灵等人闻言，沉默了一阵，先后点了点头。

“萧宫主的手段，我们见识了。好，此事便到此为止。”封天都说道。

齐天霄狠狠地瞪了萧晋寒等人几眼，最后也叹了一口气。

洛青海虽然没有开口，但显然也是这个意思。

至于渠灵，则是直接转身走到一旁，原本聚在那里的真仙境修士见此，连忙分散开来，给其让出了一大块空地。

其他势力虽然还有些不甘，但是伏凌宗、苍流宫这两大势力既已放手，他们自然不会傻乎乎地冲上去当冤大头。甚至连起初最为忿忿不平的陈丕与那些异族之人，也是默然无语。

“这冥寒仙府本就地大物博，其现世至今这么多年，每次都惊现各种奇珍异宝，诸位来此大都为此，何必伤了和气？”萧晋寒见状，淡淡笑道，神情也是微微一松。

“萧宫主，你们在此待的时间最长，以你看来，仙府何时才能降临？”封天都没有答话，话锋一转，问道。

“最多两日仙府定然会降临，不过……”萧晋寒说道。

“不过什么？”封天都问道。

“为了让诸位放心，我已经撤销了入口的禁制。但我觉得这入口处，诸位还是施加一些封印为好，否则其中的冥寒之气爆发，会很麻烦。”萧晋寒缓缓说道。

他话音刚落，蓝色光门内翻涌的蓝光骤然爆发。粗大的蓝色光柱赫然从中喷射而出，直冲天际。

整个山洞内温度骤降，变得寒冷无比，蓝色冰晶浮现，将山洞填满。

在场众人面色一变，急忙各自亮起护体光芒，并且飞快远离蓝色光门。

山洞内的冰晶被众人施展手段震碎。不过光柱中的寒气太厉害，一些修为略低的真仙境修士被寒气侵蚀，受了不轻的内伤。

各大势力的金仙急忙施展秘术，祭出灵宝，护住手下之人。

一时之间，洞内显得有些混乱。

第205章

入府

蓝色光柱喷涌持续了十几次呼吸，才缓缓消退，蓝色光门再次恢复了平静。

“看这情形，确实需要施加一些封印。这样吧，在场各方势力各派出一人，合力施法，这样大家也能放心，如何？”封天都点了点头，提议道。

“该当如此。”洛青海附和道。

其他人自然不反对，略作商议后，除了渠灵之外，几方势力各派出一名金仙，由封天都负责拟定禁制，萧晋寒掠阵。

韩立他们这一方，派出的人是旭阳子。

六名金仙境修士当即悬在半空，围住了蓝色光门，开始念咒语。

各色光芒从六人身上爆发，交织缠绕，渐渐形成一张宛如彩虹般的光网，笼罩着蓝色光门。

蓝色光门顿时光芒狂颤，散发出一股股肉眼无法看到的冲击波，朝着四面八方狂卷而去，依次落在那尚未彻底成形的光网上，引得其一阵颤动，爆发出刺目耀眼的光晕，让人几乎无法直视。

光网上荡漾起一层层波澜，仿佛下一刻就要破裂，但随着众人掐诀加快，终究渐渐稳定了下来，但由于光网尚未成形，仍有一阵阵余波透出来，继续朝四面扩散。

洞内修为稍弱的修士，在这股余波的冲击下，根本站不住，不断后退，最后紧贴着洞壁才站稳。

如此一来，原本井然有序的阵型，变得有些混乱。

韩立虽然能承受这些余波的冲击，但是为了不引人注意，也假装退到了洞壁边。

他看着施法的六人，心中忽地泛起一个念头。据呼言道人所言，《冥寒山河图》一共有八幅，但此刻聚集在此的只有七股势力，莫非还有一个势力没有来？

这么明显的问题，在场的诸多金仙都是活了不知道多少万年的老狐狸，不可能没注意到，只是表面上没说罢了。

就在韩立心中念头翻滚之时，一个熟悉的清脆女声忽地在他耳边响起：“柳大哥。”

韩立闻言心中一惊，他才发现自己身边不远处不知何时站了一人，不是别人，正是陆雨晴。她那一双妙目不时朝他扫来，眼中带着一丝笑意。

由于此前洞内有些乱，除了几大势力的金仙境修士外，其他人所处的位置都发生了变化，因此他并不知陆雨晴何时来了他旁边。

韩立眉梢一挑，脸上露出无奈之色，传音回道：“陆姑娘，还真是无论如何也瞒不过你。”

“想不到能在这里见到柳大哥，看来你也对这冥寒仙府感兴趣。”陆雨晴传音道。

“冥寒仙府内珍宝不少，我自然感兴趣。不过你我现在分属不同的势力，黑风岛是北寒仙宫麾下的势力，陆姑娘此刻和我接触，怕是不妥吧？”韩立传音说道。

“柳大哥多虑了。我们黑风岛的人被北寒仙宫带来此处，就是充当杂役，同时防止将此处是入口的消息外泄罢了。现在消息已然泄露，我们黑风岛的人在此算是可有可无了。而且此刻情况混乱，没有人会注意到我们的。”陆雨晴飞快说道。

韩立挑了挑眉，没有说话。

“正如柳大哥所言，时间紧迫，我有要事想和柳大哥商谈，就长话短说了。”陆雨晴顿了一下，继续说道。

“陆姑娘请讲。”韩立心中微微惊讶，脸上神色却没有什么变化。

“事情说起来也简单，我想进入冥寒仙府，烦请柳大哥所在的势力带我进去。”陆雨晴没有绕弯子，直言道。

“你们黑风岛不是北寒仙宫麾下的势力吗？你想要进入仙府，为何不让他们带你？”韩立闻言一怔，问道。

“柳大哥莫非不知道？一幅《冥寒山河图》只能带十二个人进入仙府，人数有限。北寒仙宫自己都不够用，岂会分一个名额给我们区区黑风岛。”陆雨晴有些自嘲地说道。

“竟有此事……”韩立喃喃自语，呼言道人倒是没有告诉他此事。

不过他其实早就发现各方势力的人数似乎都是十二个，正如陆雨晴所言。只是之前有不少事情分散了他的注意力，加之他无须为进入之事发愁，就没有多想。

“陆姑娘，你我是旧识，关系并不一般，我很想帮你。但你也看到了，我们这一方的人数已经满了，在下也是有心无力。”韩立心中念头转动，婉言拒绝道。

他此次进入仙府，本就是冒险之举，尤其是当他看到如此多金仙修士齐聚于此后，更是打定主意行事一定要低调，只要帮呼言道人拿到想要的东西，自己得到真言化轮经的后续功法便可。

虽然韩立认为开口向呼言真人讨要一个名额，应该没有什么问题，但此举必定会得罪真焰宗。即便真焰宗只是呼言道人找来当掩护的势力，他也不想节外生枝。

“柳大哥不要急着拒绝，我提出这个请求，自然不是空口相求。我们陆家一直镇守黑风海域，比北寒仙宫的人更早发现了此处入口，并且从此处得到了一块石碑，石碑上面记载着仙府内的部分地图和一些信息。仙府内虽然有机缘，但危险也极多，柳大哥若是带我进去，我愿意将这些信息和你分享。”陆雨晴似乎知道韩立的顾虑，传音说道。

韩立听闻此话，眼睛一亮，心中顿时一动。

对于仙府内的情况，他们都是两眼一抹黑，若如陆雨晴所说，有地图指引，确实会安全很多。

“你说的是真的？”韩立沉吟了片刻，确认道。

“我愿意以心魔起誓，刚才我所说的话只要有一字虚假，日后定被心魔侵袭，死无葬身之地。”陆雨晴郑重地传音说道。

“好，若是这样，我可以向领队之人提出这个要求，不过他是否答应，我也不敢保证。”韩立思考了片刻后，点了点头道。

“柳大哥你做事，小妹一向很放心。”陆雨晴笑着传音道，一副丝毫不担心的样子。

韩立眉头微皱，迈步朝着不远处的呼言道人走去，然后传音将自己和陆雨晴的对话，大致转述了一遍。

“什么！她身上有仙府内的地图？”呼言道人闻言一惊，眼中流露出惊喜之色。

“我以前和此女有过接触，对她倒是有些许了解。从她所述来看，多半是真的。”韩立如此说道。

“既然如此，那就带上此女吧。”呼言道人略一沉吟，点头说道。

“那真焰宗……”韩立迟疑道。

“我自会安排。”呼言道人回道。

韩立闻言，转头看向陆雨晴，传音告知了一声。

陆雨晴眼中闪过一丝喜色，对韩立微微颔首，转身走回黑风岛几人所在的地方。

此时，光门附近的六人施法结束，一层厚厚的彩色光幕浮现，笼罩了蓝色光门。

蓝色光门内寒气汹涌，蓝光忽明忽暗，不断撞着彩色光幕，但成形后的光幕坚固无比，任凭里面的寒气如何冲击，都岿然不动，比先前北寒仙宫施加的禁制还要厉害几分的样子。

“封道友不愧是法阵大师，随便设下一个禁制都如此不凡，佩服。”萧晋寒见此，冲封天都拱了拱手。

“萧宫主过奖。”封天都淡淡说了一句，然后在山洞内找了一个地方，盘膝而坐。

伏凌宗其他人纷纷走到他身边，盘膝坐下。

萧晋寒看着封天都，眼中光芒闪烁，转身走回了北寒仙宫众人中。

其他势力也各自寻觅地方休息，静静地等待仙府降临。

山洞内空间不大，众人这么一坐，几乎将所有地方尽数占满。

旭阳子走了过来，与韩立等人找了一个地方坐下。

呼言道人走到旭阳子身旁，低语了几句。旭阳子面色一怒，狠狠瞪了韩立一眼。不过听完呼言道人接下来的话，旭阳子脸上的怒色慢慢消散，最后勉强点了点头。

韩立见此，心中暗暗松了一口气，随即闭上了眼睛。

时间一点点过去，转眼间两日过去了。

山洞中，蓝色光门赫然变大了两倍有余，表面纹路清晰无比，看起来真的好像一扇空间之门，进入其中便能抵达另一个世界。

光门之中悬浮着一个蓝色光团，剧烈翻滚，散发出耀眼的蓝色光芒。光团后隐约能看到一条空间通道，不知通往何处，给人极为深邃的感觉。

山洞内众人已经尽数站了起来，目光炙热地看着眼前的情景。

蓝色光门轻轻颤动，连带着整个山洞也晃动起来。光门周围的彩色光网仍然散发着耀眼的光芒，但明显已经无法禁锢光门。

旭阳子等六名金仙见此，在封天都的要求之下，再次悬浮在半空，试图施法对光网进行加固。

尽管六人不断施法，蓝色光门散发出的光芒还是越来越亮，渐渐将彩色光网挤开。

门内的蓝色光团剧烈地翻滚了两下，骤然狂胀，变大了数倍，几乎将光门占满，并且一胀一缩地狂闪。

与此同时，一层层水波般的蓝光从光门上爆发，所到之处，空间剧烈地扭曲模糊起来。

不多时，光门外面的彩色光网轰然碎裂。

旭阳子等六名金仙境修士被震飞，好在六人及时催动护体秘术，所以并未受伤。

“时间差不多了，不必继续施法了。”封天都淡淡地说道，目光灼灼地看着光门。

其他人见此，也都停了手。

就在此时，“轰隆”一声巨响！

整个蓝色光门轰然碎裂，化为一团耀眼的蓝色光团。光团深处隐约浮现山峰河流、宫殿楼阁的虚影，密密麻麻，颜色各异，不知几何。

蓝色光团悬在半空，悠悠旋转着，丝丝缕缕晶莹如雪的蓝色光线从中射出，不时有淡淡的白色雾气飘出，令里面本就模糊不清的山水建筑看起来更缥缈，颇有几分仙气袅袅之感。

“仙府现世了！”短暂的沉默过后，不知是谁喊了一声。

在场不少人倒吸了一口凉气，除了各方势力为首的那几名金仙境修士外，其余人大都露出兴奋之色。

“看来这就是传闻中的冥寒仙府了。”

韩立喃喃自语了一声，然后放出神识扫向那个蓝色光团，顿时觉得耳畔有惊雷炸响，神魂都为之一颤。

他心中一惊，面上却没有丝毫异样，连忙将神识收起。他偷偷观察，发现在场的许多人脸色都有些难看，显然他们跟自己一样，也是动用神识探查入口，受到了反噬。

韩立神识强大，尚且在窥探时遭到反噬无功而返，更何况普通的真仙境修士。至于那些金仙修士，虽然表面上看不出什么，但似乎也没有什么太大的收获。

“洛道友、封道友，二位不拔个头筹吗？”萧晋寒呵呵一笑，问道。

“萧道友此言差矣。仙宫率众于此将仙府入口保护得如此周全，让仙府在临世前未遭到宵小破坏，这率先进入的资格，自然非仙宫莫属了。封道友，你说是不是？”洛青海满脸笑意，开口揶揄道。

封天都的脸上本就没有多少表情，此刻也只是冷哼一声，没有说什么。

“既然二位都这么客气，那我就先走一步了。”未等萧晋寒开口，渠灵倒是丝毫不客气，当先取出一幅冥寒山河残图轻轻一抖，从中涌出的大片光芒包裹着她，飞入了蓝色光团。

此女倒是雷厉风行，从开口到飞入蓝色光团，前后不过一两次呼吸的时间。周围众人俱是一怔，接着有些躁动。

韩立看着渠灵的身影消失在蓝光之中，眼中闪过一丝不易觉察的晦暗。

萧晋寒见此，转身冲雪莺等人说了一句“你们随我进去，其余人留守此处”，然后手腕一抖，祭出了一幅冥寒山河残图。

只见图卷上涌出一层湛蓝光芒，将包括雪莺在内的八名仙宫之人，以及欧阳奎山等三名烛龙道金仙一齐卷了进去。

而后，萧晋寒便携带画卷和这些人跨入了蓝色光团，消失不见了。

剩下部分仙宫之人和黑风岛之人，则留守在外面。

待北寒仙宫的人进去之后，洛青海再次对封天都说了几句客气话，见对方仍无动于衷，便衣袖一卷，用冥寒山河残图将苍流宫众人裹起来，一同飞入了蓝色光团。

在苍流宫等人悉数进去后，封天都这才看了一眼独目宗主，此人会意，赶忙召集伏凌宗等人一起进入了蓝色光团。

此时，在场之人几乎少了一半，气氛也不如此前那般凝重了，其他几方势力自然不甘落后，跃跃欲试。

鬼泣宗的那名麻脸老者，与南黎族修士交谈一番过后，又朝韩立他们这边走了过来。

“古道友，一会儿南黎族先进去，我们鬼泣宗紧随其后。我们会在里面等着你们，届时我们合归一处，一起行动。”麻脸老者如此说道。

“陈道友所言甚是，我也正有此意。”呼言道人闻言，笑着说道。

“那我们便先行一步。”麻脸老者见南黎族修士已经进入了蓝色光团中，连忙说了一声，走到自己宗门的队伍中。

“咱们也走吧。”见鬼泣宗众人已经进去，呼言道人对众人说道。

旭阳子以眼神示意宗门众人聚拢过来，他的目光扫过站在韩立身边的陆雨晴时，仍然有些不满。

“仙府秘境内虽然有不少灵宝天材，但同样危机四伏，进去后，所有人尽可能集中在一起，不要分散。”呼言道人嘱咐道。

说罢，他也取出画卷，略一施法后，便有灵光涌出，将这十二人一裹，飞入了入口的蓝色光团。

进入蓝色光团的瞬间，韩立只觉得耳中一阵嗡鸣，眼前忽然变得雪白一片，五感几乎全部丧失，整个人似乎只剩下了模糊不清的意识。

这种感觉无法言喻，却令人十分不适，好在持续的时间不长，只是十几息之后，一切就恢复正常了。

韩立的意识逐渐恢复如常，只觉耳畔传来阵阵呼啸的风声，刮得耳膜有些生疼。他目光所及，竟是一片飞雪茫茫的纯白世界，四周充满了寒气，极远处更有一道道巨大的暴雪龙卷，接天连地，令人心惊不已。

他的周身涌出一片青光，在体外撑起寸许的光幕，将纷纷扬扬的大雪隔开，却仍感觉有丝丝寒意透体而入，渗入骨髓。

韩立目光四下扫过，发现先前进来的几个势力的人，已经全都没有了踪影。

“好冷啊……”陆雨晴已经放出了护体灵光，仍是冻得浑身轻颤，睫毛上结了一层晶莹的冰花。

真焰宗等人身上的赤红长袍光芒大盛，表面隐隐有虚化的火焰纹路涌动，传出阵阵热浪。尽管如此，他们的模样也没好到哪里去。除了旭阳子等三名金仙修士神色稍微好一些外，其他几人皆是面色青白，瑟瑟发抖。

“古道友，劳烦你催动山河图护住大家。”旭阳子看向呼言道人，说道。

呼言道人点了点头，手腕一抖，冥寒山河残图立即浮现，在其身前铺展开来。

紧接着，一道深蓝色的球形光幕从图卷上散开，将他们十余人笼罩起来。

进入光幕后，周遭的风声顿时变小了，那种难以忍受的刺骨寒意也被隔绝了。

“南黎族和鬼泣宗的人，都不见了……”云霓站在呼言道人身旁，开口说道。

“本就是鬼道宗门和偏隅蛮族，岂会懂言而有信的道理？多半是不甘人后，抢先走了……”震云长老讥笑一声，说道。

“未必，之前陈丕主动联系我们时所说的话并非虚言，相比北寒仙宫、苍流宫和伏凌宗这些大势力，我们终究势单力薄，彼此抱团还是有必要的。至少结盟一事，在前期是利大于弊的，他们不至于为了争先机而自行毁约。”旭阳子倒是有不同意见，摇了摇头说道。

呼言道人闻言，带着询问之色看向韩立。

“师叔，这里的暴雪之中，似乎隐隐混杂着空间之力，他们或许是被传送到了别的地方，跟我们不在一处。”韩立想了想，说道。

“嗯，我也觉得有这种可能。既然暂时找不到他们，我们先离开这里再说。不论如何，小心为上，你们要时刻跟在我身边，绝对不可离开冥寒山河图光幕的范围。”呼言道人思量片刻后，说道。

“是。”众人连忙应声道。

呼言道人闻言，正要招呼众人赶路，耳畔忽然响起了韩立的传音：“前辈，我已经兑现承诺，和你一起进了这冥寒仙府，真言化轮经的后三层功法能否现在就给我？”

“你这小子，怎么连老夫也不相信？这才刚进入仙府秘境，还没办事呢，就找我要报酬！”呼言道人微微一愣，回道。

“前辈之前可是说了，进入后可以先给在下第四层功法。”韩立闻言，笑着传音回道。

呼言道人对韩立的性子还算了解，倒没有太在意。他一手催动冥寒山河图，一手摘下腰间的一个储物袋，递给了韩立。

“进入仙府之后危机重重，这里面有一些保命之物，你且收好。”呼言道人一本正经地说道。

韩立诚惶诚恐地伸手接过袋子，打开袋口以神识略微探查了一下，有些激动地谢道：“多谢师叔。”

众人见状，只当是长辈对晚辈的普通馈赠，并没有太在意。

“我们现在该朝哪里走？周围看起来似乎都一样。”韩立收起储物袋后，开口问道。

方才他以灵目神通探查过四周，无论望向哪个方向，都只能看到白茫茫一片，根本无法辨别距离和方向。

呼言道人闻言，没有说话，眉头紧蹙朝身前的冥寒山河图上望去，试图从上面找到一点线索。

“看那边，似乎有个出口……”陆雨晴忽然指着一个方向叫道。

众人闻声，循着她手指的方向望去，就见极远处的空中有一个拳头大小的水蓝色光点，若不凝聚心神仔细看的话，根本发现不了。

韩立知道陆雨晴的灵瞳非同寻常，倒也不觉得奇怪，只是那个位置他自己方才也看过，并没有发现蓝色光点，看样子应该是刚刚出现的。

呼言道人则深深地看了陆雨晴一眼，眼中露出些许惊疑之色，毕竟以他金仙修为的目力，也没在第一时间注意到那个蓝色光点。

于是，众人在球形光幕的庇护下，朝着蓝色光点的方向赶过去。

第206章

雪狮

随着距离越来越近，那蓝色光点变得越来越大，韩立等人也逐渐看清了它的全貌。那是一个水蓝色的空间旋涡，与他们方才进入此处的旋涡，传出的波动很相似。

就在他们距离旋涡不过百步距离时，异变陡生！

被飞雪遮蔽的高空中忽然猛地一震，飘洒的雪花为之一凝，继而化作一道粗达百丈的雪花巨龙，气势汹汹地朝着韩立等人冲了下来。

“轰隆”一声巨响，笼罩着众人的蓝色光球被雪花巨龙砸中，轰然溃散，涌入的雪花被裹挟在狂暴的劲风中，将所有人冲得四散颠倒，纷纷飞到了高空中。

也不知是这突如其来的雪花巨龙的威力，还是此方天地被雪花巨龙扰乱之后爆发的威能，一股狂暴的巨大风暴开始在大地上肆虐。

处在高空中的众人都想稳住自己的身形，但一时竟被从四面八方涌来的乱流冲击得无法自持，一个接一个地在高空中消失不见，不知被风暴卷向了何方。

韩立身上青光大盛，背后电弧闪烁，一对青白雷翅浮现，在狂风暴雪中急速扇动，竭力稳住了身形。

他刚想探查呼言道人的方位，就看到前方一道黑影急速撞了过来，随即感到一个柔软的身躯抱住了自己。

被这道黑影一撞，韩立在风雷翅的帮助下稳住的身形顿时一晃，朝后方歪去，恰巧被一道乱流撞上，随即跌入了一股空间风暴中。

天旋地转之间，韩立耳畔嗡鸣声大作，他来不及看清像八爪鱼似的附在自己身上的人是谁，就头脑一昏，失去了知觉。

在一片未知的广袤雪原上，风声猎猎作响，风雪依旧。

只是相比之前的那方天地，这里的空间稳定了许多，周围分布着成片的白色尖塔，间隙之中隐约有一片片墨绿色露出，竟是一棵棵巨大的雪松树。

在一片雪松林的前方站着十几道人影，为首的是一名貌美妇人，正是北寒仙宫的副宫主雪莺。

这些人虽然都站在一起，但明眼人都能看出他们之间存在分歧，人数较多的北寒仙宫之人聚在一起，与烛龙道的欧阳奎山等三人隔开一道看不见的沟壑。

“雪莺副宫主，仙府只开启一年时间，为何不见萧宫主前来会合？”欧阳奎山看了一眼风雪交加的高空，开口问道。

“若不是有人泄露了冥寒仙府的入口位置，时间又怎会变得这般紧？”雪莺看也不看他一眼，冷冷地说道。显然，对于仙府入口被泄露一事，他们不会疑心自己仙宫的人，只会怀疑这三个外人。

欧阳奎山闻言面色一沉，冷哼了一声，也不再多言。

“宫主去处理后面进来的那些人了，只要稍微动些手脚，将他们送入空间风暴即可。即使他们被传送过来，也会被分散开来，实力自然就弱了。届时若有不识相的人，我们再各个击破，自然容易许多。”雪莺瞥了他一眼，说道。

欧阳奎山等三人闻言，互相看了一眼，神色都有些复杂。

一片不知名的灰色荒漠上，布满了大大小小的灰色卵石，没有任何树木和野草，地上都是尚未消融的白色积雪。

灰色荒漠中央有一条半深不浅的河沟，似乎是被积雪融水冲出来的，里面有些大小不一的水潭，表面都结着一层坚冰。

河沟左岸的一片滩地上有一截雪松树干，树干旁边躺着一男一女。

男子身材高大，趴在地上，看不清面容。女子眉眼如画，长得极美。女子的双手死死地箍着男子的腰，脸颊紧贴在男子的身侧。

这时，趴在地上的男子忽然微微一动，率先醒了过来。

男子转过身，坐了起来，脸上露出些许狐疑之色，谨慎地打量起四周。

他不是别人，正是以无常盟面具变幻了容貌之后的韩立。

此刻，他的身边除了顺势趴在自己身上的年轻女子之外，再无他人。呼言道人和云霓等人竟然全都不见了踪影。

“陆姑娘……”韩立手上亮起青光，在女子肩头一拍，开口叫道。

这女子不是别人，正是陆雨晴。被韩立这么一拍，她口中“嘤咛”一声，方才悠悠地醒了过来。

“柳大哥，这是什么地方啊？”在看清了眼前之人的面容后，她一边揉着有些疼痛的太阳穴，一边茫然问道。

韩立闻言，没有立即回答她，而是双目蓝光一闪，放出神识在四周探查了起来。

“可以肯定的是，这里仍旧是冥寒仙府内。只不过我们具体身处哪里，我也不清楚。”片刻之后，韩立收回神识，缓缓说道。

“其他人呢？怎么只有我们在这里？”陆雨晴环顾四周，眨了眨眼睛，疑惑地问道。

“之前我们好像是突遭袭击，被卷入了空间风暴，所以全都分散了。如今看来，只有我们二人落在了此处。”韩立苦笑一声，答道。

陆雨晴闻言，这才想起之前在风暴中，自己在慌乱之下死死地抱住韩立的情景，脸颊不由得一热，泛起一抹绯红色。

“那……那我们现在该怎么办？”为了缓解自己的尴尬，她连忙问道。

韩立闻言，陷入了沉思之中。按照原先的安排，他们所有人本来是要一起行动的，所以关于仙府的具体情况，他还没从呼言道人那里获知。现在突然落到这步境地，实在令他有些措手不及。

“先前我用神识探查过四周，没有发现明显的灵力波动，只有那个方向，越往远处去，气温就变得越低。”韩立抬手指着一个方向说道。

“若是如此的话，那我们应该去那个方向，那里很可能就是传说中冥寒仙府的第一重区域幽寒境了。”陆雨晴闻言，开口说道。

“幽寒境……陆姑娘，你怎么会知道这些？”韩立闻言，上下打量了陆雨晴一眼，疑惑地问道。

“柳大哥，别这么大惊小怪……事实上，我们黑风岛早就发现了冥寒仙府的入口，并奉北寒仙宫之命坚守了很多年。虽然一直被要求不得外传，但我爹还是暗地里打听到了许多关于冥寒仙府的事情，所以我知道关于仙府的一些信息，没什么好奇怪的。”陆雨晴见韩立这副表情，只好解释道。

韩立闻言，脸上露出古怪之色，问道：“这么说来，之前北寒仙宫设阵隐藏仙府入口后，是你们岛王府偷偷泄露了入口的位置？”

韩立之所以作此猜想，并非全无依据。

黑风岛为北寒仙宫驻守仙府入口这么多年，没有功劳也有苦劳。然而仙宫根本看不起偏居一隅的黑风岛，进入仙府的名额有十二个，黑风岛一个都没有捞到。以至于陆雨晴没有办法，只得央求韩立，从呼言道人这里获得一席之位，进入冥寒仙府，寻找一线机缘。

“柳大哥这话可说不得，我们哪里敢这样做呀？一旦被仙宫发现，我们岛王府面临的就是灭顶之灾。”陆雨晴被韩立的话吓得不轻，连忙摆了摆手，说道。

“我只是随口问问，你不要当真。”韩立对此并无追究之意，见陆雨晴反应如此之大，便笑着点了点头，说道。

事实上，不论是谁将消息放出来的，韩立都乐见其成，他和呼言道人虽然结为同盟，但实力终究比不上北寒仙宫和伏凌宗。

仙府入口位置被泄露，引来了诸多势力，冥寒仙府这池水被彻底搅浑，韩立他们想浑水摸鱼，自然就变得方便多了。

思量间，韩立看了一眼远处，手一挥，一道青光闪过，一艘形如青色飞鸟、两侧有四只青色羽翼的青鸾飞舟浮现，悬浮在空中。

“走吧，我们也赶紧出发。”他身形一闪，落在了飞舟上，对陆雨晴招呼道。

陆雨晴“嗯”了一声，也连忙跃起，轻盈地落在了韩立身后。

韩立掐诀催动飞舟，飞舟立即在半空中划过一道青色流光，朝着远处疾飞而去。

高空中阴云堆积，将天幕压得很低，使这方天地的氛围有些压抑。四野寂寂，既看不到一个活物，也听不到多少声响，二人谁都不再言语，耳畔只剩下呼啸的风声。

就这么飞了约莫半刻钟，天空开始飘起雪花，一开始只是零星的几点，越往前去，雪片就变得越大，也变得越密集。

与此同时，地上的景象也逐渐发生了变化，那片灰色荒漠被他们远远抛在了身后，取而代之的是一片广袤的冰原。

天空中的铅云已经变成了青灰色，四周飘洒的雪花也不似寻常那般轻盈，每一片都似乎带着不小的重量，朝着下方坠落而去，又疾又密。

好在这里虽然十分寒冷，但不像之前那般寒彻骨髓，他们俩只要放出护体灵光，便能够将之隔绝。

冰原之上，天色昏暗。

由于能见度极低，韩立只能放出神识探查周围，虽然没有探测到明显的灵力波动，但他丝毫不敢大意。

渐渐地，天上飘落的雪花越来越密集，放眼望去，周围几乎是青灰色的一片。

飞舟在韩立的操控下，飞行速度并不快，两侧的四片羽翼绽放出一层青光，将整个舟身连同韩立和陆雨晴一起包裹了进去。

密集的雪花落在这层青色光幕上，纷纷无声无息地碎裂开来，对飞舟的前进并未产生多大影响。

“这里的风雪有些古怪，我的灵目神通受限不小，你的幻瞳鬼目是否能比我看得更远一些？”韩立眉头微蹙着问道。

“我方才试过了，我也看不了太远。我的神识也受到了干扰，最多只能探查到数里之内的动静，而且还有些模糊。”陆雨晴摇了摇头，说道。

韩立心中了然，随着这雪花的密集程度加深，他的神识只能探查出百里范围内的动静，超出这个范围就会变得时灵时不灵。

“那边似乎有东西。”

又飞了近百里，韩立突然目光一闪，伸出手指向下方。

“好像是什么宫殿。”陆雨晴移目望去，隐隐约约能看到一些屋宇的高挑飞檐和楼阁高塔的宝顶。

“走，我们下去看看。”

韩立说着，手中掐诀，飞舟立即一个俯冲，从风雪中直冲而下，落到了那片建筑前。

韩立落地之后，收起飞舟，才发现这里的积雪没有他想象的那么深，刚刚没过脚踝而已，脚下便是坚硬的石板。

韩立和陆雨晴四下观察后，便一前一后，深一脚浅一脚地穿过开阔的广场，朝着建筑深处走去。

最前方矗立着一座数丈高的红色木牌楼，一间二柱，顶上只有一层，规格并不算高。檐脊上落满积雪，坊额上的字迹已经模糊不清，看不出原本写的是什么。

等走到近前，韩立和陆雨晴才注意到牌楼的立柱和坊梁上均刻有密密麻麻的符文，只是符文中蕴含的灵气已经流散殆尽，失效了。

二人没有在此停留，穿过牌楼向里又走了百余步，来到了一座有着歇山顶的大殿前。

大殿外观基本上还算完整，只是半扇殿门已经不见了踪影。门前的石阶掩在屋檐下，并没有被积雪覆盖，上面有一道极深的黑色裂痕，显然是被人一刀劈作了两半。

“柳大哥，先前的牌楼立柱上刻有符文就罢了，怎么这石阶上也有符文？”陆雨晴俯身看着断成两截的石阶，有些疑惑地说道。

“若是我没看错的话，这片区域之前应该是被一座法阵包裹隐蔽起来的。那座牌楼和这块石阶，包括广场上的砖石，都是大阵的阵眼，只是如今已经被人破坏了。”韩立沉吟着说道。

“你的意思是说……有人比我们先到了这里？”陆雨晴有些慌张地四下张望，小声问道。

“这里的法阵灵气已经完全消散了，破阵的年代距今已很久远了，应该是之前某次仙府现世时，有人到了这里，破开禁制，取走了此处所藏的珍宝吧。”韩立想了想后说道。

陆雨晴一听到宝物已经被人取走，微微松了一口气，又不由得有些失望，说道：“既然如此，那我们就别在这里耗费工夫了，还是继续前进吧。时间可不多。”

“不急，仙府内像这样的藏宝之处应该不在少数，未必没有和此处使用同一种法阵禁制的地方。我们先看看这里的法阵布置，之后若是遇到相似的，破解起来能节省不少时间。”韩立不紧不慢地说道。

“对，我怎么没想到！还是柳大哥经验丰富，考虑得周到。”陆雨晴闻言，恍然说道。

韩立笑了笑，走上台阶，推开虚掩的门扉，走进了大殿。陆雨晴也蹑手蹑脚地跟在韩立身后，跨入了大殿。

大殿里面空无一物，屋顶上有几个破洞，片片雪花从中飞落而下，尚未触及地面，便自行消散了……

从大殿后门走出来，还有几间大殿和一座三层阁楼，情形与前面的大殿基本一致，并无明显损毁，里面都空无一物。

“走吧……”

韩立站在阁楼下，挥手唤出青鸾飞舟，招呼陆雨晴上去。二人乘着飞舟再次冲天而起，朝着前方赶去。

前方的雪花依旧密集，二人越往冰原深处去，沿途遇到的建筑就越多。其中规模最大的比第一次遇到的那处大十余倍，规模小一点的则是独栋的阁楼和塔楼，看起来像是仆从杂役住的地方。然而不论是哪一种，基本上都已经在之前仙府开启的时候，被人破开禁制，洗劫一空了。

韩立对此早有所料，并未觉得很失望，倒是陆雨晴嘟着嘴，觉得大为可惜。

他们这一路上倒是颇为平静，既没遇到什么人，也没遇到妖兽出没。

韩立和陆雨晴就这么乘着飞舟一路飞行，越往深处，天空中的风雪就越强劲，对他们神识的压制也越严重，以至于后来，以韩立的神识也只能探查出方圆数十里的范围。

在飞过一条山势逶迤的冰雪山脉后，韩立隐约看到前方的山谷中又出现了一片建筑。

他对陆雨晴招呼一声后，便催动着飞舟朝山谷中飞去。

临近谷口时，二人远远看到谷口左侧矗立着一尊数丈高、被雪花覆盖的石狮子，右侧的石狮子倒在地上，被冰雪掩埋。

落地后，韩立走上前，抬手扫掉了左侧那尊石狮子身上的积雪，发现这石狮子身上镌刻着一道道复杂的符文，与先前所见的略有不同，但大致属于同一类。

“看来山谷里不用去了，这里的禁制已经被毁了……”陆雨晴看了一眼，便有些失望地说道。

韩立闻言，正想开口说话，突然眉头一蹙，一把抓住陆雨晴的肩头向后一扯，身形暴退，贴在了后面的石壁上。

只见谷口右侧地面上那头躺倒的“石狮子”竟突然活了过来，身子抖动，一跃而起，抬起一只巨大的爪子，势大力沉地朝着二人拍去。

狮身上抖落了一层厚厚的积雪，露出来的竟然还是冰雪，就好像是一头用冰雪堆积起来的雪兽。

不知是不是这一缘故，在其跃起发难之前，韩立没能感知出它的异样，只当其是一尊没有生命的石狮子罢了。

韩立目光微凝，挥出一拳，青光凝聚，朝着上方直捣而去。

“呼！”

一道青色拳影立即冲破风雪，与那头雪狮的爪子撞在了一起。

“砰”的一声巨响！

雪狮的巨爪在拳影触及后径直炸裂开来，化作一片雪雾四散开来。

韩立还没收拳，眉头就皱了起来，只觉得从雪雾之中飘出一股刺骨的寒气，渗向他的手中，关节处顿时结了一层白霜。

他心中一凛，连忙将手收了回来。

再看那头雪狮抬起的前爪上，正有一个蓝色旋涡生成，从中传出道道旋风般的吸引之力，将四周飞舞的雪花吸了进去。

随着旋涡内的雪花越来越多，雪狮崩碎的前爪顷刻间竟然重新凝聚。

“柳大哥，这不是什么法阵傀儡，而是仙府秘境中独有的寒兽。若不击碎其体内的寒魄，它便能不断吸收风雪之力修复损伤，几乎不死不灭！”陆雨晴似乎认出了眼前之物，连忙开口提醒道。

“寒魄？那是什么东西？”韩立双目死死地盯着恢复中的寒兽，问道。

“就是此兽体内孕育出来的一块极寒晶石，有点类似妖兽的妖丹，通常在其双眼正后方。”陆雨晴想了想，连忙说道。

韩立听她这么一说，目光就集中在那雪狮寒兽幽蓝色的眼珠上。他心念一动，一柄青色长剑飞射而出，寒光一闪，来到了雪狮的左眼前方。

此兽灵智似乎并不算高，眼见剑光袭来，竟然直接抬起那只还没完全复原的巨爪，朝着飞剑拍了过去。

飞剑去势虽快，气势并不怎么强大，但在触及雪狮巨爪的瞬间，一阵密集的剑光犹如莲花绽放般刺向四面八方，直接将雪狮的整条臂膀刺成了齑粉。

与此同时，青色剑芒一穿而过，直接从其左眼中飞刺而过。

“铮”的一声锐鸣传来。

韩立看到青竹蜂云剑钉在了一块浅蓝色晶石上，剑尖只是刺入寸许，并未将其刺穿，晶石上有丝丝缕缕雪白流光游弋，立即就有风雪朝着雪狮的头颅涌了过来。

第207章

跟随

韩立瞳孔微微一缩，自然不会再给这头雪狮复原的时机。只见他单手掐了一个剑诀，青色长剑立即一阵颤鸣，剑身上一缕缕金色电光乍现，化为一张金色电网笼罩而下，顿时将雪狮的头颅覆盖了。

周围不断涌来的雪白流光在触及金色电网后，纷纷爆裂开来，无法侵入分毫。

“轰隆”一声响。

雪狮头颅中的寒魄晶石在金色电光交织的轰击之下，碎成了齑粉。

没有了寒魄晶石的支撑，雪狮动作骤然一滞，庞大的身躯轰然倒地，“噗”的一声，化作一堆积雪，四下散开。

韩立二话不说，随手一招，青色长剑立即化作一道流光，飞入他的体内，消失不见。

“柳大哥好厉害！”

陆雨晴拍手叫好，快步上前，蹲下身子在那堆积雪中翻找起来。

片刻之后，她有些失望地站起身，说道：“柳大哥的攻击威力太强大，这头寒兽的寒魄晶石已经全部消融了，半点都没剩下。”

“你要那寒魄晶石有何用？”韩立将眉头微微一挑，问道。

“柳大哥有所不知。这东西性极寒，却不偏于阴性，虽比不上万年寒髓，但也有寒髓的部分功用……反正留着总归是好的，要是拿到黑风城去卖，可以换不少灵石呢。”陆雨晴解释道。

韩立点点头，没有再说什么，转身走入山谷，朝着里面那片建筑走去。

进入山谷的路有些狭窄，谷中的积雪比谷外要深，一脚踩下去，雪会没过腰部。韩立索性运转法力使了个轻身咒，身子浮在雪面上，朝谷内走去。

陆雨晴见状，如法炮制，跟在韩立身后。

二人走了约莫半刻钟，没有遇到任何寒兽，顺顺当当地来到了一个地势平坦的广场上。

与之前的情况一样，但凡到了有建筑的地方，风雪势头都会相应减小几分，积雪也不会太深。

山谷内的这片建筑面积不小，几乎占据了整个山谷，看起来就像是一座市井小镇，里面的建筑都颇为宏伟，装饰也十分华美。

不少廊柱飞檐上镌刻着玄奥的法阵符文，不过几乎全都遭到了破坏，此处所藏有的珍宝，自然也被人捷足先登，洗劫一空了。

韩立和陆雨晴花了大半个时辰，才将此处的建筑一一检查了一遍，只发现了一些损毁的法宝，还都是没有丝毫用处的破烂货。

走出最后一栋阁楼后，韩立看了一眼镇子后方，只见山谷尽头竟然不是雪峰山体，而是晶莹剔透的冰晶山壁。

在山壁的正下方，有一个数丈高的券洞，似乎一直通向山谷后方，不知道有多深。

韩立与陆雨晴对视一眼，缓步走到山谷尽头，来到了券洞下方。二人朝券洞里面望去，只见其中光线昏暗，看不清里面的情况。

韩立双目蓝光一闪，神识骤然释放，在券洞内探查。

片刻之后，他摇了摇头，当先朝着里面走了进去。

陆雨晴嘴巴张了张，本想开口问什么，见韩立没打算逗留，她连忙跟了上去。

走入券洞内韩立才发现，不止两边和头顶上的山壁，就连脚下踩的也全是蓝色的坚冰，平整如镜，有些光滑。

券洞内十分寂静，除了二人的脚步声外，再也没有任何声响。

韩立走得不快，偶尔还会停下脚步，朝着四面八方打量一阵，然后才继续往里走。

在韩立第三次停下之后，陆雨晴终于忍不住心中的疑惑，开口问道："柳大哥，你怎么走走停停的？是发现什么了吗？"

韩立没有立即回答，也没有回头看她，只是轻轻摇了摇头，继续边走边查看。

陆雨晴见此，只得有些无奈地跟在后面。

走到券洞正中央的位置时，韩立再次停了下来。

他先是闭目站了一会儿，然后睁开眼睛，蹲下身来，一掌按在地面上，双目之中闪烁着蓝光，陷入了沉思。

"这下面有动静。"片刻之后，韩立开口说道。

陆雨晴闻言心中一动，还没等她做出什么反应，就见韩立抬起手掌，掌心光芒一闪，骤然下压。

紧接着，便听"咔"的一声响！

韩立掌心下方的坚冰竟然裂开了，裂缝继而向四方扩散。

韩立站起身，后退了几步，刚刚被他一掌摁出裂隙的区域便向下一沉，出现了一个直径丈许的大洞。

大洞下方，传来"呼呼"的风声，里面似乎还有很大的空间。

韩立二话不说，身子一跃，直接跳入了洞口，朝着下方坠落。

陆雨晴还没来得及问韩立究竟发现了什么，就已经看不到他的影子了。无奈之下，她只好巴巴地跟着跳了下去。

二人一先一后从洞口坠落，很快就落在了地上。

韩立稳住身形，觉得脚下的土地有些松软潮湿，抬头一看，见那层三尺来厚的蓝色冰晶就在头顶上，这地下果然别有洞天。

"柳大哥，这是什么地方？感觉有些怪怪的。"陆雨晴左右望了望，发现自己正身处一条黑漆漆的地下通道中，茫然地问道。

“先别说话，小心跟我来就是了。”韩立做了一个噤声的手势，说道。

陆雨晴便立即闭嘴，老老实实跟随韩立沿着通道向下走去。

二人在黑漆漆的通道中向下走了百余丈后，停了下来。在他们正前方，有一点点微弱的光芒在闪烁，同时还传来阵阵“轰隆”声。

二人在黑暗中对视一眼，同时隐藏了身上的气息，继续朝着下方走去。很快二人来到通道尽头，之前听到的“轰隆”声变得愈加清晰。

韩立来到通道出口一看，发现自己竟然身处峭壁之上，峭壁下方，赫然是一个巨大的地下溶洞。

他放眼朝溶洞里面望去，发现那里剑光阵阵，爆鸣声不断，似乎有两道人影正在与数头体形庞大的寒兽厮杀。

在溶洞正中央，人为开辟了一个颇为宽阔的白石广场，上面原先似乎有一座规模不小的殿阁建筑，此刻已经完全损毁，变成了一堆废墟。

韩立目光一凝，发现广场上那两道人影身上的服饰很眼熟，其中一名身材高大的中年汉子身上披着一件宽大的乌黑袍子，袍子领口绣着一个骷髅图案，此人显然是鬼泣宗的修士。

而另一名身材矮小的枯槁老者则穿着黑布短衣，头上戴着一方黑帕，正与南黎族修士的打扮相同。

先前韩立的注意力都在陈丕和手拄金杖的四人身上，倒是没有过多注意两方势力中其他人的模样，所以对眼前二人的姓名，没有什么印象。

此刻细细打量之下，韩立发现那名枯槁老者身材虽然矮小，但是实力不俗。只见其手里擎着一杆比自己高一倍的金色大戟，挥舞起来简直如同一把金色扇子，不断在半空中扫出一道道巨大的金色扇面。

每道金色扇面扫出，都能命中雪狮寒兽伸出的巨爪，轻则寒兽腿部雪花崩散，豁开一道触目惊心的口子，重则便会直接断裂开来。

而鬼泣宗的那名中年汉子什么兵刃都没有使，赤手空拳与两头貌如雪猿的寒兽厮杀。他的拳头上闪着白光，当中隐隐有蓝色光点闪烁，状若星云。

他每一拳击出，身前必定响起爆鸣声，拳头砸在浑身冒着寒气的雪猿寒兽身上，必定能将寒兽炸成一片齑粉。

二人看似占据上风，事实上却打得相当憋屈。那些寒兽好像不会受到实质性伤害一般，身上的伤势不管如何严重，都能很快恢复。

寒兽恢复的模样，和之前韩立在门口对付的那头雪狮一样，甚至恢复速度还要快不少。

更要命的是，除了这数头寒兽之外，宫殿废墟上还站着一只如同冰雪雕琢出来的雪鸠，一双湛蓝的眼睛仿佛有灵性一般，死死地盯着他们。

可以想象，一旦二人稍有疏漏，雪鸠便会暴起，以迅雷不及掩耳之势发动攻击。

此兽与那几头寒兽不同，其喙中能够吐出一根根银色冰丝，这冰丝中蕴含着冰属性的法则之力。饶是那二人都达到了真仙修为，也一样不敢大意。

韩立仔细观看了二人与几头寒兽对战的状况，以及二人施展的功法，他的眉头先是微微一皱，继而向上一挑，眼中流露出一抹惊讶之色。

“当真是巧得很，竟然是他们！”

韩立正思量间，就见那只雪鸠忽然展翅飞起，低掠而下，从一头雪猿寒兽的身旁斜飞而出，如钩般的双爪朝着中年汉子的脖颈狠狠地抓了过去。

雪鸠速度之快，宛若电光石火！

中年汉子面对这突如其来的袭击，悚然一惊，好在他临阵对敌的经验颇为丰富，胸腹上立刻浮现七颗蓝色星辰图案，紧接着体表亮起十几个蓝色光点，脖颈下方也不例外。

随着这些光点的出现，一层如同星辉般的白色光芒立即浮现，覆盖他的体表，此时雪鸠的巨爪已经抓了下来。

“铮——”

一阵令人牙酸的摩擦声响起，雪鸠爪上的尖指划过汉子的脖颈和肩头，将其体表的白光撕扯得一阵乱颤，却没能破开。

与之错身而过后，雪鸠突然扭头，张口一喷，一支由银白光芒凝聚的冰丝箭矢立即爆射而出，裹挟着森然寒意，直奔中年汉子心口袭去。

“哼！”

中年汉子目光一闪，已经收回身侧的拳头上立即爆发出一团耀眼白光，迎着那支冰丝箭矢猛地砸了过去。

“砰”的一声巨响。

那支银色冰丝箭矢和中年汉子拳头上的白光同时爆裂开来，一股白雾状的幽寒气息顿时弥漫开来，瞬间就给中年汉子的右臂裹上了一层蓝色冰晶。

中年汉子只觉右臂一麻，未等其设法除去右臂上的冰晶，先前与之交战的一头雪猿寒兽从一旁突袭而至，猛地一撞，就将他撞得倒飞了出去。

“轰隆”一声巨响。

中年汉子重重地砸在一面石壁上，整个人都陷了进去，其身下布满蛛网状的裂纹，向四面八方蔓延，十分恐怖。

然而那中年汉子很快便从石壁上拔出了手臂，朝着身后石壁一砸，整个人便借势飞了出来，看起来似乎也并未受什么伤。

“熊山道友，你若再遮遮掩掩，不拿出点真本事来，我看接下来的路，咱们还是分开走吧。”中年汉子面上似乎有怒色，冲着那名枯槁老者喊道。

“哼，你还好意思说！若不是冷焰道友你节外生枝，非要来此处，我们岂会掉入陷阱，什么好处都捞不着，还要费劲与这些寒兽在这里纠缠？”枯槁老者也很不满，毫不客气地回道。

“我提议下来之时，可是做了一番探查并和你商议过的，你当时并没有反对。秘境寻宝，风险本就与机遇并存，更何况是在这万年难遇的冥寒仙府！如今不过遇到几头寒兽，解决了就是，扯这些作甚？”中年汉子有些不屑地说道。

“我说了先去办正事要紧，见你信誓旦旦，我自然不好多说什么。”枯槁老者摇头说道。

溶洞当中的二人，赫然是冷焰老祖和烛龙道的副道主熊山。

韩立心中有些不解的是，这二人明明一个借着鬼泣宗之名而来，一个藏在南黎族修士当中，按说不应该会凑在一起。

可他们非但一起出现在这里，彼此之间似乎也很清楚对方的底细，看起来像是合作伙伴的样子，难道是故交?

“罢了罢了，这次是我的过失，大不了等到了那里找到东西后，让你先挑选一件。现在还是赶紧解决眼前的麻烦，从这里出去吧。”冷焰老祖自知理亏，连忙说道。

装扮成枯槁老者模样的熊山见对方如此说，遂不再多说，手腕一转，将那杆金色长戟收了起来，手上重新掐了一个剑诀。

紧接着，他身上气息一变，真仙境后期的法力波动开来，他身后的空中开始泛起阵阵金色涟漪，一层层密密麻麻的金色剑影如同孔雀开屏一般浮现，绽放出阵阵耀眼金光。

“疾！”

只听他一声号令，无数道金光剑影顿时爆射而出，涌向那两头雪狮寒兽，将其吞没了。

剑影洪流之中，金石交击声不断响起，折射出金白两色光芒。

片刻之后，剑流终于全数涌过，雪狮寒兽的身躯彻底不复存在，藏在它们眼睛后方的寒魄晶石则暴露了出来，悬浮在半空，不断吸收着四周的雪花和寒气。

熊山矮小的身影一闪而过，手中紧握的金色长剑一挥，瞬间就将两枚寒魄晶石尽数斩碎，彻底断绝了雪狮复原的可能。

那只雪鸠见状，身子在半空中一转，双翅扇动着又朝他扑了过来。

另一边，冷焰老祖周身光芒大作，玄窍上的蓝色光点一个接一个亮了起来，比韩立上一次见到时似乎又多了一些。

只见其一步跨出，凝聚着星辰之力的拳头朝着迎面而来的一头雪猿寒兽砸了过去，后者亦以巨拳相迎。

一大一小两只拳头，裹挟着呼啸罡风碰撞在一起。

“轰”的一声巨响。

一股强烈至极的劲风，从冷焰老祖的拳头上迸发开来，化作一股磅礴之气冲向四面八方。

韩立和陆雨晴所处的通道不算宽，一下子被狂风灌入，响起一阵爆鸣之声，吹得娇弱的陆雨晴一个踉跄，差点就叫出声来。

所幸韩立就在身旁，一手拽住她的衣袖，一手捂住了她的嘴巴，同时一层若有若无的光芒浮现，罩住了二人。

待所有罡风全部过去之后，韩立才冲陆雨晴轻轻摇了摇头，缓缓松开了手掌。

陆雨晴紧抿嘴唇，紧紧贴着通道内的石壁，不再发出半点声响。

韩立转身，又朝着冷焰老祖那边望了过去，心中念头转动起来。

只见那里罡风初歇，烟尘渐散，那头雪猿粗壮的臂膀断裂，断口处有一个蓝色旋涡在快速旋转，吸收着周围的寒气，准备重新凝聚。

冷焰老祖自然不会给其机会，在避开另一头雪猿寒兽的攻击后，身形直接跃起，来到其头颅上方，抬起一脚，朝着其头颅重重地踩了下去。

冷焰老祖脚底白光乍泄，星辰之力凝聚，在碰到雪猿头颅时，立即绽放出夺目光芒。

只听“轰”的一声巨响。

雪猿头颅顿时裂开，一枚晶莹剔透的寒魄晶石从中迸射出来，被冷焰老祖一把抓在了手心。

他另一只手掌光芒一闪，麻利地取出一张紫色符箓贴在了寒魄晶石上，将其草草收入了储物戒中，随后身子再次跃起，掠向另一头雪猿寒兽。

“铮——”

就在这时，一声尖锐的剑鸣从溶洞顶部传来，接着有一道巨大的金色剑光当空掠过。那只雪鸠刚刚悬停在溶洞上方，就被这道剑光扫中，身躯直接从中间裂开，分作了两半。

只见金色剑光去势不减，溶洞穹顶轰然崩碎，裂开了一道数丈宽的裂缝，一块块大如磨盘的巨石如落雨一般砸落。

“呼呼”声大作！

一道天光从裂缝中漏了下来，漫天飞雪在狂风的吹卷下，疯狂地朝着裂缝中灌了下来。

熊山站在乱石之上，缓缓收起手中长剑，转头朝冷焰老祖那边望去。

那边的战斗也已经落下帷幕，雪猿被蕴含星光之力的一拳击中，连带寒魄晶石一起化为齑粉。

“这次仙府开启，北寒仙宫和苍流宫这些一等势力的宫主竟然亲自赶来秘境，情况比上一次复杂太多了。接下来的路上，我们可不能再节外生枝了。”看着冷焰老祖走了回来，熊山语气不善道。

“这也是没办法的事，上一次仙府开启后，所有人才知道以往探索的区域皆为幽寒境范围，只不过是冥寒仙府最外围的一部分，再往仙府核心探索，肯定别有洞天。嘿嘿，外面就有那么多宝贝，里面还有什么奇珍异宝谁都说不清，那些大势力怎么可能不觊觎？”冷焰老祖叹了一口气道。

“这次我们假借无常盟和十方楼的身份混进来，其中冒的风险有多大，不用我提醒你了吧？”熊山面色严肃地看着他，问道。

“这个我当然明白。不过，你也不用太担忧，那个地方位置那么隐秘，当年与我们一同发现那里的其他人又都已经死了，不会有人比我们先找到那里的。”冷焰老祖说道。

熊山听闻此言，神色稍微缓和，说道：“好了，不管如何，我们先去那里，等拿到了各自想要的东西，就分开行事吧。”

“我也正有此意。”冷焰老祖点点头说道。

二人说罢，在此待了片刻，便一前一后飞掠而起，从那道缝隙飞到了地面上，身形一闪，没入了茫茫风雪。

“走，我们跟上去。”

韩立望着那二人离去的背影，冲陆雨晴招呼一声，便当先飞出了通道，朝着裂缝中飞去。

陆雨晴略一犹豫后，也赶紧跟了上去。

第208章

传言

陆雨晴的修为自然与韩立和冷焰老祖等人不能比，为了防止动静太大，她不敢拼尽全力，因此速度远远跟不上。

“上飞舟。”韩立见状，单手一抬，现出了青鸾飞舟。

陆雨晴道了一声谢，飞身上了飞舟。

韩立也飞上青鸾飞舟，口中念念有词，单手一扬，一个黑色水团从衣袖中飞出，化为一层幽光向周围蔓延而去，很快笼罩了整艘青鸾飞舟。

飞舟被幽光笼罩，散发出的灵光波动尽数消失，化为一团微不可察的影子，一丝气息都没有外露。

韩立微微点头，这是他前些年参悟水之法则，结合重水自创出来的隐匿神通，看来效果还不错。

思量间，他脚下一点舟身，脚上青光一闪，飞舟立刻飞射而出，化为一团模糊的影子，朝着冷焰老祖和熊山追去，很快便赶上了二人。

韩立没有靠得太近，刚好在二人神识感应范围之外。

“柳大哥，我们为何要跟着这二人？”陆雨晴小声问道。她修为太弱，刚刚没敢放出神识探查，所以并未听到冷焰老祖和熊山的对话。

“听他们刚刚的对话，上次仙府开启时他们便来过，这次好像是要去一个藏宝之地。我们初次来到冥寒仙府，对此地了解有限，这里也不是你的地图标注的区域，与其瞎走乱闯，不如跟着他们。”韩立将那二人的对话简单地说了一遍，然后说道。

“我们运气真是不错，这二人的实力虽然不弱，但以柳大哥的神通，根本不足为虑。若真有宝藏，我们便做一回黄雀好了。”陆雨晴眨了眨眼睛，笑道。

韩立笑了笑，随即收敛心神，专心追踪前方的二人。冷焰老祖，韩立倒是不怕。熊山修为精湛，为人机警，虽然韩立的实力如今大进，但也不敢小觑此人。

陆雨晴见韩立专心操控飞舟，没有打扰他，自顾自走到一旁盘膝坐下，闭目养神。

与此同时，仙府某处。

一片一望无际的冰原，上面是一些高低不一的丘陵，唯有中央处矗立着一座雪白孤峰，耸入云霄。

四周除了不时呼啸卷过的风声外，显得颇为安静。

就在此时，孤峰前某处的空中波动乍起，浮现一个半透明的白色旋涡。旋涡一敛，顿时现出一艘十来丈长的碧玉飞车。

飞车通体狭长，表面精雕细琢，宛如一柄玉如意。上面站着一名身材修长的男子，男子前后还立着两名手持长戟的金甲傀儡。

男子周身被一层白光笼罩，白光流转不停，令人看不清他的容貌，但五官轮廓依稀可辨。

他一现身，便往四周扫视，最后目光一闪，落向了某个方向。

“看来还不算太晚。”

男子喃喃自语了一声，足下的碧玉飞车表面泛起一层青光，接着破空声一响，化为一团绿光朝前方疾驰而去，几个闪动之后，就消失在天边，不见了踪影。

冷焰老祖和熊山一路往前飞驰，中途没有停留，转眼间就飞了三四天。

下方不再是辽阔冰原，而是逐渐变成了山地，一座座山峰拔地而起，上面覆盖着厚厚的冰雪，闪闪发光，雪峰此起彼伏，看起来颇为壮美。

雪峰之中，偶尔出现宫殿建筑。韩立放出神识一扫，可以感受到建筑中散发的丝丝灵力波动，里面应该有一些好东西。

可冷焰老祖和熊山看也不看下方的建筑，只是一味往前飞。

韩立虽然有心下去看看，但见前方二人没停，他只能放弃。

“看样子，那地方还真是有些遥远，希望别让我们失望。”陆雨晴轻叹了一口气，说道。

“姑且看看再说吧。”韩立点了点头道。

就这样飞了三四天，不知前进了多少万里。这幽寒境竟如此辽阔，飞了这么久，还是看不到边界。

韩立眼中闪过些许诧异之色。原以为这是一座仙府，结果一个幽寒境便如此之大，规模恐怕不在黑风海域之下，若再加上其他境，只怕与一些小型界面也不相上下。

冷焰老祖和熊山丝毫没有停下的意思，继续往前飞。

转眼间，又是两三日过去了。

下方的雪峰慢慢消失，一片辽阔的海面出现在前方，无边无际，浩瀚无比，恍如无尽星空。

此处的海水呈漆黑色，给人一种非常黏稠的感觉，半空中寒风呼啸，白雪飘飞，黑色海面却没有掀起什么波澜。整个海面看起来仿佛巨大的黑色镜面，给人一种诡异的感觉。

冷焰老祖和熊山没有丝毫犹豫，径直朝着黑色海洋深处而去。

韩立眉头微皱，却在黑色海洋边缘停下来，陷入了沉思。冷焰老祖和熊山在前面不停地飞行，难保不是已经发现了他们而故意为之，甚至有可能在前面设下了陷阱。他们此刻身处仙府内，丝毫大意不得。

韩立望着眼前的黑色海洋，目光闪烁了两下，朝陆雨晴问道：“陆姑娘，你可知道此处黑色海域的情况？”

“黑风岛得到的信息里，没有提及这处黑色海域。”陆雨晴摇头道。

韩立闻言，眉头不禁皱了起来，沉吟不语。

“柳大哥，我们要不要继续追赶他们？”陆雨晴四下一望，问道。

连续追了几日，她也有些忐忑。

“都已经追到这里了，此刻放弃有些可惜，我倒要看看，他们究竟要去什么地方。”韩立考虑了一会，说道。

他手中掐诀一催，青鸾飞舟往前飞去。

此刻冷焰老祖和熊山虽然已经不见了踪影，但二人飞过时留下的灵力痕迹还在，不用担心追不上。

韩立催动青鸾飞舟，速度加快一些，很快便赶上了冷焰老祖和熊山。

两拨人一前一后，朝着前方飞去，这一飞又是一天多。

韩立眉头微皱，虽然他不知黑色海域有多大，但飞了这么久，肯定已经到了海域深处。

这二人究竟还要飞多久？他跟着二人快十天了，若是正常寻宝，应该已经有不少收获，现在却什么也没得到。希望这二人真的是要去什么藏宝之地吧，否则自己太亏了。

韩立心中想着这些事，目光忽地一凝，口中轻咦了一声。

“柳大哥，怎么了？”陆雨晴不禁问道。

她话音刚落，前方原本空荡荡的海域，忽地浮现一团团白色雾气。雾气中隐隐散发出点点白色晶光，看起来颇为奇异。丝丝刺骨寒气从白色雾气中散发而出，令周围海域温度大降。

“这是……”陆雨晴一怔，面露思索之色。

前方冷焰老祖和熊山看见白色雾气，立即停下，脸上露出大喜之色。

“太好了，终于找到了！”冷焰老祖长出了一口气，兴奋地道。

熊山也面露喜色，点了点头。

二人朝周围望了几眼，施法探查是否有人跟踪。

韩立早已将飞舟停下，听闻二人对话，眼睛顿时一亮。

终于到了吗？！

看到二人施法探查，他急忙让飞舟后退了一段距离。

冷焰老祖和熊山没有探查到异样，继续往前飞，一闪没入了白色雾气中，速度比之前快了许多。

韩立手中掐诀，青鸾飞舟也加速了，一闪没入白色雾气中。

青鸾飞舟在白色雾海中穿行，一股股寒气袭来。

这寒气极为奇特，如针如刺，渗透力极强，虽然青鸾飞舟周遭被重水包裹，但仍有寒气不断渗入，飞舟的护体灵力竟然有些抵挡不住，舟体上慢慢浮现一层白霜。

韩立眉头微皱，手中掐诀一挥。数十道蓝光从他衣袖中飞射而出，正是数杆蓝色小旗，落在飞舟各处，飞快渗透了进去。

一层蓝色光幕浮现，包裹住青鸾飞舟，顿时将那股寒气隔绝在外面。

"啊！"一旁的陆雨晴忽地惊呼出声。

"怎么了？"韩立问道。

"柳大哥，我突然想起关于幽寒境的一个传言。据说幽寒境内有一片幽寒雾海，内含极强寒气，在这雾海中隐藏着一座幽寒宫，藏有幽寒境第一宝藏。不过历代进入冥寒仙府的人，从没有人找到过此宫，难道这里就是……？"陆雨晴有些兴奋地说道。

"幽寒宫！"韩立眼睛猛地一亮。

他想起冷焰老祖和熊山的几次对话，二人神情都很激动，种种迹象显示，陆雨晴的这种猜测极有可能是正确的。

一念及此，韩立深吸了一口气，急忙催动青鸾飞舟，紧紧追着冷焰老祖和熊山而去。

越往前去，白色雾气越浓重，最后雾气接天连地，海天一色，让人极难辨认方向。

冷焰老祖和熊山在雾气中左转右转，似乎对前进路线非常熟悉。往前飞了一个多时辰后，二人突然停了下来。

韩立时刻关注着前方的动静，见此情形自然也是立即停下，催动飞舟隐藏在一团白色雾气中，朝着前方望去。

他眼中露出一丝惊喜之色，只见前方海域中出现一座黑色岛屿，面积倒不大。

此岛被一层黑光笼罩，黑光流转，仿佛液体般流淌，给人一种极为玄妙之感。透过黑光，隐约能看到一座巨大的宫殿，虽然看不真切，但看得出很壮观。

半空中，冷焰老祖和熊山看着下方岛屿，脸上露出了兴奋之色。

“看来这次仙府开启后，还没有人找到这里。”冷焰老祖朝周围望了几眼，说道。

“那是当然，此处位置极为偏僻，当年我们若不是被那群寒兽追杀，慌不择路，也不会发现这里。”熊山说着，看着被黑光笼罩的宫殿，眼中慢慢泛起炙热之色。

“看熊山道友这般神情，似乎成竹在胸啊！看来这些年做了不少准备。”冷焰老祖看了熊山一眼，笑着说道。

“冷焰道友这些年想必也没有闲着，大周天星元功恐怕已经大成了。先前面对那些寒兽，恐怕没有发挥出全力吧。”熊山淡淡地哼了一声，说道。

“道友此言差矣，在下这点实力，怎么敢和道友相比？”冷焰老祖眉毛一挑，说道。

二人互望，一时都没有说话，气氛变得有些微妙。

“哈哈，此刻还没有进入幽寒宫，你我之间倒不必如此互相吹捧，更何况咱们去幽寒宫的目的不同，没有必要起争端，还是先合力破开这禁制为好，以免夜长梦多。”冷焰老祖忽地哈哈一笑，说道。

“不错。”熊山也笑了笑，说道。

说完，他伸手在腰间的储物袋上一拍。金色光芒闪过，一柄金色小剑浮现。随即又是一道青光，他身前浮现一根青色木尺。最后蓝光一闪，旁边又多出一面蓝色小旗。

三件宝物散发出惊人的灵气波动，虽然没有达到仙器的程度，但与之相差不远了。

冷焰老祖单手一挥，一红一黄两道光芒闪过，身前多出一个赤红钵盂和一块黄色小印，都是极品灵宝。

五件灵宝一祭出，立刻化为五团耀眼灵光往高空飞射而去，一阵闪烁后便在半空中消失无踪。

片刻之后，半空中浮现灿烂的五色光芒，明亮无比，笼罩着下方方圆数十里。

五色光芒滴溜溜旋转，光芒最深处隐约能看到那五件宝物排成一圈，形成一个法阵模样。

五色光芒笼罩范围内，天地灵气的流动尽数停滞下来，似乎被一股无形之力冻结了一般。

远处雾气中，韩立看到此景，眼中蓝光闪烁。看了几眼，他缓缓点头。

“柳大哥，这是什么神通？看起来很厉害啊。”陆雨晴轻声问道。

“这是那二人凭借五件极为精纯的五行灵宝，施展的大五行摄灵真光。”韩立略一思量，如此说道。

“大五行摄灵真光！”陆雨晴闻言一怔。

韩立和陆雨晴交谈的时候，冷焰老祖和熊山开始施法，口中念咒语。

五彩光芒旋转了片刻，飞快凝聚，很快形成一道五色光柱，照射在黑色光芒上。

黑色光芒似乎受到了刺激，顿时猛地一亮。

无数细长黑光争先恐后地浮现，仿佛一道道黑色剑气一般汇聚到一起，化为一条黑色剑龙，张牙舞爪地迎向五色光柱。

两者轰然相撞，黑色剑龙巨大的身躯一卷，赫然将五色光柱托起。黑色剑龙低吼一声，龙爪与龙尾并用，狠狠地抓挠噬咬光柱。

一道道凌厉的黑色剑气从剑龙的龙爪、口中飞射而出，狠狠地斩在光柱上。五色光柱稳固无比，任凭剑龙如何噬咬，黑色剑气如何劈斩，始终岿然不动。

冷焰老祖和熊山口念咒语，两手掐诀。

光柱中，五色灵光顿时飞快转动翻滚，数个五色圆球在光柱内浮现。

这些圆球差不多磨盘大小，每一个都呈半透明状，看起来颇为漂亮，却给人一种心惊肉跳之感。

光柱最前端的五色灵光一闪，那些五色光球尽数飞射而出，打在了黑色剑龙上。

“轰隆隆！”

这些五色灵球爆裂开来，化为大片晶光，淹没了黑色剑龙。黑色剑龙发出一声哀嚎，巨大身躯轰然崩碎，仿佛纸糊的一般不堪一击。

陆雨晴见此，眼睛猛地一瞪，露出难以置信之色。

韩立面色平静，缓缓点头。

五色光球一下击溃剑龙，打在了下面的黑色光芒上。

黑色光芒顿时剧烈扭曲颤动起来，坚持了数息时间。

伴随着“轰”的一声爆裂巨响传出，黑色光芒终于被撕裂开来，化为漫天黑色灵光飘散开来。

但是黑色光芒之下，空气一波动，一层青色光幕浮现，表面灵光闪动，看起来丝毫不比黑色光芒差。

冷焰老祖和熊山对此似乎丝毫也不感到意外。

五色光柱并未停止，继续朝着下面落去，一个个五色灵球相继从中喷出，打向青色光幕。

青色光幕光芒大放，一道道青色旋风浮现，朝着五色灵球迎了上来。

“轰隆隆！”

一连串的惊天巨响传来。

青色光幕的变化虽然玄妙，青色旋风的威力也很强大，但在五色灵球面前只坚持了一刻钟。

随着一声巨响，青色光幕碎裂开来。

白光一闪，青色光幕之下浮现一层浓郁白光，凝聚成一道白色禁制，挡在五色光柱前。

韩立见此，眉梢一挑。看来这宫殿外的禁制，比自己想象的还要复杂。而且这些禁制的威力都不弱，即便是他亲自出手，想要破解，也要费不少工夫。看冷焰老祖和熊山的神情，似乎早有预料，应该准备了破解之法。

冷焰老祖和熊山手中不断掐诀，五色光柱变得越来越明亮，更多的五色光球浮现，打向白色光幕。

时间一点点过去，转眼就过了两三个时辰。

岛上巨响不断，各色灵光狂闪不已。

五色光柱比之前粗大了几分，无数五色光球飞射而出，打在一层灰蒙蒙的禁制上。

灰色禁制上散发出浓郁的灰光，形成一片灰云，一个个五色光球打在上面，然后爆裂开来。

这看似寻常的灰云竟然异常坚固，只是颤动不已，变小了一些，但仍然坚实地挡住了所有光球的攻击。

冷焰老祖和熊山面上露出一丝疲惫之色。这段时间，二人已经接连破解了不下十道种类不同的禁制。

这些禁制一层比一层厉害，原本无往不利的五色光球也慢慢失去了威能。不过这些光球狂轰滥炸，效果还是有一些的，灰云慢慢变得稀薄。

小半个时辰过后，最后一丝灰云终于被炸开，露出了下面的灰色禁制。

冷焰老祖和熊山同时飞快掐诀，口中低喝一声。

五色光芒顿时浓郁起来，猛地喷出近百个五色光球。这些光球并未立刻击出，而是迅疾地汇聚在一起，化为一个房屋大小的巨大五色光球。

巨大光球不再是半透明状，而是仿若实心球，散发出骇人的灵力波动。巨大光球滴溜溜一转，猛地落下，打在灰色禁制上，然后爆裂开来。

“轰隆隆！”

一轮直径超过百丈的五色骄阳在空中闪现。一股肉眼可见的气浪浮现，朝四面八方席卷而出，空间也颤动不已。

灰色光幕剧烈地扭曲了几下，然后“轰”的一声裂开。

冷焰老祖和熊山见此，面色一松，同时呼了一口气。

远处雾气中，韩立看到禁制被破，脸上也露出喜色。

灰色禁制碎裂，化为漫天灰光，飞快飘散开来。就在此刻，下方空间再次起波动。

一道道星光浮现，一层星辰光幕浮现。

光幕上无数星辰光点闪烁，并且以一种玄妙至极的规律徐徐地转动起来，仿佛真实的夜空星辰一般。

“还有！究竟有多少道禁制？！”陆雨晴见此，忍不住说道。

“不用担心，这应该是最后一道禁制了，也真是难为这二位了。”韩立眼中蓝光闪烁，微微一笑说道。

就在此刻，他面色忽地一变。

一道耀眼星光陡然从韩立身上浮现，将他的身体笼罩。星光的源头，赫然是他腰间的储物袋。这星光极为浓郁，其中隐约现出无数星辰图案，赫然冲破了他的隐匿神通。

韩立面色大变，一旁的陆雨晴也被这突如其来的一幕惊得花容失色，连忙将自己的嘴巴捂住，才没有喊出声来。

远处那层星辰光幕猛地一亮，上面的星辰光点绽放出耀眼光芒。

原本缓缓转动的星辰图案，此刻骤然加快了速度，不时化形出一幅幅玄奥的星辰天图。

星辰光幕和韩立身上的星光互相呼应。

冷焰老者和熊山显然吓了一跳，霍然转头朝远处望去。

韩立从一开始的不知所措中惊醒，立刻反应了过来，正要探查储物袋中的情况——

“嗖”的一声，一团耀眼的星光从储物袋中飞出，是一块青色石板。

第 209 章

联手

韩立见此情形，微微一怔。

这块青色石板不是别的，正是当年从冷焰老祖那里得来的记载了《大周天星元功》上半部功法的古怪石板。

只见这石板表面的所有灵纹骤然亮起，绽放出一阵阵耀眼夺目的星光，宛如一团小型的星云。石板一飞出，便像受到了某种召唤一般，朝远处的星辰光幕飞去。

此物颇为贵重，而且又引发了如此异变，显然非同寻常。韩立岂会眼睁睁看着它飞走？他立刻单手一伸，五指一分，将其一把抓住。

青色石板表面顿时星光乱晃，发出阵阵“嗡嗡”声，想要挣脱。

韩立看了一眼自己乱颤不已的手臂，面色微变。这青色石板的震颤力异常巨大，若非他的肉身之力强横，换作一名普通的真仙境修士，还真未必能抓住它。

他这一分心，施展的隐匿秘术立刻出现了迟滞，隐隐现出了身影。

“什么人！”

冷焰老祖和熊山早已发现不对劲，此时见到远处突然浮现两个模糊的人影，当即手中掐诀，停止催动五色光柱，转身面向韩立所在的位置，齐声大喝。

陆雨晴见冷焰老祖和熊山声势骇人，脸色微变，下意识地后退了两步，看向韩立。

韩立眉头微皱，毫不迟疑地一挥手，解除了隐匿秘术，他和陆雨晴的身影显现。

“若我没记错的话，两位是随着真焰宗一起进入仙府的吧？为何鬼鬼祟祟地跟着我们？”熊山上下打量了韩立和陆雨晴一眼，沉声问道。

“这……这石板，你是……韩道友！”冷焰老祖看着韩立手中的青色石板，失声说道。

“冷焰道友，别来无恙。”韩立淡淡一笑。

说话的同时，他手中掐诀，两手青光一闪，无数青色符文浮现，尽数汇聚到青色石板上，转瞬就形成了一个封印。

青色石板散发的光芒顿时减弱了大半，也不再震颤。

韩立又翻手取出几张符箓，不紧不慢地贴在青色石板上。石板上的光芒这才尽数消散，安静下来。

韩立轻呼了一口气，翻手将青色石板收了起来。

“韩道友？莫非冷焰道友认得此人？”熊山面带狐疑地看向冷焰老祖，问道。

“道友莫要误会，我与其只是有过数面之缘，没想到在这里遇上了。”冷焰老祖脸上闪过一丝不自然的神色，说道。

陆雨晴听闻此话，眉毛一皱，看了韩立一眼。

“就算是旧识，一声招呼不打就一路尾随，未免太不懂规矩了吧！”熊山面色丝毫不缓，冷冷地说道。

“我们不过是先前偶然看到二位道友匆忙赶路，好奇之下就跟了过来，想不到二位道友竟然知道这幽寒宫的下落。这座宫殿如此之大，相信二位不会介意我们一起来凑一凑热闹吧？”韩立笑吟吟地说道。

说着，他看似随意地伸手，掐诀一点，他脚下的青鸾飞舟飞快地缩小，很快化为巴掌大小，飞入了他的衣袖。

然后他单手一扬，一道青光从衣袖中飞出，裹着一旁的陆雨晴，落在了熊山和冷焰老祖身前不远处。

冷焰老祖听到韩立之言，脸色一变，不由得望向熊山。韩立的实力，当年在圣傀门他已经领教过，自问绝不是其对手，若非迫不得已，他可不愿与其再度交锋。

熊山面色一沉，眼中冷光闪烁，突然大喝一声："想要这幽寒宫内的宝物，那就要看看阁下够不够斤两了！"

话音未落，他身上衣袍鼓胀，周身陡然金光大放，一道道粗大的金色剑气从体内飞射而出，汇聚成一股剑气洪流，朝韩立冲击而去，气势惊人。

每一道剑气都从起初的尺许变大至近十丈，散发出耀眼金光，数十道剑气隐隐凝聚成一朵金色莲花，飞旋着朝韩立当头罩下。

这剑气凝成的莲花未至，凌厉无比的剑气已经轰然而来，笼罩了韩立和陆雨晴。

这剑莲尚未真的落下，韩立便觉浑身一阵刺痛，眼前金光乱晃，不由得浮现某种幻觉——自己被万剑穿身，血溅当场。

他心中一凛，脑海中某种秘术下意识地运转起来，浩瀚的神识之力转动，眼前幻觉顿时消失。

但一旁的陆雨晴脸上露出了惊恐万分之色，双目空洞呆滞，似乎被凌厉无比的剑气完全压制了心神，战意尽失。

韩立眉头微皱，身形一晃，挡在了陆雨晴身前，胸腹浮现十八点星光，整个人蓦然拔高了一分，二话不说，冲着半空一拳捣出。

一股难以形容的巨力浮现，所过之处空间一阵扭曲模糊，泛起一圈圈肉眼可见的波纹。

金色剑莲下坠之势猛地一顿，停在半空中，随即寸寸碎裂开来，化为无数金色灵光。

剑莲崩溃，那巨大剑气也随之消散。

陆雨晴身体一颤，大口喘气，意识总算是恢复了。刚刚她虽然被剑意压制了神魂，身子无法动弹，但她的视力未失，周围发生了什么，她看得一清二楚。

陆雨晴暗呼一声“好险”，转头看着身前韩立的背影，眼中流露出一丝复杂之色。

韩立这一拳携带的恐怖拳劲只是略微一顿，就继续轰然涌出，以排山倒海之势朝着熊山轰去。

熊山望着眼前星光闪动的一拳，只觉身体一紧，周围的空气瞬间变得坚固无比，似乎化为钢铁。

“这是……大周天星元功！”熊山面色大变，低喝一声，单手掐诀，金光一闪，金色长剑浮现。

金剑在手，他周身的金色剑光顿时大盛，整个人的气势快速攀升，变得锐利无比。接着，他口中发出一声雷鸣般的大喝，手腕一动，猛地将金色长剑一转。

“哧哧”声大作!

数道巨大的金色剑气交错飞射而出，朝着周围飞速斩去，顿时将周围的无形巨力斩开。

下一刻，他口中念念有词，金色长剑飞射而出，绽放出耀眼无比的金光，金光中有无数金色符文在翻滚。

一柄数百丈大小的金色巨剑浮现，散发出强烈的金属性法则波动，狠狠地斩出。

风雷之声大作!

金色巨剑劈在拳劲上，发出一声惊天动地的巨响。剑光拳劲相撞，一时不相上下，不断有剑气拳劲朝四周弥散开来，纵横交错。

熊山眼睛微眯，眼中闪过一丝微不可察的诡色。

下一刻，韩立身后浮现一面金色大幡。

大幡通体金黄，金光闪闪，无数符文若隐若现，散发出阵阵金属性法则波动。

金色大幡刚浮现，立刻一颤，绽放出万道金光。

“哧哧哧！”

无数金色细丝从上面飞射而出，迅疾无比地打向韩立毫无防备的后背。

陆雨晴脸色大变，她根本来不及做任何反应，那些金色细丝就已经出现在她和韩立身后，眼看就要贯穿二人。

就在此刻，韩立身上星光连闪。

七个星环从他身上浮现，正是七曜星环，灵光闪动间，隐隐形成北斗七星的形状，挡在了二人身后。

大片耀眼星光从七曜星环上涌出，瞬间凝聚成一面厚厚的光墙。

金色细丝打在光墙上，光墙一阵颤抖，表面被刺出了无数小孔，却将所有金色细丝都挡了下来。

熊山看到这一幕，眼角不禁微微一跳。

此刻，半空传来“轰隆”一声巨响！原本相持不下的拳劲与巨剑的对决此刻也有了结果。熊山的金色巨剑滴溜溜转动着倒飞而回，滔天拳劲轰然爆裂开来，消散无踪。

这一切说来话长，实则二者交手宛如电光石火一般。

韩立立于原处，一副处变不惊的模样。

熊山身体一晃，往后退了两步，才勉强站稳。他手中掐诀一点，金色巨剑缩小了近半，在他头顶上空盘旋飞舞。

熊山丝毫没有理会巨剑，双目死死地盯着韩立和他身后的七曜星环。

“你……”他脸上露出不敢置信的神色。七曜星环出现的时机太过巧合，仿佛未卜先知一般，将他无往不利的一记杀招破解于无形。

“你既然知道我早就躲在一旁，莫非以为我没发现你趁着破解禁制，悄悄将这金色大幡放出，隐匿于半空？”韩立淡淡一笑。

熊山听闻此话，面色更沉，手中再次掐诀一点。金色大幡一阵模糊，在原地消失无踪，下一刻出现在他的身后。

“只是不知道友放出这金幡，是为了应对未知的危险，还是想用此宝对付什么人呢？”韩立似笑非笑地问道，若有深意地瞥了不远处的冷焰老祖一眼。

冷焰老祖一怔，面色陡然变得十分难看，身形一晃，飞到百余丈外，远远离开了熊山。

“冷焰道友，莫要被此人挑拨。熊某此举并无他意，只是为了在你我专心破解禁制之时，防备敌人的干扰。如今看来，我这样做是极有必要的。”熊山缓缓地说道，看了韩立一眼。

冷焰老祖听闻此话，面色稍缓，但目光闪烁，似乎仍有些迟疑不定。

“是吗？既然如此，阁下为何要悄悄放出金幡，不和冷焰道友招呼一声呢？”韩立呵呵一笑，不以为意地说道。

“这……形势所迫，此事确实欠妥。”熊山有些尴尬地说道。其实他行此招，并非为了偷袭冷焰老祖，而是想将突发情况下的主动权置于自己手中，当然多少也带着一些防备对方的心思。如今被韩立这么一搅和，他自然不好解释了。

“熊道友，此事不怪你，是在下过于轻信他人，太疏忽了。”冷焰老祖的表情再次变得冷漠，不咸不淡地说道。

熊山闻言，自知理亏，没有再解释什么。

“冷焰道友，你我算是旧识，这幽寒宫内虽然有不少好东西，但正所谓风险与机遇并存，里面危险定然不少，不如你我联手共闯如何？在下的实力你也清楚，应该能帮到你不少。”韩立对冷焰老祖说道。

冷焰老祖眉头一皱，没有说话。

“冷焰道友放心，当年承蒙你传授大周天星元功，在下感激不尽。韩某虽然不是什么好人，但要阴谋暗算朋友的事情，自问是做不出来的。”韩立瞥了熊山一眼，笑道。

熊山眼中冷光一闪，哼了一声。

“也好，既如此，我们便结伴同行，还请韩道友多多关照。”冷焰老祖略一沉吟，笑道。

“冷焰道友客气了。既然如此，我们先破开这最后一道星光禁制吧。”韩立点头笑道。

“二位这是什么意思？”熊山眼见韩立与冷焰老祖相谈甚欢，面色变得难看起来。

“熊道友，莫要误会。其实你我之间没有什么深仇大恨，只是阁下没容在下解释便贸然出手，产生了一点误会。以在下之见，此事不如就此作罢。眼下我们只有一个目标，就是同心协力破开这道禁制，留给我们的时间可不多了。”韩立转头看向熊山，说道。

“韩道友此言倒是不假，眼下形势是合则两利。冷焰道友，此前是在下小人之心了，还望道友莫要见怪，之后若是找到宝物，让道友先挑选一件便是。”熊山闻言，略一沉吟，笑道。

“熊山道友客气了。其实如今有了韩道友和这位道友加入，我等的把握自然更大了几分。只是不知这位道友怎么称呼？”冷焰老祖微微一笑，并没有推辞。接着，他目光一转，落在了陆雨晴身上。

熊山闻言，也朝陆雨晴望去，随后又看向韩立。

“前辈说笑了，小女子这点微末修为，岂敢与两位相提并论？在下不过是跟着韩兄一起进来长长见识，你们有什么看不上眼的宝物随便给小女子一两件便行了。”未等韩立开口，陆雨晴连忙摆手说道。

陆雨晴似乎从韩立与冷焰老祖的对话中听出了一些什么，对韩立的称呼也随机应变了一下。

此言一出，冷焰老祖与熊山面色稍缓，倒没有再说什么。

“为免夜长梦多，我们这便开始吧。两位请继续施法破开禁制，在下会同时出手。”韩立并没有过多解释，开口道。

“好！”熊山和冷焰老祖应道。

话音落下，熊山一挥手，收起了金色长剑和金色大幡，随后身形一晃，落在之前他站的地方，双手在身前车轮般转动起来。

冷焰老祖也转身掐诀施法，半空中的五件灵宝再次运转起来，五色光柱重新开始闪烁。

星辰光幕光芒大放，绽放一层耀眼星光，其中有无数星辰图案上下翻转，看起来暗含玄机，极为巧妙。

一个个五色光球从五色光柱中飞射而出，打在星辰光幕上。

“轰隆隆！”

一连串的巨响炸开，早已平静下来的星辰光幕再次颤动不已，散发出阵阵夺目星光。

韩立将身前的七曜星环一收，没有祭出任何宝物，全力运转大周天星元功，他的两条手臂上浮现耀眼星光。

紧接着，他双臂一阵模糊，突然化成两团幻影，朝星光禁制击去。

刹那间，密密麻麻的星光拳影交替浮现，如疾风骤雨一般狠狠地砸向了星辰光幕。

陆雨晴也没有在一旁闲着，手中青光一闪，多出一面青色羽扇，猛地一扇。无数青色风刃飞射而出，打向星辰光幕。

四人联手，威力顿时惊天动地。

星辰光幕虽然玄妙，但也禁不起四人这般狂攻，表面的耀眼星光很快暗淡下去，变得只有薄薄一层。

就在此刻，岛屿上方的天空突然响起沉闷的巨响。天空的白色雾气像是受到什么刺激，开始旋转起来，形成一个巨大旋涡。

韩立眉头一皱，朝半空望去。

“这是星光禁制在连通天外星辰之力，补充自身。若是不能一举将其破开，它很快便会恢复到之前的状态。大家全力以赴，别留后手了！”熊山大喝出声。

“没错，务必一鼓作气将其破开，绝不能让这禁制缓过来！”冷焰老祖也飞快说道。

二人飞快掐诀，五色光柱光芒大放，无数五色光球飞射而出，瞬间凝聚到了一起，再次形成巨大的光球，打向星辰光幕。

韩立眉梢一抬，嘴唇翕动，口中念念有词。

他全身笼罩着一层金光，身躯飞快膨胀，瞬间变大了数倍，体表浮现一层金色绒毛，整个人化为山岳巨猿。

他的胸腹部亮起十八个星辰光点，明亮耀眼，和身上的金光交相辉映。

山岳巨猿双手握拳，猛捶胸口，然后低吼一声，将拳头狠狠地挥出。

“嗡！”

半空中金光一闪，一道巨大无比的金色拳影浮现，拳影上缠绕着丝丝星光之力，击在了星辰光幕上。

陆雨晴娇喝一声，手中的青色羽扇青光大放，一扇之下，一股青色狂风涌出，随即化为一条青色风龙，狂卷而出。

“轰隆隆！”

连续数声惊天巨响！

星辰光幕剧烈扭曲，上面终于浮现一道道裂纹，飞快蔓延开来。

“砰！”

星辰光幕碎裂开来，化为漫天的星光。

但这些星光并未消散，而是飞快汇聚到一处，化为一个巨大旋涡，一股无法言喻的恐怖吸力从中席卷而出。

韩立等四人根本来不及做任何反应，就被星光旋涡吸了进去。

韩立只觉眼前景色模糊，脑海中一阵眩晕。

等他清醒时，他发现自己身处一个宽阔石台上，冷焰老祖就在旁边，双目紧闭，似乎尚未清醒。其他几人也都在附近。从各人所处的方位来看，和之前合力施法破禁时大致相仿。

这个石台通体呈藏青色，直径有百余丈，给人一种古朴之感。四人脚下的传送法阵还在“嗡嗡”运转，散发出阵阵白光。

韩立仍然有些眩晕，他摇了摇头，朝周围望去。他发现自己身处一个蓝色空间之中，一轮太阳悬挂在半空，白云飘飘，清风阵阵，已经不是先前那个充满冰冷雾气的黑色海域。

“看来这里才是真正的幽寒宫……”韩立心中暗道，望向前方。

石台前方不远处是一座山峰，高耸笔直，山顶没入了云端，起码有四五千丈高。整座山峰通体银白，山势极为陡峭。白云环绕的山峰顶部闪烁着一团淡淡的紫光，从这里望去，隐约能看到紫光中有一座紫色宫殿。

一条笔直而陡峭的阶梯从山顶紫色宫殿那里伸出，一直到山脚。阶梯也呈银白色，而且闪闪发光，看起来极为壮观，仿佛一道通天之梯。

韩立看着眼前景象，心中一动。

不过下一刻，他的眉头皱了一下。眼前这个环境，不知为何隐隐给他一种熟悉之感。

韩立再次朝周围望去，同时努力回想，却没有结果。他摇了摇头，不再多想，抬脚便要走出法阵。

他方做出此举，一股巨力就从传送法阵中涌出，将他的身体牢牢地禁锢住，让他动弹不得。

他顿时眉头一皱，看向周围的白光，若有所思。

不多时，冷焰老祖、熊山及陆雨晴先后清醒了过来。

陆雨晴看见眼前的情景，不禁发出低低的惊叹声。

冷焰老祖和熊山没有理会别的，而是直接看向山顶的紫色宫殿，眼中浮现火热之色。不过，二人都没有动弹。

“这里就是真正的幽寒宫吗？果然蔚为壮观。”陆雨晴赞叹道，脚下迈步前进，结果她身体一紧，丝毫动弹不得，她的脸色顿时一变。

“这传送阵还在运转，等其彻底停止运转，我们才能出去。”冷焰老祖缓缓地说道。

陆雨晴闻言一怔，朝冷焰老祖点头致谢。

韩立看了冷焰老祖一眼，没有说话。他先前之所以用离间之计，将此人拉拢过来，便是因为此人以前来过这里。以他从人界至今历经的秘境险地的经验，他深知，在陌生的环境下，有一个相对熟悉环境之人带路，可以省却许多不必要的麻烦。

第 210 章

攀峰

韩立等四人脚下的传送法阵继续运转，却越来越慢，散发出的白光也越来越弱。

在此期间，四人俱是一言不发，也没有移动分毫，只是不时打量四周，当然更多是将目光集中在前方那座银白色的山峰上。

冷焰老祖和熊山眼中的火热之色渐浓；韩立则是面无表情；陆雨晴一双妙目四下扫视，不时偷偷打量冷焰老祖和熊山。

片刻之后，传送法阵终于彻底停下，不再散发出白光。

四人身体一松，当即从法阵中走了出来。

“走吧！”

冷焰老祖和熊山一出传送阵，就快步走下石台，朝前方一座银白色的山峰走去，直奔山脚下那长长的阶梯。令人疑惑的是，他们并没有选择更快速的行进方式——飞行。

“跟上他们，不要飞行。”韩立见此情形，对陆雨晴说了一声，也快步走下石台。

四人走出没多远，身后的高台猛地一颤，那座刚刚停下没多久的传送法阵再次白光大放，“嗡嗡”运转起来。

韩立等四人一惊，脚下一顿，转身望去。

只见传送法阵内光影一闪，六七个身影浮现。

这些人皆身穿黑袍，黑袍上画着骷髅图案，正是鬼泣宗的修士，当先一人是麻脸老者。

“血寒！”冷焰老祖看清来人，面色一变。

韩立听闻此话，飞快打量了麻脸老者一眼，面上闪过一丝诧异之色。这麻脸老者的名字，他记得很清楚，叫陈丕才对。血寒，他若没有记错的话，应该是十方楼中一位金仙长老的名字，当年圣傀门一役，他远远见过血寒一面。

传送法阵之中，麻脸老者因为传送的缘故，神色恍惚，但立刻便恢复了过来。

他抬眼朝周围望去，扫了韩立与陆雨晴一眼，不以为意地移开，然后又看了离得更远的熊山和冷焰老祖一眼。

熊山和冷焰老祖与之对视一眼，瞳孔都是一缩。

麻脸老者嘴角闪过一丝笑容，目光很快落在山峰顶部的紫色宫殿上，脸上顿时露出狂喜之色，哈哈大笑起来，道：“果然如此！”

“血寒，你怎会在此？”冷焰老祖脸上闪过一丝畏惧之色，忍不住开口问道。

“嘿嘿，冷焰，你以为你甩掉了我们？其实本尊早就知道你进入仙府另有图谋，所以才故意放你离开罢了！我们一直尾随在后面。不过让我没想到的是，你竟然知道这幽寒宫之所在。好，很好。哈哈！”麻脸老者说着，再次大笑起来。

韩立听闻此话，眉头一皱。这些人也跟在后面，他竟然自始至终完全没有察觉到什么异常。

不过以麻脸老者的金仙境修为，兴许还有什么特别的遮蔽手段，自己没察觉也有可能，看来自己此前还是低估了这些金仙境强者的实力。

冷焰老祖和熊山的面色变得很难看。他们自以为一路来此神不知鬼不觉，谁承想身后竟然有两路人尾随，他们都毫无所察。

二人对视一眼，竟同时转身朝阶梯急掠而去。

韩立对陆雨晴抛了一个眼神，立刻跟上。

“嘿嘿，想跑？能跑到哪里去！”麻脸老者看到此景，冷笑一声，并不担心。

在他这么一位金仙面前，四个真仙境修士能翻起多大的风浪？况且此处明显是一个封闭的秘境空间，四人又能逃到哪里去？

麻脸老者脚下一动，正要追赶，结果周围白光闪烁，一股强大的禁锢之力从四周涌出，令他动弹不得。

他低喝一声，身上黑光大放，奋力挣扎。但无论他如何施法，始终动弹不得，他的面色不由得一变。

此时，与其一同来此的鬼泣宗修士先后清醒过来，发现自己动弹不得。

韩立等四人则趁机迅速跑到了银白色山峰下的阶梯前。

“快！”

冷焰老祖低喝一声，便与熊山踏上阶梯。他们身形略微一晃，立刻站稳，飞快向上攀登而去。

韩立看到冷焰老祖和熊山攀登的情形，眼睛微眯，也迈步踏上阶梯。

阶梯表面浮现一层微不可察的黄光，他感觉一股强大的吸力笼罩他的身体，双肩顿时一沉，身体沉重了万倍。

“原来如此……”韩立眉梢一挑。

陆雨晴踏上阶梯，脸色一变，娇躯猛地晃动了一下。她秀眉微皱，身上浮现一层青光，化为一只仙鹤的虚影，做振翅欲飞状。

但无论青色仙鹤如何振翅都飞不起来，陆雨晴脚下的强大吸力没有丝毫减弱。

“这阶梯上的重力禁制，无法用仙灵力或者灵宝抵御，只能用肉身之力攀登。如今形势所迫，二位好自为之。”韩立和陆雨晴的耳边响起冷焰老祖的声音。

韩立听闻此话，目光一闪，面上没有什么变化。陆雨晴的脸色却变得有些苍白。

冷焰老祖在传音之时已飞快攀爬上去。他也修炼了大周天星元功，肉身之力强横，此刻已经登上了三四十级台阶。

熊山虽然没有冷焰老祖那样强大的肉身，但他显然早有准备，他脚上的靴子灵光流转，攀爬的速度比冷焰老祖慢不了多少。

韩立又转头看了石台上仍被禁制困缚的麻脸老者等人一眼，眉头微皱。传送阵散发出的白光飞快地暗淡下去，看来用不了多久便会消失。

“快走！”他说了一声，飞快往上走去。

陆雨晴挥手散去身上的青光，深吸一口气，奋力迈步攀爬。

阶梯上的重力禁制虽然厉害，但她的修为毕竟达到了真仙境初期，尽管还是一名地仙，肉身终究有了不小的提升，速度倒也不算慢。

麻脸老者看着四人飞快沿着阶梯攀爬而上，脸上浮现焦躁之色。他此刻已经大致猜到这传送法阵的情况，倒没有继续徒劳挣扎。

随着时间推移，传送法阵散发的白光愈加暗淡，片刻之后闪烁了两下，终于彻底消失。

“哼，给我追！”

麻脸老者身体一松，顿时大喜，立刻飞射而出，朝着韩立等四人所在方向电射而去。

其他鬼泣宗修士纷纷飞身紧随而上。

结果麻脸老者等人刚刚飞出石台范围，身体突然一震，朝地面落去。

“轰轰轰！”

一行人好像从高空坠落的石头，狠狠地砸在地面上，发出沉闷的声响，使得附近地面也晃了几下。

鬼泣宗众人急忙爬了起来，虽然没怎么受伤，但是灰头土脸，有好几个人甚至直接屁股着地，狼狈无比。

麻脸老者虽然没有摔倒，但脸色也是一片铁青。

鬼泣宗其他人看到麻脸老者的神情，顿时噤若寒蝉，不敢说话。

“看来此地有飞行禁制，不能离地飞行。哼，看你们能跑多远，到时我要让你们粉身碎骨！”麻脸老者眼中煞气翻滚，寒声说道。

他话音刚落，身形一晃，当即迈开腿，快步朝着阶梯走去。

其他人纷纷跟上。

一行人很快来到银色阶梯之下，没有停留，直接迈步而上。

麻脸老者感觉身体一沉，顿时眉头一皱，眼中的怒火收敛了不少。

“看来此地的禁制非同小可，你们都给我小心一些。”他深吸一口气，提醒道。

“是。”鬼泣宗其他人也都踏上阶梯，闻言齐声答应了一声。

麻脸老者抬眼看向前方的韩立等四人，冷笑一声，体表泛起一层灵光，大步攀爬。他的速度飞快，似乎这里的重力禁制对他影响不大，转眼间他便将其他人落下很远，朝着韩立等四人急追而去。

韩立他们已经登上了四五百级台阶，冷焰老祖和熊山并驾齐驱，走在最前面。韩立并没有赶上他们，和陆雨晴几乎并肩而行，陆雨晴只落后一小段距离。

注意到下方的情况后，冷焰老祖面色一紧，体表浮现一层淡淡的星光，攀登的速度立刻加快了一些。

熊山眉头一皱，身上浮现一层金光，脚下速度也随之加快。

陆雨晴香汗淋漓，胸口不断起伏，每迈出一步，娇躯都忍不住轻轻地颤抖一下。

这台阶每增加一级，重力禁制的威力也随之增加。起初陆雨晴倒不觉得有什么，但积累至此，其威力已经比一开始强大了三四倍还不止。

陆雨晴面色苍白，朝着前方不远处的韩立望去，呆了一下。

韩立面色如常，没有丝毫吃力的表现。不过他神情有些古怪，平静至极，眼神甚至有些空洞，似乎在神游物外。

“柳……韩大哥。”陆雨晴喊了一声。

韩立表情一动，恢复清醒，看了过去。

“怎么了，陆姑娘？”

“这重力禁制太厉害，我快不行了，韩大哥你不用再陪我，快些前进吧。”陆雨晴勉强笑道。

韩立没有说话，转头朝着后面望去。

只见麻脸老者迅速攀爬，脚下一点便蹿上一级台阶，几乎足不点地地迅速追了上来。

二者的距离飞快缩短，照此下去，用不了多久自己便会被追上。而前面的冷焰老祖和熊山越爬越快，已经拉开他们老远一段距离。

“韩大哥，你不用为我担心，我和这些人并无仇怨，只是一个无足轻重的小角色，他们就算追上我，想必也不会把我怎么样，你快走吧。”陆雨晴又说道。

韩立眉头一皱，突然一步走到陆雨晴身旁，伸手搂住她的纤腰，将其一把抱了起来。

陆雨晴一呆，还没反应过来。

韩立抱着陆雨晴，原本施加在她身上的重力，立刻转嫁到他身上。这点重力他自然可以承受，脚下连点，飞快地向上攀登。

“韩大哥……”陆雨晴张了张嘴，喃喃地说道。

“我既然答应了带你一起走，只要力所能及，自会护你周全。”韩立目视前方，淡淡地说道。

陆雨晴看着韩立平静的面孔，眼中异彩闪过，低下了头。

前面的冷焰老祖和熊山注意到了韩立这边的情况，二人脸上都闪过一丝诧异。

“冷焰道友，你的这位帮手倒是个多情种子，竟然敢在这银色阶梯上带一个拖油瓶，佩服佩服。”熊山眼中闪过一丝嘲讽，说道。

冷焰老祖眉头一皱，这银色阶梯上的重力禁制极为厉害，即便以他的肉身之力，再加上多年准备，也不敢有丝毫大意。韩立这般抱着一个人，体重叠加，可不只是将难度增加一倍这么简单。

冷焰老祖默然无语，看向韩立的神情冷淡了几分。

韩立缓缓运转肉身之力，速度越来越快，转眼间增加了倍许，几乎和麻脸老者相差无几，双方距离不再拉近。

麻脸老者眼见此景，面色一沉。

前方的冷焰老祖和熊山，神情也是一变。

他们万万没想到，韩立带了一个人后，攀登的速度竟然不降反增，甚至比他们还要快一些，缓缓地追赶了上来。

二人眼中闪过惊讶之色，深吸一口气，身上的星光和金光顿时明亮了一些，也立刻加快了速度。

时间一点点流逝，转眼大半个时辰已经过去。

几人都已经通过了银色阶梯的一半。

冷焰老祖和熊山仍然走在最前面，韩立几乎已经追上了他们，只差二十几级台阶。

麻脸老者紧随韩立之后，相隔百级台阶。至于鬼泣宗其他人，已经被远远甩在后面，化为一个个小黑点，看不清楚了。

到了这里，银色阶梯上的重力已经大到了十分恐怖的程度。几人都无法再保持之前那种速度，先后慢了下来。

冷焰老祖全身包裹着明亮星光，仿佛罩着一层明亮纱衣一般，看起来神秘又强大。他此刻走在最前方，以一个相对恒定的速度前进。

熊山身上散发出耀眼金光，皮肤也变成金色，并浮现一道道花纹，整个人看起来好像一尊黄金雕像，散发出庞大无比的气息。他比冷焰老祖稍微落后了数级台阶，但也稳稳地前进着。

冷焰老祖看到熊山此刻的状态，脸上露出惊讶之色，这是一门不算弱的炼体秘术。上次他们二人来这幽寒宫，攀登此阶梯时，熊山还不会这门炼体神通，应该是这些年特意练成的。不过这也没什么，自己这些年也做了很多准备。

冷焰老祖的目光朝着更后面望去。

韩立身上散发出一层星光，抱着陆雨晴不断前进，并没有露出丝毫吃力的表情，稳稳地跟在二人身后，一副游刃有余的样子。陆雨晴却是紧闭双眸，一动不动，似乎睡过去了。

这一幕，让冷焰老祖心中一惊。韩立肉身之强，已远超他的想象。

韩立感应到冷焰老祖的目光，抬头看去，二人的视线碰在了一起。

冷焰老祖心中“咯噔”一下，对韩立勉强笑了笑，急忙转过头。

韩立神情淡漠，视线从冷焰老祖身上移开，朝着银色阶梯的顶端望去。按他估计，这银色阶梯差不多有一万级，他距离顶端还有三千多级。

到目前为止，他的肉身之力只动用了一小部分，若是剩下这些台阶重力禁制的增幅程度和前面一样，他应该可以通过。

只是……

韩立朝着背后望去，麻脸老者紧紧追在后面，身上黑光闪烁，丝毫没有落下。

韩立目光一闪，麻脸老者的肉身之力一般，攀登这阶梯没有任何优势，但其毕竟是金仙。若是自己以这个速度继续攀登，麻脸老者虽然未必能追上他们，但至少能跟到最后。

一旦离开这银色阶梯的特殊环境，麻脸老者绝对会立刻对他们出手。此人气息隐晦，实力不明，韩立虽然不惧，但毕竟是个麻烦。

他心中念头急转，身上星光之力顿时一浓，脚下步伐加快了五成。

冷焰老祖和熊山感应到韩立的速度再次大增，顿时目瞪口呆，但此时容不得二人多想，只得继续奋力拾级而上。

结果，几次呼吸之后，韩立便追到了冷焰老祖和熊山身后，眼看就要赶上他们。

冷焰老祖眉头一皱，虽然他和韩立约定联手，但前面就是幽寒宫，自己用心准备了那么多年，就为今日一举，岂能让韩立领先？

他低喝一声，两手掐诀，体表星光之力再次大放，身体表面浮现一层晶膜，正是真极之膜。下一刻，他身躯变大了一圈，手脚也粗壮了不少，大踏步向前，速度又一次提升。

熊山见此，口中念念有词。

他体表再次涌现一层金光，皮肤颜色加深，并且浮现一层金属光泽，他整个人彻底变成黄金雕像。不仅如此，他原本矮小的身躯赫然长高了不少，化为一个长手长脚的雄壮黄金大汉。

黄金大汉大步前进，速度也猛增不少。

韩立等三人同时加速，顿时将麻脸老者甩在后面。

麻脸老者一怔，随即又惊又怒。

他的修为虽然远超前方三人，但肉身强度一般，事先也没有任何准备，能保持现在这个速度已经几乎竭尽全力。

看着三人迅速往上而去，麻脸老者心中大急。

他单手一挥，手中浮现一道白光，正是一枚白色符箓。符箓上画着一个巨灵神般的人形图案，散发出强大的元气波动。

“噗！”

麻脸老者将白色符箓拍在身上，符箓顿时一闪没入身躯。他身上猛地爆发出一团耀眼白色灵光，荡漾开来。

麻脸老者身体一震，体表浮现一道道白色灵纹，迅速在身上蔓延开来，肉身气息顿时大增。

麻脸老者深吸一口气，大步朝着前面三人急追而去。

“巨灵大力神符！”韩立眉梢一挑，认出那白色符箓是一张强大的仙品符箓，能加持肉身之力。不过他并没有在意，脚下丝毫不停，符箓毕竟只是外力，效力无法持久。

转眼间，又过了一顿饭的时间。

几人你追我赶，再次前进了不少距离，此刻距离阶梯尽头已经不远，大概也就一千级了。

众人的情况，再次发生了变化。

尽管冷焰老祖和熊山加快速度，仍然被韩立赶了上来，但韩立并没有超过二人。三人并驾齐驱，几乎不分先后。

麻脸老者看起来有些不妙，身上的白色灵纹忽明忽暗，似乎随时可能消散，面上浮现一层汗渍，胸口微微起伏。

他原本只落后韩立一百余级台阶，此刻已被甩开两三百级。

麻脸老者的脚步渐渐有些迟滞，但前方韩立等三人步履如常，飞快攀升而上，离他越来越远。符箓之力终归不如韩立等三人辛苦修炼的肉身强大。

麻脸老者望着前方三人，神情阴晴不定。眼看三人越走越远，距离尽头只有两三百级台阶，身影丝毫不见迟缓，他面色隐隐有些铁青。

麻脸老者眼中神色挣扎，突然翻手取出一个巴掌大的黑色玉盒，一股温润气息从玉盒上散发开来，显然制成这玉盒的材料是极为珍贵之物。

玉盒上贴了好几张符箓，每张符箓都灵光闪烁，极为不凡，将玉盒层层包裹，显得极为郑重。

麻脸老者张口喷出一道黑光，笼罩玉盒。

那些符箓一阵灵光闪烁，纷纷飞离了玉盒，散发出的灵光也彻底消散，竟然是一次性的符箓。

麻脸老者没有理会那些废符，小心打开玉盒，里面装的是一颗鸽蛋大小的黑色丹药，散发出阵阵黑色光芒。

黑色光芒之中，隐约能看到一只迷你妖兽的虚影。此兽似龙非龙，头上长着一个独角，后背生着双翼，看起来极为神俊。

强大无比的精气波动从黑色丹药上散发出来，其中夹杂着一股股法则之力。

麻脸老者眼中闪过一丝不舍，但还是张口一吸，将黑色丹药吸入口中，吞了下去。

前面的韩立等三人虽然在快步登山，但这黑色丹药的气息波动很大，三人立刻便注意到了，转头看了过来。

“这是……兽胎玄元丹！”熊山瞳孔一缩，失声说道。

“兽胎玄元丹……熊道友，这是什么丹药？”冷焰老祖立刻问道。

第211章

禁斗

韩立听到熊山与冷焰老祖的对话，瞳孔微微一缩。

他来到仙界至今，由于身怀掌天瓶，修为的提升依旧与丹药休戚相关，只要一有机会就会翻阅各种与炼丹相关的典籍。尤其在烛龙道的那段时光，更是熟读了不少旁门典籍，所以听说过这兽胎玄元丹的名字。

顾名思义，此丹以一些天地奇兽的胎盘或者蕴含精纯血脉的兽卵作为主材料炼制成的一种珍贵丹药。这种妖兽往往天赋异禀，肉身之力强大无比。服用此丹后，能将妖兽的血脉之力融入自身，不仅可以让修士肉身之力大增，更有一定概率拥有妖兽的天赋神通。

若是用一些天生带有法则之力的仙兽做主材料，炼出的兽胎玄元丹中也可能带有同种法则之力，修士服用之后能借机感悟其中的法则。

这颗兽胎玄元丹极为不凡，蕴含法则之力，实在非同小可。不过此丹的炼制极为艰难，不亚于道丹，而且辅助材料极为难寻，故而极少现世，想不到麻脸老者手中竟然有一颗。

熊山嘴唇翕动，向冷焰老祖与韩立说明了一下兽胎玄元丹。冷焰老祖闻言面色一变。

“轰！”

耀眼黑光从麻脸老者身上散发而出，其原本苍白的脸色瞬间恢复，变成赤红色，几乎要滴出血来。

同时，“咔咔”的闷响从麻脸老者体内传出，其脖颈、手臂等外露的皮肤上突显一根根粗大青筋。

黑光翻涌之间，他的身体赫然飞快胀大，转眼间变大了两倍有余。体表浮现一层厚厚的黑色鳞片，闪烁着金属光泽，看起来坚不可摧，十指上也浮现细密的鳞片，长出了尖锐的黑色利爪。

转瞬间，麻脸老者便化为半人半龙的形态。

不仅如此，他的额头和后背的肌肉一阵蠕动，似乎要长出什么。

不过下一刻，麻脸老者身上翻滚的黑光突然暗淡了，蠕动的肌肉也随之停止，恢复了原样。

黑光随即消散，露出麻脸老者雄壮的身影。

韩立眼中闪过一丝惊叹，这兽胎玄元丹果然玄妙无比，堪比他的几种真灵血脉变身。他的几种变身是千辛万苦修炼而成的，而麻衣老者服用一颗丹药便足够了。

韩立打量了麻脸老者一眼后，不再多看，转身继续朝着山顶爬去。

冷焰老祖和熊山也反应过来，急忙跟上。

麻脸老者轻呼一口气，一股锐风从他口中喷射而出，打在台阶上，发出一声巨响。

他低头看了自己的身体一眼，叹了一口气。仓促之间服下兽胎玄元丹，果然无法发挥多少功效，大半药力都浪费了。

不过眼下这样也足够了。麻脸老者目光一闪，一步踏出。

“轰”的一声闷响！

麻脸老者直接一步跨上了两级台阶，大步朝着韩立等人追了上去，速度极快。

韩立等人虽然没有回头，但始终关注着身后的情况，此刻心中一凛，急忙竭力加快攀爬速度。麻脸老者变身之后，速度已经远胜他们。

双方的距离不断拉近，不过短短一小会儿，二者之间就已经只差百余级台阶了。照此下去，不到一盏茶的时间，韩立等人便会被追上。

熊山面色一沉，口中念念有词，身上金光一阵翻滚，身躯再次变大了几分。黄金大汉脑袋上的头发在金光闪烁间，飞快消失，变成了一个光头，身上也浮现一件金色僧袍。

几次呼吸之间，熊山化为一个金身罗汉。

金身罗汉脚下大步一迈，“轰”的一声，赫然跨上两级台阶，快速往山顶而去，速度不在麻脸老者之下。

韩立眼中闪过一丝惊讶，体表的星光之力一阵翻滚，全力运转起大周天星元功。

他的体内传出一阵噼里啪啦的声音，身躯顿时变大不少，腹部浮现十八点星光。筋骨颤动之间，一股磅礴的力量散发而出，空气泛起道道波纹。

韩立脚下一点，整个人便轻飘飘地上了一级台阶，足不点地地一路飞快飘飞而上，与熊山相比，速度丝毫不慢。

二人陡然加快速度，立刻超过了冷焰老祖，将其甩在后面。

冷焰老祖见此，低喝一声，手中掐诀，也全力运转大周天星元功，体表星光再次一闪，腹部浮现十八团星光，身躯也变大了一些。

但冷焰老祖的这一番变化，无论是声威还是气势，和韩立比起来，都逊色很多。

他脚下猛地一踏台阶，速度也增加不少。但是和韩立、熊山，以及麻脸老者等人相比，仍然慢了一些。

“轰轰轰！”

一阵沉重的脚步声从后面传来，麻脸老者渐渐赶了上来。

冷焰老祖心中大急，两手一挥，取出四五张不同颜色的符箓，一股脑都贴在了自己身上。

数团光芒亮起，随即融入了他的身体。

冷焰老祖体表星光顿时浓郁起来，速度再次加快，勉强赶上了韩立和熊山的脚步。

几人你追我赶，很快距离峰顶只有一百余级台阶了。

此处变得更加陡峭，重力禁制也陡然大增，远超之前。几人的速度，都慢了下来。

韩立和熊山还好，虽然速度慢了下来，但仍然在稳步前进。冷焰老祖的情况看起来就不太妙了。

他之前全力攀登，肉身之力大损，身上的星光暗淡了很多，此刻已经气喘吁吁，体表的符箓光芒忽明忽暗，随时可能熄灭。

麻脸老者的情况也不怎么样，体表的黑色鳞片消退了不少，面色看起来有些苍白，脚下略显踉跄。

“可恶！”麻脸老者的面色越来越难看，忍不住怒喝一声。他刚刚服用了兽胎玄元丹，其中的血脉之力还没有和自身彻底融合，就快要维持不住变身了。

麻脸老者身上黑光突然一阵闪烁，体表的黑色鳞片再次消退不少，他不得不停了下来。

冷焰老祖看到麻脸老者的情况，顿时大喜。

他脚下一顿，在台阶上停下来，取出一颗蓝色的丹药，强烈的星光之力从中散发而出。

他二话不说，服下丹药，运转大周天星元功炼化药力，体表的星光顿时明亮了不少。

他轻呼一口气，继续迈步前进。

麻脸老者眼中突然闪过一道冷光，两手一抬，十指连弹。

“哧哧哧！”

十根纤细黑丝从其指尖飞射而出，一晃消失不见。

下一刻，冷焰老祖身后一闪，十根黑丝浮现，闪电般刺向他的后背。

突然，银色阶梯上“嗡”的一声，浮现一层明亮的黄光，一股庞大的重力瞬间笼罩了那些黑丝。

十根黑丝大半偏离了方向，但仍然有三根刺向了冷焰老祖的后背。

冷焰老祖感应到身后的情况，脸色大变，大吼一声，朝旁边躲闪。

“扑哧！”

他虽然竭力躲闪，但还是没能躲开，被三根黑丝破开了护体光罩，击中了身体。黑丝刺入他的身体，炸裂开来。

“砰砰砰！”

冷焰老祖身上多处受伤，鲜血直流。他惨叫一声，“扑通”一声，跪在了地上。

韩立和熊山闻声，纷纷转头看了过来。

麻脸老者一怔，似乎没想到如此顺利便得手。

“哈哈……”他脸上浮现得意的狞笑。

下一刻，异变突生。麻脸老者的头顶上方，忽然响起一声巨大的轰鸣。

未等他做出任何反应，一道水桶粗细的紫红闪电浮现，散发出恐怖的气息波动，轰然劈在了他的身上。

耀眼雷光顿时吞噬了麻脸老者的身体，一声凄厉的惨叫传出，随即戛然而止。

耀眼雷光之中，麻脸老者的身体消失不见了，其中似有一道细小身影飞出，旋即在这闪电中消散了。

韩立看着这一系列剧变，一时反应不过来，张口结舌地站在原地。但想到麻脸老者已经殒命，他心中自然一松。

“哼！竟敢在这里动手，简直不知死活！”熊山冷笑一声，随即不再理会这些，转身继续朝着上面爬去。

韩立看着熊山的背影，眉梢一挑，才明白此处具有某种禁止斗法的禁制。他没有立刻动身，而是看向倒地不起的冷焰老祖。

冷焰老祖面色惨白，不过看到麻脸老者殒命，神情也是一松。

他颤颤巍巍地取出一颗红色丹药服下，体表浮现一层浓郁血光，后背的伤口以肉眼可见的速度消失了。他勉强站了起来。

韩立目光微闪，他知道冷焰老祖的伤势并未痊愈，只是表面恢复了而已，想要继续向上爬，恐怕还需要一段时间。

鬼泣宗的其他人远远落在后面，想要爬上来需要很长时间，这段时间应该足够冷焰老祖恢复了。

韩立转身正要继续前进。

就在此刻，一声轻响从下面传来。

他朝着声音传来的方向看去，面色为之一变，身体一僵。

只见在冷焰老祖下方不远处，让麻脸老者殒命的雷电光芒消散开来，露出了一具残缺不全的躯体。这是几截暗红色木料，隐隐能看出是一副木偶残骸，每一块木料上都铭刻着数道神秘纹路。

在木偶残骸不远处，站着一个人，正是那麻脸老者。他除了面色有些苍白，全身上下一点伤也没有。

冷焰老祖和熊山见此情形，神情都是一变。

“替命傀儡！”韩立看了那暗红色木偶残骸两眼，缓缓说道。

麻脸老者翻手取出一颗丹药服下，苍白的面色很快恢复过来。

“想不到这里竟然有这种禁制，不过没关系，不直接动手杀人的方法多的是。”他口中冷笑一声。

说完，麻脸老者迈步，一步一顿地缓缓前进。

冷焰老祖身体一抖，急忙抬脚想继续攀登台阶。

他刚刚抬起一只脚，就触发了伤势，面上陡然变红，忍不住喷出一口鲜血，再次萎靡倒地。

冷焰老祖面露凄惨之色，突然看到了不远处的韩立，眼中泛起一丝希冀，传音呼救道：“韩道友，救命！”

韩立眉头一皱，没有动弹。

带着陆雨晴一个，他已经很吃力，若是再加上冷焰老祖，他就算竭尽全力，也很难顺利登顶。

冷焰老祖看到韩立的神情，眼中的希冀之色顿时暗淡下去，不过下一刻，他双眉一抬，似乎想起了什么。

“韩道友，你想不想拿到《大周天星元功》后半部功法？”韩立脑海中响起冷焰老祖急切的声音。

“你有《大周天星元功》后半部法诀？”韩立面色一变，强压心中兴奋，传音问道。

“我没有。不过只要你此刻救我一命，等一下我就可以带你去取。”冷焰老祖说道。

“你的意思是，后半部功法就在这幽寒宫内？”韩立眉梢一挑，立刻明白了过来。

“正是。其实记载《大周天星元功》上半部功法的石板，是我上次在幽寒宫无意间碰触了一处禁制而得到的。在下此次过来便是为了拿走后半部功法。那地方十分隐秘，若没有我的指点，你绝不可能找到后半部功法。”冷焰老祖立刻说道。

韩立听闻，没有立刻回答，面露沉吟之色，他在思考冷焰老祖此话的真实性。

从冷焰老祖和熊山之前的谈话中可以得知，二人确实在上次仙府开启时来过此处，并得了不少好东西，冷焰老祖以前也和他说过，大周天星元功的功法是从一处秘境内得到的，若那秘境是幽寒宫，倒也合理。

而且先前破开仙府外禁制的时候，那面记载了前半部功法的青色石板和此处禁制产生了共鸣，也说明两者之间肯定存在着一些联系。

从这些情况来看，冷焰老祖的话倒有七八成是真的。

韩立思量间，麻脸老者已登上了十几级台阶，距离冷焰老祖不远了。

“韩道友，你莫非怀疑在下为了活命，故意说谎？在下愿意以心魔起誓，绝无一字虚假，否则让我被心魔入侵，万劫不复！”冷焰老祖看到麻脸老者逼近，眼中露出惊恐之色，急忙再次传音说道。

“好，这次我便相信你。”韩立听闻冷焰老祖起誓，心中顿时一松，点头道。

“你在这里等我一下。”韩立将陆雨晴放在台阶上，迈步朝着冷焰老祖走去。

陆雨晴先前闭目放松，不过是不想加重韩立的负担。刚刚一连串的变故，她早已睁眼看到，点了点头，老实地在台阶上站好。

从下往上走，困难无比，从上往下走，却很轻松。

韩立身影连闪，几步就走到冷焰老祖身旁，弯腰将其抱了起来，立刻转身往上走。

麻脸老者见此，顿时大怒。但他距离韩立还有一段距离，可谓鞭长莫及。而且他也不敢再发动攻击，只能眼睁睁地看着韩立救走冷焰老祖。

熊山继续往上登，感应到韩立的举动，眼中闪过一丝轻蔑。在这银色阶梯上，带着一个人凭借强横的肉身或许勉强可以前行，但要带两个人，纯粹是找死，他不认为区区真仙境修士可以做到这一点。

韩立抱着冷焰老祖很快回到了先前的台阶，一把将陆雨晴也抱了起来。

韩立同时抱两个人，双肩顿时一沉，微微晃动了一下。冷焰老祖和陆雨晴见此，面色微微一变。

韩立深吸了一口气，口中念念有词，体表再次浮现一层耀眼的紫金光芒。

低吼声从紫金光芒中传出，随即天龙、彩凤、青鸾、雷鹏等数种虚影浮现，一闪之后，悉数融入他的身体。

韩立身体顿时变大数倍，同时体表浮现一层紫金色鳞片，双肩和肋下分别长出了两颗头颅和四条紫金长臂。

新生的四条手臂分别抱住冷焰老祖和陆雨晴，他大步前进，速度比起之前丝毫不慢。

麻脸老者见此，面上露出难以置信之色。

熊山也感应到了什么，攀登的身形一顿，转头看了过来，眼中浮现一丝惊骇。他深深地看了韩立一眼，便收回视线，继续往顶端攀去。

“韩道友的肉身竟然强大到了这个程度，在下真是佩服！”冷焰老祖眼中闪过一丝喜色，赞道。

“奉承的话不说也罢。冷焰道友，我有一事询问。”韩立脚下不停，淡淡地说道。

冷焰老祖脸上露出一丝尴尬，说道：“韩道友请说。”

“后面那人，你刚刚叫他血寒。当年圣傀门之事我们都参与了，这麻脸老者莫非就是当年那个血寒？”韩立目光一闪，传音问道。

冷焰老祖神情一变，沉默了一会儿，才点了点头。

韩立听闻，眼中闪过一丝光芒，再次传音问道：“如此说来，其他鬼泣宗修士的身份莫非也是假的？”

“韩道友，这些事情你还是不要询问的好，知道太多对你并无好处。”冷焰老祖似有深意地传音说道。

“说的也是，韩某不过是一时好奇。”韩立眉梢一挑，随即笑道。

陆雨晴看着身旁二人，没有说话。

韩立前进了一大段，此刻距离阶梯尽头只有三四十级台阶了。

血寒远远落在后面，而熊山还是稳稳地走在前面，即将抵达终点。

韩立看着前面的台阶，神情严肃。剩下这些台阶是最难通过的，他不敢有丝毫大意，将体内每一丝肉身之力尽数调动起来。

韩立身上两色光芒闪烁，一步一步，稳稳前进。

又往上走了十几级，韩立的速度变得极为缓慢，几乎每踏出一步，都要在原地休息一会，才能重新迈步。

熊山的情况和他一样，也是一步一顿。

此处重力之强，已经达到了让人心惊胆战的地步，空气也发出轻微的颤鸣声。

韩立面上微微露出疲惫之色，身上两色光芒闪动不已。陆雨晴和冷焰老祖看到韩立的情况，不由得露出担忧之色。

“韩道友，不如你先放下我们一人，先带一个登顶，然后再返回接另一个。”冷焰老祖提议道。

“这样太浪费时间，二位不必担心，我还撑得住。”韩立看了一眼在他前面领先五级台阶的熊山，淡淡地说道。

话音一落，他再次迈步，登上一级台阶。台阶微微一震，发出一声低沉的轰鸣。

熊山的眼睛的余光朝着后面看了一眼，眼角抽搐了一下，立刻再次迈步。

韩立身体有些颤抖，他眼睛一眯，深吸一口气，以最快的速度将肉身之力调整到最大，再次踏上一级台阶。

顶峰近在咫尺，早一步登顶，便多一些寻宝的机会。

二人寸步不让，全力冲刺。

最后十几级台阶，重力禁制太厉害，二人足足花了一刻钟才走完。

韩立一脚踏上顶峰，施加在他身上的重力禁制顿时消散无踪，浑身轻松无比。

“嗖”的一声，他向上蹿出十余丈高，身上光芒一闪，才停住身形，落在了地上。

虽然他全力攀登，但毕竟抱着两个人，需承受三倍的重力，所以迟了熊山一步。

他长长地呼出一口气，回首往下看了一眼，血寒正站在距离峰顶的五六十级台阶下，凶狠地看着他。

韩立对其咧嘴一笑，放下冷焰老祖和陆雨晴，挥手解除了变身，目光朝着前面望去。

正前方的山顶矗立着一座高达数十丈的紫色门楼，两边门柱皆有金龙盘绕，龙头自屋檐下方探出，口中各衔着一颗金色龙珠。

门楼匾额处，并无任何字迹，只绘有一幅《千里冰原图》，笔法粗犷，却十分传神。在大门两侧，各有一段紫色高墙，蜿蜒延伸看不到尽头，不知道通往何处。

韩立抬眼查看了紫色门楼和高墙，发现都是寻常建筑，上面并无任何禁制波动，龙口衔的龙珠也不是仙家法宝，只是普通物件而已。

只是那幅《千里冰原图》有些特别，描绘的画面让韩立有些眼熟，似乎是他之前飞来此处时，途经的那片广袤冰原。

第212章

大千世界

就在韩立打量之际，熊山已到了门口，他只是略微停下打量了一眼，就一个箭步当先冲过门洞，进了殿内。

韩立回头看了一眼身后的阶梯，血寒等人还在朝着这边赶来，距离峰顶已经没有多远了。

他也不再迟疑，和陆雨晴他们一起冲入了门楼。

进入门内，韩立隔着很远就看到了三座规模极其庞大的宫殿，皆是琉璃瓦片盖顶，朱砂红漆涂墙，屋脊檐角皆蹲坐着一排望天异兽雕像。

三座宫殿呈“品”字状分布，正门皆是对着门楼这边，基座高出地面数尺，看起来就像是建在高台上。

门楼到大殿之间，是一片宽阔的白石广场，除了一块块铺设在地面上的方砖，再没有其他陈设。

韩立目光飞快扫过整个广场和宫殿，眼底深处浮现一抹讶异之色，眉头不由得紧蹙了起来，眼前的场景似乎有些熟悉。

“这里的布局，感觉……好像在哪里见过？”他暗暗思索道。

不等他想明白，走在最前方的熊山已经身形一跃，朝着宫殿的方向飞了过去。

然而下一刻，令人惊诧的一幕出现了！

只见熊山在跃入宫殿上空的瞬间，四周的空间忽然一阵扭曲，荡起一阵微弱的涟漪。紧接着，熊山的身躯就“噗”的一下，化作一股青烟，消失不见了。

韩立眉头一皱，双目之中蓝光涌动，朝着白石广场上望去。

在明清灵目的探查之下，原本空无一物的白石广场上弥漫着一层白色雾气，里面隐隐有一阵阵细微的灵力波动，看似混乱无常，实则极有章法，显然是一处极为玄妙的幻阵。

韩立收回目光，又忍不住回身看了一眼门楼外。

沉吟片刻之后，他的目光骤然一亮，脑海中立即浮现一个久违的名字：“广寒宫……”

蕴含禁制的阶梯，广场上的幻阵，“品”字形的宫殿……冥寒仙府内这处区域的布置，竟然与当年他在广寒宫中遇到的情景有七八分相似？难道说，那个位于灵界的秘境和这个位于真仙界的秘境之间，存在着什么联系吗？韩立不禁大胆猜测起来。

就在这时，门楼那边忽然响起一道沉重的脚步声，韩立等三人回头一看，血寒已经追了上来。

“不好，快走！”

冷焰老祖咬牙低喝一声，当先朝着广场上空飞了过去，韩立与陆雨晴也连忙跟了上去。

三人的身影几乎同时没入了空中，消失不见。

慢了一步的血寒冷哼了一声，却没有鲁莽地冲进幻阵，而是停在了广场边缘，凝神探查起来。

韩立入阵之时，并未将明清灵目收起，所以他清晰地看到了自己从高空中坠入幻阵雾气，然后瞬间天旋地转，周围物换景移，他就进入了另一方天地。

“包子，热乎乎的包子……”

“上好的胭脂水粉，擦了比花香，嗅了比蜜甜……”

……

一阵阵市井闹市才有的叫卖声响起。

韩立微微一愣，朝着四周扫视了一眼，发现自己此刻正站在一条拥挤的街道上，周围来来往往全是人，声音嘈杂，异常热闹。

距离他不远的地方，矗立着一座高大宽阔的城门，靠近门口的地方，一名貌美女子正满脸诧异地站着，左右张望。

正是陆雨晴。

就在此时，脸色仍有些苍白的冷焰老祖从城门内走了出来，停在陆雨晴的身旁，转身冲韩立所在的方向招了招手。

韩立正要抬步走过去，就听身后传来一阵呼喊声："炊饼……来，让一让，新出炉的炊饼……"

他下意识地朝着旁边让开一步，只见一个身高不足五尺的粗矮汉子，正挑着热气腾腾的笼屉，从他身旁快步走过。

让那汉子过去之后，他才发现那汉子刚才并不是跟自己说话，而是让他身后一位鬓边插着海棠，身上穿着粉色绸缎衣裳的富家公子让路。

很快韩立就发现，对于这些幻境中的人来说，他们三人就好似不存在一般，路人能从他们的身躯之中直接穿过。

最让他惊讶的是，方才那汉子的神情状态与常人一般无二，笼屉里炊饼的气味也不似作伪，就连经过他身边时笼屉里传出的温度，都与真实世界一模一样。要知道，他此刻并未收起灵目神通，可看到的依旧是幻境。

"冷焰道友，此处幻阵几乎与现实无异，我的灵目神通竟然无法看透。"思量间，韩立走到了冷焰老祖与陆雨晴身旁，说道。

"没错。此阵名为'大千世界'，是我生平所见最为不可思议的一种幻阵，没有之一。顾名思义，其当中构建出来的幻境，甚至不亚于一方真实的小世界，若是在这里面胡乱行走的话，极有可能会迷失，永远不得脱困。"冷焰老祖点了点头，说道。

"原来如此。对了，你们看到熊山了吗？"韩立话锋一转，问道。

"上一次我们进来时，看到的并不是眼前这番景象，而是身处一片妖兽肆虐的蛮荒大陆。可见不同时间进入这处幻阵，遇到的幻境并不相同。他比我们先一步进来，虽然时间上相差无几，但极有可能被困在另一个幻境世界中，我们可能只有在离开幻阵之后，才能再见到他了。”冷焰老祖略一沉吟后，如此说道。

“如此难缠的幻阵，你们上一次是怎么走出去的？”韩立看了他一眼，不禁疑惑地问道。

“当时我们同行一共有八人，其中不乏精通法阵的高手，是他们通过观察夜空星辰的位置，一步步推衍出了出阵的方法……不过即便如此，最终活着离开幻境的人，也只有四人，包括我和熊山在内。”冷焰老祖苦笑一声，说道。

韩立闻言，抬头望了一眼天空，此刻正值清晨，蓝天白云，朝阳初升，离天黑还早着呢，根本没有星辰。

“你说的观测星辰之法，是不是用来辨识方位，从而确定幻阵的阵脚排布，之后从阵脚的方位推衍出生门所在？”他看了冷焰老祖一眼，问道。

“不错，看来韩道友也精于此道？”冷焰老祖眉毛微挑，有些意外地说道。

韩立没有在意他的恭维，先是抬头看了一眼城门上的匾额，然后环顾四周，将周围八个方位全都看了一遍。

“城门匾额上写的是‘东直门’，说明出城的方向为东，然而此刻正值清晨，天空中太阳的方向却与之截然相反，可见这两者之中必有一假。不过，既然你们上一次是通过星辰辨别出方向的，可见太阳的位置为真的可能性大一点，所以那边应该是东。”韩立抬手指着街道另一头，缓缓说道。

冷焰老祖与陆雨晴闻言，恍然明白过来，纷纷点头称是。

“既然确定了方向，那么接下来就要寻找阵脚。我的灵目神通看不穿，陆姑娘你呢？能看到些什么吗？”韩立略一沉吟，冲陆雨晴问道。

“方才我已经试过了，只要动用灵瞳，周围的这些人和物就会全都消失，只剩下一片灰蒙蒙的雾霭，别的就什么都没有了。”陆雨晴摇了摇头，说道。

“既然如此，我只好动用一件法宝试一试了。”韩立闻言，叹了一口气道。

说罢，他抬起手掌在头顶一抹，上空亮起一道刺目金光，一颗巨大的金色眼球便从中浮现。

这颗金眼并不是什么法宝，而是他真言宝轮中的真实之眼，只是被他使了个障眼法，遮去了全貌罢了。

韩立之所以如此做，倒不是怕人知晓他修习时间功法，而是不想让他们看到真言宝轮上那恐怖的三百六十团时间道纹，毕竟此功法在北寒仙域声名在外，难保冷焰老祖在哪里见识过。

此物一出，陆雨晴与冷焰老祖立即感受到了其中传出的法则波动，二人都只是瞥了一眼就移开了目光，默契地没有放出神识对其进行探查。

韩立对此颇为满意，双手掐了一个法诀，缓缓闭上双目，催动真实之眼，开始探查起周围的空间来。

这一看，情况果然大有不同！

周围的城墙酒肆和花木人畜皆消失不见，空中仅剩下一道道几近透明的灵力波动，这些灵力波动的所有流动迹象，全都在他面前清晰地呈现出来，纤毫毕现。

韩立潜心观察了片刻，待将所观察到的迹象全都记下后，便单手一扬，将真实之眼收回了体内。

“韩道友，如何，可有什么发现？”冷焰老祖见此，连忙开口问道。

“基本上看清了所有阵脚的分布，只是这当中有真有假，还需要你根据记忆中的方位加以指引，才能找到正确的出口。”韩立缓缓地说道。

“道友放心，我一定全力配合。”冷焰老祖闻言，面色一喜，点了点头，说道。

“沿着这条街往前走六里，第一个巷口有一座老宅子，宅子第一进的院子里有一口老井，井底便是一处阵脚……”韩立引着冷焰老祖和陆雨晴，开始寻找每一处阵脚。

冷焰老祖神情专注地听着韩立的讲述，时而点头，时而摇头，根据当年的记忆判定着每一处阵脚的真假，三人一同在这座喧闹的城池中游走。

现实中，三人所处的白石广场面积并不大，可在幻阵中的地域就大到无法丈量了。三人以巷口古宅的老井为起点，依次穿过了一间低矮酒肆和一座红粉勾栏，七拐八拐来到了一座府衙的后院。

之后，他们又踩着府衙后院的一方白石磨盘，翻过一座不足七尺高的院墙，来到了一条寻常百姓居住的幽深巷子。

出了巷子以后，三人又接连穿过了七八条街，最终来到了一间私塾前。

在此期间，面对四周的人来人往，陆雨晴眼中已渐生迷离之色，所幸在韩立通过神识秘术给出的提醒之下，没有沉沦于此。

私塾之内有夫子在授课，里面传来稚童们的诵书之声，清脆悦耳，极富韵律。私塾大门外，有一棵老榆树，长得并不算高，却十分粗壮，看起来足有四人合抱那么粗。

此刻，韩立几人就站在老榆树的树荫下。

“上次幻阵的出口是一具蛮荒妖兽的遗骸，和这次的完全不同，所以我也没有十足的把握……”冷焰老祖看着这棵老榆树，有些不确定地说道。

“这里的灵力流动轨迹，与之前遇到的很不相同，我觉得应该就是此处了……”韩立透过真实之眼打量着榆树，缓缓地说道。

说罢，他手一抬，掐了一个法诀，朝着老榆树打了过去。

就在此时，悬在他头顶上方的金色眼球随之微微一颤，从中荡开一阵金色涟漪，碰到老榆树时，顿时变得明亮了起来。

只见一片金光中，忽然浮现一个一人多高的蓝色旋涡，里面隐约能看到一个延伸向后方的狭长通道。

冷焰老祖走上前去，仔细地打量了一番后，冲韩立和陆雨晴点点头，说道："应该不会错了，通道里面的情况和上次几乎一模一样。"

"那就走吧，我们已经耽搁了不少时间。"韩立开口说道。

说着，他头顶的光芒一闪，真实之眼金光一散，融入了他的体内。

冷焰老祖略微停顿了一下，微微俯身跨入了蓝色旋涡，朝着通道深处走去。陆雨晴紧随其后，韩立则走在最后。

约莫半刻钟后，白石广场另一端的半空中，忽然有一阵奇异波动荡漾开来，韩立等三人的身影从空中跌落。

站稳身形后，冷焰老祖扫视了一眼四周，没看到熊山的身影。

"不用找了，他本就是法阵大师，精于此道，先前又有过一次破阵经历，肯定比我们先出来，此刻应该已经去大殿那边了。"韩立看了一眼宫殿的方向，缓缓地说道。

说罢，他的双目之中蓝光一闪，再次望向了广场中央。那里雾气涌动得异常剧烈，当中还有一阵阵混乱的灵力波动传出，显然血寒也闯入了幻阵。

"走吧，趁着血寒那厮被困在阵中，先带我去存放《大周天星元功》功法的地方。"韩立收回目光，对冷焰老祖说道。

冷焰老祖点了点头，当先朝着那三座大殿的方向走了过去。

三座大殿正中的一座，距离韩立等三人最近，为重檐式大殿，比后面两座高出许多。殿前立着十八根金漆大柱，上面镌刻着密密麻麻的阴刻符纹，看上去十分古拙。

大殿正门高逾十丈，通体以紫金铸成，上面同样密布符纹，只是左侧那扇殿门朝外微微敞开，表面乌黑一片，看起来明显被烈焰烧灼过。

"这座大殿只是一处陷阱，里面除了两只傀儡，什么东西都没有。"冷焰老祖瞥了一眼殿门，一边说着一边绕过大殿，往右后方那座大殿赶去。

"那座大殿的禁制是你们上次进去的时候破坏的？"陆雨晴突然问道。

"还记得我之前说过，我们一起走出幻阵的人一共有四个吗？其中两个人，就死在了那座大殿里。”冷焰老祖没有回头，面无表情地说道。

陆雨晴闻言，面色微微一白。

三人不再言语，很快就来到了右后方的那座大殿前。

这座大殿比第一座看起来要小一些，但在建筑材料上没有什么不同，房屋样式也基本一样。唯一不同的是，其殿门紧紧闭合在一起，上面篆刻的符文也都很完整。

“韩道友，那记载着上半部《大周天星元功》功法的石板，就是从这座大殿的后殿中得到的，至于剩余的另一半，也在其中。”冷焰老祖看向韩立说道。

“当年你没能一次性带出完整的功法，想来是因为这殿内还有什么古怪吧？”韩立点了点头，问道。

“不错，这殿内有一个具有金仙初期实力的铜人傀儡在镇守。”冷焰老祖点了点头，说道。

韩立闻言，先是一惊，继而面露一丝狐疑之色。

“恕我直言，若是里面有金仙傀儡镇守的话，以你当时的实力，根本没有可能拿出上半部功法吧。”他目光直视着冷焰老祖，说道。

“韩道友所言不错，以我当时的实力，的确连它的一招都抵挡不了，所以我并未与它交战，而是放出了几个随身携带的傀儡吸引它的注意力，然后以一件有隐匿功能的秘宝遮住自己的气息，偷偷潜入后殿，这才侥幸得手。”冷焰老祖轻叹了一口气，说道。

韩立闻听此言，脸上露出若有所思之色。

傀儡，除了一些特制的种类，或者像蟹道人这种富有灵智的以外，的确都不太擅长探查感知，若是气息隐藏得当，加上时机掌握得巧妙，是有一定概率偷偷潜入取宝的。

“不过，当我拿走那块刻有上半部《大周天星元功》功法的石板后，那个金仙傀儡立即就察觉到了，我只接了它一拳，就被打成了重伤。幸运的是，不知为何它并未追出此座大殿，我才侥幸逃出，捡了一条性命，现在想想，真可谓是九死一生。”冷焰老祖回想起当初的情景，仍有些心有余悸。

“就你上次的经历来看，你觉得此傀儡的灵智如何？”韩立又问道。

“虽然上次只是与其短暂交手，但我能够察觉出来，那傀儡杀伤力极大，灵智似乎并不高，否则不至于发现不了我的引诱拙计。”冷焰老祖思索了片刻，说道。

“它之所以没有追出大殿，多半是因为其原先的主人限制了它的行动范围，令其不得离开大殿，必须留守在此保护功法。如果是这样的话，我们想要得到下半部功法，就容易了许多。”韩立目光闪动，说道。

“韩道友是说，还用我之前的法子，再去拿一次功法？”冷焰老祖有些迟疑地问道。

“不错，我正有此意。只是在具体行动上，还需要冷焰道友配合一下。”韩立看了他一眼，说道。

“道友但说无妨。”冷焰老祖做了一个请的手势，说道。

韩立闻言，随即将自己的想法与他说了一遍，冷焰老祖沉默着听完，末了才说了一句“此计可行”。

“韩大哥，你的安排里为何没有我？难道是觉得我道行低，帮不上忙吗？”陆雨晴站在一旁，听到了韩立的全盘计划，犹豫了一下，问道。

“并非如此。我们的计划是巧取，并非抢夺，所以人数宜少不宜多。况且这里面藏的宝物，就只有一部我们二人修炼的功法，于你无益，你又何须以身犯险？”韩立摇了摇头，解释道。

“既然如此，我就不给你们添麻烦了。”陆雨晴闻言不再强求，点头说道。

韩立与冷焰老祖各自服下一颗丹药，调息片刻之后，一前一后走上了大殿前的石阶。

殿门上的符文很完整，不时传出一阵阵灵力波动，这意味着门上的法阵还在运转。韩立仔细打量过后，便发现这并不是什么难以破解的高深禁制。

于是，他手掌一抬，五个手指上同时浮现五个银光闪闪的雷球，猛然朝着殿门拍了下去。

“砰”的一声巨响！

紫金铸就的两扇大门霍然向内打开，被韩立手掌拍中的地方凹陷下去一个深坑，上面浮现五团黑色焦痕，周围的符文已经被烧得面目全非了。

盘坐在大殿中央的铜人，突然睁开双目，看似刀劈斧刻般的脸上顿时露出暴怒之色，张口发出了宛如金属交击般的暴喝声：“擅闯者死！”

下一刻，铜人抱在胸前的双臂霍然垂下，慢慢地站起身来，抬起沉重的脚步朝着殿门口冲了过来，发出阵阵“锵锵”声。

韩立朝里瞥了一眼，五指伸出朝着大殿里面飞快地连弹了数次。

只见一道道青黄色光芒从他手中飞出，在殿内骤然变大，化作了七八具巨猿傀儡。

不过，这些傀儡巨猿出现后，并未联手攻击那暗金铜人，而是纷纷撒开腿，朝着大殿各个角落奔逃而去。

第213章

诱饵

暗金铜人见此情形，立即朝着其中一具傀儡逃走的方向冲了过去。

韩立与冷焰老祖互望了一眼，当即抓住这个机会，同时身形一闪，冲进了大殿。

他们一人借助无常盟的面具，一人借助一件暗红色的长袍，将身上的气息尽量遮住，朝着大殿后方的一块巨大屏风移过去。

然而二人刚踏出一步，就听殿内传来一连串爆鸣之声，韩立放出的那七八具巨猿傀儡，竟然在顷刻间就被全数击杀殆尽了。

紧接着，二人身前人影一闪，那具铜人傀儡已经来到了他们身边，冲着他们一人一拳砸了过来。

韩立本就留神防备着这种意外，所以在铜人闪至身前时，并没有慌乱，只是抬起双臂挡在面前，迎上了铜人的重击一拳。

只听“砰”的一声，他的双臂一阵麻木，整个人贴着地面倒滑了出去，重重地撞在了大殿的门扉上。

另一边的冷焰老祖更加狼狈，似乎根本没有预想到这种情况，被突如其来的一拳砸得翻滚着摔向了大殿的一面墙壁，张口喷出一口鲜血来。

翻身起来后，他顾不得擦去嘴角的血迹，满脸惊讶地冲着韩立摇了摇头。这次的情况，好像和上次不一样啊！

韩立此时已经顾不上责备他了，冲其大声喝道：“你去拿下半部功法，我来拦住这傀儡。”

说罢，他身形一闪，主动朝着那铜人傀儡迎了上去。

按照韩立原本的计划，在巨猿傀儡引走铜人傀儡后，冷焰老祖就潜伏在后殿入口的屏风旁，若自己拿走下半部功法惊动铜人后，再由冷焰老祖设法挡下铜人的一次攻击。等自己顺利带出功法后，冷焰老祖便不需再与之纠缠，立时退出大殿即可。

可这突如其来的变化，彻底打乱了他的计划，现在只能由自己挡下这傀儡，为冷焰老祖盗取功法争取时间了。

冷焰老祖猛地吐出一口血水，不再遮掩气息，身形一动，直接掠向了后殿。他心中苦涩的同时，也是百思不得其解，根本想不通这傀儡为何会突然灵智暴增？

同时，他也担心韩立误以为自己之前所说的情报是故意诓骗他，那么即使拿到了《大周天星元功》下半部功法，自己也难逃对方的责难。

对于韩立的心性，经过这么多次打交道，他已经多少有些了解，知道其对于背叛和伤害自己的人，出手从不会有半点仁慈。

“大胆！”

那铜人傀儡发觉冷焰老祖的行动后，竟是直接开口怒喝一声，舍下韩立朝着他追了过去。

冷焰老祖才赶到屏风前方，便感觉身后风雷之声大作，一个巨大的拳头已经朝着他的后心砸落。

“只管去拿功法，这具傀儡交给我了……”

冷焰老祖正要回身格挡，耳畔就响起了韩立的声音，他便心一横，不再管身后的拳头，硬着头皮朝屏风后方蹿去。

眼看那铜人傀儡的拳头就要砸在冷焰老祖的后背上，韩立身上突然电光萦绕，背后的风雷翅猛地扇动，迅速挡在了冷焰老祖身后。

只见韩立眉头紧蹙，神色肃然，双手交叠，朝着斜上方推了出去。

一道青色的光影从他掌中涌出，化作两个凝如实质的青色光掌，交叠着挡住了铜人傀儡的拳头。

"轰"的一声巨响!

一道暴烈罡风从韩立的拳掌之间爆发开来，混乱的气流将他的衣衫吹得猎猎作响，他的身形却岿然不动，只是两条手臂被一股大力压得弯曲，双腿也深深地陷入了地下。

"找死！"

铜人傀儡仿若怒目金刚，口中怒喝一声，挥出另外一拳，上面包裹着一片白色星云状的光芒，再次朝着韩立当头砸了下来。

韩立心中来了火气，口中发出一声暴喝，身上的肌肉顿时鼓胀而起，浑身生出一层金黄色的粗硬茸毛，双目蓝光一闪，两根獠牙从嘴边伸出小半截来，整个人赫然化作了一只丈许高的山岳巨猿。

其双手向下一压，将铜人傀儡先前的一拳按下，复又抬起一拳，朝着铜人傀儡的另一拳挥了过去。

两只硕大的拳头在半空中轰然对撞，一片耀眼白光在两拳之间绽放，发出一声雷鸣般的轰响，一股肉眼可见的气浪冲击而起，直震得整座大殿一阵晃动。

韩立手臂微微一屈，身体竟然再度下陷寸许，反观那铜人傀儡，却没有半点异样。

单纯比拼力量，尽管韩立已经动用了山岳巨猿血脉，在这具傀儡面前，他仍旧落了下风。

他眉头紧皱，将双腿从地面拔了出来，一跃而起，主动挥拳朝铜人傀儡砸了过去。铜人傀儡一步迎了上来，也针锋相对地挥拳砸向了他。

只见韩立浑身上下被一层凝如实质的蓝色光膜包裹，胸腹处亮起一点点耀眼的星辰光芒，全身气势暴增，拳头上爆发出令人目眩的光芒。

与之相对的是，那铜人傀儡身上亦有一个个蓝色光点亮起，位置正是大周天星元功的玄窍所在，数量却比韩立多出许多。至于萦绕在其拳头上的星辰之力，自然也比韩立浑厚了数倍。

这一次对拳，二人尚未碰到，胜负就已经可以预料了。

然而，就在二人拳头上的星辉相交，发出阵阵摩擦声之时，韩立的身影突然模糊，从原地消失，瞬间出现在铜人傀儡背后，朝着傀儡后脊正中的位置一拳砸了下去。

“砰！”

铜人傀儡后背玄窍上涌出大量星光，与韩立拳头上的星辰之力剧烈碰撞，如同燃烧起来了一般，绽放出一大片耀眼夺目的蓝色光焰。

在这股力量的冲击下，加之铜人傀儡自身挥拳的惯性，身躯不由自主地一个踉跄，向前扑倒。其硕大的拳头也随之落空，砸在了地面上，发出一声巨大的轰鸣声。

地面上白光狂涌，整个大殿都为之剧烈一颤，房顶上的灰尘扑扑簌簌地掉落，地板上更是裂开了一道十几丈长的裂隙，深不见底。

韩立看到这一幕，顿时有些心有余悸。

方才若不是他在千钧一发之际，逆转体内真轮，加速了自己的时间流速，先一步避开了铜人傀儡的拳头，此刻只怕他已经身受重伤，一条臂膀也不复存在了。

不过，更加让他惊讶的是，这铜人傀儡居然能使用星辰之力，身上竟也开辟出了玄窍，使用出来的威力更是在自己之上。

难道说铜人傀儡也修炼了大周天星元功？

“韩道友，我拿到功法了，快撤……”韩立思索间，忽然听到后殿有人喊道。

紧接着，冷焰老祖的身影就从屏风后方闪现，他手中高举着一块青灰色的石板，上面隐约能够看到密密麻麻的古篆小字，不用说也知道，这应该就是下半部功法了。

韩立心中一动，点了点头。下一刻，他和冷焰老祖几乎同时一个闪身，来到了殿门口。

他抬起手，正要打开那扇紫金门扉，整个大殿却突然剧烈地震颤起来，门窗上铭刻的所有符文像是活了过来，一个个如同蚯蚓一般扭动着联结在一起。

与此同时，一层紫金光幕从门窗、屋顶，以及地面上蔓延开来，将整座大殿内部包裹了起来。

“糟了……”冷焰老祖惊叫一声。

韩立此时已经恢复了人形，面沉如水地抬起手掌，朝着两扇门扉相接处，按了下去。其掌心中，五个银色雷球电光缠绕，同时落在了那层紫金光幕上。

“噼啪！”

笼罩整座大殿的紫金光幕上同时光芒一亮，表面浮现密密麻麻的古篆符文，一道道雷蛇般的电光从中迸射而出，径直将韩立释放的雷球打散。

狂涌而出的紫金电光，将散乱的银色电丝尽数吞噬。韩立只觉周身一阵麻痹，忍不住倒吸了一口凉气。

“盗取功法，罪不容诛！”就在这时，一道冷漠的声音忽然传来。

那铜人傀儡不知何时重新站了起来，立在殿内一角，冷冷望向二人。

其双目如同蒙了一层白雾，浑浊不清，身上的暗金光芒也逐渐变淡，“玄窍”中涌出大片星光，整个身躯变得通透闪亮。

伴随着这一变化，其身上散发出来的气息也是直线上升，达到了金仙初期巅峰，距离中期也仅仅一线之隔。

“韩道友，绝非是我有所隐瞒，我上次盗取功法时，决计没有发生当下这些状况。”冷焰老祖看了一眼韩立的神色，忽然开口说道。

“我相信你。”韩立言简意赅地说道。

“你……”冷焰老祖闻言，大感意外，一时间竟有些语塞。

“大殿外面的那层禁制和里面的这层禁制相比，简直是一个地下一个天上，差别这么大，你就不觉得奇怪吗？”韩立一边紧盯着铜人傀儡的变化，一边说道。

冷焰老祖闻言，目光忽然一亮，恍然大悟道："这座大殿的设计建造，根本不是为了防止外人进来，而是为了确保进来之人绝对出不去。这里和前面那座大殿一样，也是一处陷阱，莫非……这部《大周天星元功》功法便是诱饵。"

"也许是时间太久的缘故，这里的大阵出了什么问题。你上次进入此处的时候，大阵并未完全触发，那铜人傀儡也未完全觉醒，所以你才侥幸逃脱，捡了一条性命。"韩立略一沉吟后，缓缓说道。

冷焰老祖听到韩立此言，细想一下，不禁大呼侥幸，然后不觉后脊发寒，正要张口说话，就听到韩立突然说了一声"来了"。

待冷焰老祖反应过来，韩立的身影已经从原地消失不见了。

下一瞬，韩立的身影就出现在了铜人傀儡的头顶上方，双手掐出一个古怪剑诀，朝着下方重重一压。

一柄光芒闪烁的青色长剑一闪而出，朝着铜人傀儡的头顶斩落。

"噼里啪啦！"

青色长剑上忽然亮起刺目金光，无数浑厚凝实的金色电丝从中狂涌而出，笼罩着整个剑身，重重地劈在铜人傀儡头顶。

"轰"的一声巨响。

一个数丈高的金雷旋涡在大殿内浮现，呼啸旋转之间，不断有金色电丝迸射而出，朝着四面八方激射而去。金色电丝打在那层紫金光幕上，引起阵阵颤鸣。

冷焰老祖死死地盯着金雷旋涡，却根本无法看到铜人傀儡的身影，只能感受到那金色雷电中蕴含的狂暴力量。

"死了吗……"他心中这般想道。

然而，不过数息之后，金雷旋涡中便传来一阵古怪的声音，让他心中不禁一凛。

只见一只白得近乎通透的粗壮手臂，忽然从旋涡上方的出口探出，五指握拳，朝着上方电光狂涌的青色长剑砸了过去。

“轰隆”一声巨响。

一团白色星云从拳头上炸裂开来，无数蓝色光点浮现，仿若晴朗之夜的漫天星辰闪烁，美不胜收。

紧接着，一股狂暴无比的力量从其中骤然释放，层层白光向着四面八方弥散，将金雷旋涡推得不断膨胀变大。

与此同时，那白光中的蓝色星辰一颗接一颗湮灭，一股毁灭气息从中散发出来。

“嗷……”

只听一声怒吼响起，本就狂胀的白光再次爆发。

金雷旋涡终于不堪重负，在一声轰鸣中炸裂开来，无数金色电丝迸射而出，如同金蛇一般蹿向四面八方，接连轰击在紫金光幕上，引起一连串电闪雷鸣。

从半空斩落的青竹蜂云剑，也被这股巨力冲击得倒飞了出去。

青竹蜂云剑撞在房顶上方的紫金光幕上，激起一片电光火花，然后又被弹了回来，在即将刺入地面前的一瞬间被韩立一把抓住，握在了手中。

青色长剑颤鸣不已，连带着韩立的手臂也随之微微颤抖起来。

韩立脸色微微发白，呼吸有些急促，显然受到了不小的震荡。他眉头紧蹙，望向大殿中央。那铜人傀儡已经全然变了模样，周身通透无比，颜色与青玉一般无二，身上亮着一个个蓝色光点。

在铜人傀儡身上还有丝丝缕缕的微弱电弧跳跃，其丝毫不在意，只是抬手一把将电弧抹掉，而后脚步一抬，身影变得模糊，如同一抹流光划过，瞬间就到了韩立身前。

铜人傀儡抬起手臂，挥出一记手刀，携万钧之势朝着韩立的脖颈劈了过来。

韩立根本来不及防备，便被一下砸中，只听“砰”的一声，头脑一阵昏沉，接着整个人横飞了出去，撞在了紫金光幕上。

紫金光幕上立即电光大作，迸射出一片耀眼火花。

“韩道友！”

冷焰老祖惊叫一声，本欲闪身过去，可在瞥了那铜人傀儡一眼后，犹豫再三，还是止住了动作，没敢动身。

然而，那铜人傀儡在击倒韩立之后，并没有继续追击，而是身形一转，一双银色眼眸毫无任何感情色彩地望向了冷焰老祖。

冷焰老祖背脊一寒，瞥了一眼自己手中的青灰色石板，连忙将石板远远地抛了出去。

不知是有心还是巧合，那块石板飞出十几丈后，不偏不倚地落在了韩立的脚边。

韩立刚刚从紫金光幕上摔落下来，身上还冒着阵阵白烟，衣衫也被烧焦了多处，显得有些狼狈。

他一只手拄着青色长剑，另一只手将青灰石板捡了起来，打量了一眼后，微微咧了咧嘴，直接收入储物袋中。

那傀儡在看到这一幕后，像是彻底被激怒了一般，身影一个模糊，化作一道流光，疾射向韩立。其手掌依旧做手刀状，上面凝聚的白光“哧哧”作响，凝成了一片锯齿状的白色光焰，径直刺向了韩立的心口。

这一次，韩立已经有所防备。

他双目闪过一丝寒光，身后金光剧烈涌动，金色宝轮浮现，上面仅剩的十几团道纹同时大亮，散发出一层金色涟漪，将自己笼罩住。

傀儡的手臂在穿过涟漪时，像是陷入了光阴长河之中，变得缓慢无比。

傀儡身上的所有蓝色光点却在此时变得愈加明亮起来，周身的白光也仿佛活了过来，疯狂朝着手臂涌去。

韩立随即惊讶地发现，那傀儡手刀上的光焰由白转蓝，范围扩大了近一倍，疯狂地切割着四周的金色涟漪。

真言宝轮释放的金色涟漪竟然变得有些不稳定，傀儡的那只手臂竟然再次朝前突进，速度虽然不算快，但明显将宝轮对其的影响削弱了许多。

这种情况以前可是从未出现过的。

“蟹道友，你还没有准备好吗？”韩立一边勉强催动真言宝轮，一边问道。

“好了，就是现在。”一道声音传了出来。

话音未落，一道金色光芒从韩立体内飞射而出，在半空中骤然放大，化作一片金色雷瀑狂涌下来，瞬间就填满了大殿。

大殿之内再无立锥之地，仿佛化成一个金色雷池，到处都充斥着狂暴无比的金色雷电。

自打进殿以来，冷焰老祖被震惊了太多次，脸上的肌肉都有些僵住了。他嘴巴微张，目光有些飘忽，全力催动着一座青色编钟，化作一道青色光幕将自己护住。

雷池之中，一只巨大的金色螃蟹浮现出来，其宽大无比的金色蟹壳顶着屋顶上方的紫金光幕，两色电芒交错，爆鸣声不断响起。

一只巨大的蟹钳在金色雷电的包裹下骤然探出，一下就夹在了那傀儡的腰上。

“咔嚓——”

两道相互交错的金色电光一闪而过。

笼罩着大殿的那层紫金光幕瞬间撕裂，光芒一散消失不见了，大殿墙壁和屋脊上出现一道巨大缝隙，裂成了两半。

随着金色电光逐渐消散，雷池也开始收缩，纷纷涌入那只金色螃蟹体内。光芒一闪之下，金色螃蟹化作了一名方面细眉的黄袍男子，正是蟹道人。

“韩道友，我这次出手可把你先前给的仙元石消耗得所剩无几了。”蟹道人瞥了一眼地上断作两截的傀儡，缓缓说道。

“无妨，之后我会再补给你一些，这次多谢了。”韩立收起真言宝轮，开口说道。

“不必。依我之见，这具傀儡颇为不凡，虽然在炼制时就被有意压制了灵智，但其神通类似玄仙，战力很强，若非你我联手，绝无办法这么轻易就击败它。”蟹道人摆了摆手，说道。言下之意，自然是希望韩立不要浪费，最好将这傀儡尸体收起。

“我会将其收好，待离开此处后，蟹道友可有法子将其修复，重新炼化？”韩立眉头微挑，问道。

“方才那一击我用了全力，已经伤及傀儡的核心，能不能修复现在还不好说。”蟹道人不置可否地说道。

那具傀儡此刻已经恢复了原本的铜人之身，其小腹上部的断口处露出一个暗金色的金属圆球，上面同样有一道狭长的裂痕。

韩立对此稍有遗憾，却知道这是没有办法的事情，毕竟是与金仙层次的对手交战，若己方出手还留有余地，那根本无异于自寻死路。

“没有别的事情，我就先回去了。”蟹道人瞥了一眼倚靠在殿门边的冷焰老祖，化作一道金光，飞入了韩立的衣袖，消失不见。

韩立大手一挥，将地面上那具傀儡收了起来，转身朝后殿走了过去。

冷焰老祖看着韩立的背影，瘫坐在地，浑身被冷汗浸湿。此刻的他，终于明白了他们之间的差距究竟有多大，也终于清楚了自己之前的行为有多么愚蠢。

韩立绕过巨大屏风后，看到了一扇二人宽的暗门。

走入暗门，他就来到了后殿。

后殿内相对封闭，四周皆无窗户，故而没有天光射入，但里面并不阴暗。四周墙壁似乎涂有一层萤石粉，散发着幽幽光芒，上面有点点亮光闪动，看起来仿若星辰。

后殿正中，有一座青铜方台，高不过腰，仅有一尺见方，上面铭刻着一道道繁复的花纹。

高台上面，有两个凹槽。

韩立见此，心中一动。这凹槽的大小正好与铭刻《大周天星元功》功法的青灰色石板一致，里面同样刻着符纹。

第214章

觅宝

在青铜石台后方的地面上，零散地摆放着七八个四四方方的漆木箱子，上面贴着的符箓还都完好无损。

很显然，冷焰老祖两次盗取功法都颇为仓促，并没有多余的时间来偷取这些箱子里面的东西。

韩立目光四下一扫，慢慢走上前，手掌青光亮起，在其中一个箱子表面一抹，贴在箱子上的符箓就如朽木一般化成了齑粉。

他单手一扬，打开箱盖，目光一扫，嘴角立即浮现一抹笑意。

只见箱子里整整齐齐地码放着一层层巴掌大小的天蓝色晶石，有百余块，正是蕴含着精纯星光之力的天星石。

有如此充足的天星石，之后修炼大周天星元功自然是事半功倍。

韩立轻吸了一口气，按捺住心中的喜悦，将剩余的所有木箱全都打开，结果发现居然无一例外，里面盛放的全都是天星石，总数有将近一千块。

他手掌一挥，毫不客气地将这些木箱全都装入了储物镯内。他再次打量了一下整个后殿，发现里面的确已经别无他物，这才转身出了暗门，朝前殿走去。

走过巨大屏风时，韩立忽然眉梢一动，停下了脚步。

他抬起头，双目望着屏风上的夜幕星空，心中突然升起一种奇异的感应，略一沉吟后，一手按在屏风上，将其也收了起来。

而后，他便大步走到冷焰老祖身旁，一把拉开殿门走了出去，全程没有看冷焰老祖一眼。

刚出去，就看见陆雨晴一脸焦急地迎了上来。

“柳……韩大哥，你们可算出来了……”陆雨晴连忙说道。

“怎么了，出什么事了？”韩立蹙眉问道。

“从刚才起，广场那边就不断闪现各色光芒，动静大得惊人。”陆雨晴指着白石广场的方向说道。

她的话音刚落，那边就传来“轰隆”一声巨响，随即一道赤红光柱冲天而起。

“看来是血寒那伙人在破阵，我们要赶紧离开了。”韩立朝那边看了一眼说道。

“我们已经完全偏离了原来的路径，我的地图上标注的区域有限。现在我们该怎么找回去？”陆雨晴有些担忧地问道。

韩立闻言，没有立即回答她，而是身形一跃飞至空中，朝着大殿后方眺望着，片刻之后，才重新落回地面。

“事已至此，只能走一步看一步了。反正你进入此处，为的不过是机缘二字，后山那边还有不少宫殿阁楼，你未必没有收获。”韩立看着对方，缓缓说道。

“这……好吧。”陆雨晴微微一怔，有些迟疑地应道。

“韩道友，接下来的路途，我能否继续跟着你们？”这时，冷焰老祖从大殿内走了出来，神色有些不安地问道。

“之前在大殿内发生的事情我已经不想与你计较，道友可莫要得寸进尺。接下来，我们还是分道扬镳，各走各路的好。”韩立面无表情，语气冷淡地说道。

二人说话间，广场那边又传来一阵轰鸣声，两道光柱飞入高空。

“韩道友，我已经不奢求《大周天星元功》下半部功法了，你能否念及我们在灵寰界的那点情分，带上我一起走？若我一人留在此处，出不出得了秘境不说，一旦遇上血寒那些人，我必死无疑。”冷焰老祖自知理亏，不敢辩驳，只是请求道。

韩立闻言，面露沉吟之色，沉默半晌后，开口说道："我只带你离开这片区域，等到了别处，你便自行找路离开，我们日后，再无瓜葛。"

"多谢。"冷焰老祖没多说什么，立即躬身施了一礼。

韩立略一侧身，没有受他这一拜，然后带着陆雨晴走下大殿门前的平台，朝右侧的山道上走去。

冷焰老祖神色怅然，轻叹了一口气后，连忙跟了上去。

沿着大殿一侧的山道一路前行，沿途大大小小的宫殿阁楼不在少数，只是规模比之前的那三座要小一些。

韩立心知此处的格局与广寒宫极其相似，故而后山那边多半会有灵药园。他本想着一路不停，直接奔赴那边，可当他用神识探查过周围的阁楼建筑后，不免有些迟疑。

"韩大哥，你怎么了？"陆雨晴见韩立走至中途，忽然停下脚步，不禁问道。

"此处建筑众多，且大部分都被禁制封印，只是这些禁制良莠不齐，有的十分粗劣，有的却颇为精巧，想来里面多半封存着宝物，若不探寻一番，实在可惜。"韩立沉吟着说道。

"韩大哥，这……血寒他们在后面穷追不舍，我们是不是……"陆雨晴眼中闪过一丝担忧的神色，犹豫不决道。

"无妨，他们即使找到破阵之法，想走出来应该还要花些时间。况且到了那三座大殿前，他们没理由不进去探查一番，而非要来追我们。"韩立摆了摆手，说道。

"那好吧……我们就在此搜寻一阵。"陆雨晴目光望向不远处的那些大殿，眼中闪过一丝炽热之色。

既然费了如此大的劲才得以进入此处，有机会寻外界所有人都想要的机缘，她又怎么可能不想去探查一番？

“我们分头行事，各凭本事去找宝物，半个时辰之后在此会合。若是中途有什么变故，就要提前离开这里。”韩立嘱咐道。

“好。”陆雨晴点头应了一声，转身朝着一个方向飞掠而去。

冷焰老祖一直站在一旁，有些惴惴不安，却什么都不敢说。

韩立冷冷地瞥了冷焰老祖一眼，然后身形一闪，去了与陆雨晴相反的方向。

冷焰老祖在韩立离开后，叹息一声，手掌一翻，取出一枚玉简，满眼珍视地查看了一番，又在手里轻轻地搓动了一阵，脸上露出了几分笑意。

这枚玉简里面记载的正是《大周天星元功》下半部功法，是他之前在大殿内趁着韩立与傀儡厮杀的时候，偷偷复制的。

有此收获，此行总算不虚。他心中如此想着，收起玉简，双目中神光一敛，随便选了一个方向，掠身飞去。

一座三层阁楼前的青石小广场上，青光一闪，韩立的身影飘然落下。

他站稳后，上下打量了一眼阁楼，发现八个檐角下方各悬挂着一个小钟模样的金黄色铜铃，不知历经了多少年，上面竟没有半点锈蚀，甚至连色泽都不曾暗淡半分。

韩立心中一动，抬手一挥衣袖，一缕清风从袖间吹出，打在了阁楼的门扉上。

只闻“哗啦”一声轻响，门扉微微一震。阁楼三层檐角下的二十四个铜铃，同时微微一荡，响起一阵清脆悦耳的铃声。

声音入耳，初觉美妙，可很快韩立就发现了异常。

那原本应该逐渐减弱的铃声，非但没有变小，反而回声重重，变得越来越响亮……最后竟然声如洪钟，韩立听着听着就觉得头脑昏沉，目光也变得迷离起来。

“二十四个檐角铜铃……居然是一整套神魂禁制，还真是少见。”韩立双目中忽然蓝色光芒一闪，目光瞬间恢复清明，忍不住啧啧称奇。以他炼神术第四层的神识，不防之下尚且短暂中招，其他人怕是更难幸免了吧。

“若是与敌对战，哪怕只是这片刻的干扰，就足以分出胜负了……”韩立心里这么想着，就动手去摘那些铃铛。

然而，他手掌探出，隔空抓取铃铛之时，那东西竟然纹丝不动，根本取不下来。

韩立轻咦了一声，又仔细打量整座阁楼，这才恍然大悟，原来这套神魂禁制，并不仅仅是那二十四个铜铃，而是整座三层阁楼。

按照他的猜测，这铃声禁制，不过是这座阁楼禁制的冰山一角，只怕这阁楼里面另有乾坤。一旦有人误以为破解了铃声禁制，就大摇大摆地闯入其中，那才是真正吃苦头的时候。

思量片刻后，韩立手掌一挥，一道光芒闪过，蟹道人的身影重新浮现。

“这么快又唤我出来，可是遇到了什么麻烦？”蟹道人开口问道。

“的确是有点事情想要麻烦一下蟹道友。”韩立略带歉意道。

“道友请说。”蟹道人眉头微蹙，正色道。

“眼前这座阁楼是一件品级极高的禁制类灵宝，我想要将其炼化需要耗费不少时间。劳烦道友你替我去搜寻附近大殿内的宝物，无论找到什么宝物，事后我都有仙元石相谢。”韩立如此说道。

“好。”蟹道人没有迟疑，点头应下。

韩立思索片刻，双目忽然一亮，手掌一翻，取出一个黄色葫芦，递给了蟹道人，说道：“这里面的豆兵，随你调遣，你可以派它们出去，帮你一同寻找。”

“此法甚好。”蟹道人接过黄色葫芦，身上电光一闪，随即从原地消失不见。

韩立目光一敛，暗自催动炼神术，手上青光凝聚，一把推开了阁楼大门，迈步走了进去。

这座阁楼显然非同一般，核心机要必定在内部，想要将其破解炼化，除了进入其中，别无他法。

约莫一刻钟后，三层阁楼的门打开，韩立满脸喜色，跨步而出。

来到楼外，他一个转身，单手掐诀，口中默默地吟诵片刻，突然喊出一个“收”字。

只见三层阁楼之外忽然泛起大片金光，其中有无数符文上下流转，光芒闪动之下，骤然朝着中央一缩，原本十余丈高的三层阁楼变得只有灯笼大小。他随手一招，便将其收入了储物镯中。

“此宝困住数名真仙境中期修士绰绰有余，对付未修炼过强化神魂功法的真仙境后期修士也勉强可以，面对真仙境巅峰乃至金仙修士，就有些力所不逮了。不过好在可以配合其他法宝一起使用，倒不失为一件强大的辅助法宝。”韩立沉吟道。

突然，远处传来阵阵“轰隆”声，他连忙举目望去，发现声音正是从那三座大殿中传来的，估计是血寒等人正在闯殿。

“韩道友，速来此处。”

就在这时，韩立心中忽然响起一道声音，正是蟹道人以心神联系发出的，唤他去往一处。于是他连忙动身，几个起落就到了一个长满杂草，有些荒凉的院落中。

院内偏房中，数名道兵正在搜寻宝物。正房那边却是屋门大敞，正好能看到蟹道人的背影。

韩立走入正房，看到蟹道人正盯着身前的一面墙壁看。

“这个院落没找到什么入得了眼的法宝，只有墙壁上的这些画看起来有点意思。”蟹道人没有回身，缓缓说道。

韩立闻言，目光四下扫过，就见四周的墙壁上全都绘满了图画，颜色艳丽，形象丰富。

壁画的内容十分驳杂，描绘的场面也非常混乱，到处可见崩毁的山峰和裂开的大地，天火岩浆相互连通，暴风雷电相互交错，简直宛如末世景象。

韩立眼睛一眨不眨地盯着壁画，突然觉得上面的景象似乎动了起来，大地上岩浆翻涌，高空中火球坠落，电闪雷鸣，黑云翻滚，风暴肆虐。

许多身着各式服饰的身影在其中来回闪动，或作掐诀念咒之姿，或作横戟持枪之态，或行赤手空拳之举……形形色色，不一而足。

这边星空陷落，漫天星辰坠入人间；那边万剑齐发，无数剑光搅得天翻地覆；既可见天火降世，烧尽大地；又能见黑水漫天，吞没山峰无数……

除了修士之间的争斗外，壁画中也能看到许多体形庞大的异兽，它们一个个生得狰狞古怪，吐火喷雷，吞噬天地，各具异能。

韩立自问因修炼惊蛰十二变，对亘古以来的诸多异兽所知不少，却仍瞧不出壁画上所绘的这些狰狞异兽是何物。

壁画上种种景象所示的，赫然是一场规模宏大的仙人之战，其惨烈程度，虽只是显示于壁画上，但仿佛就发生在面前，一幕幕惊心动魄的景象，令韩立感到后脊一阵发寒。

心惊之余，韩立不免有些奇怪。

单看壁画上的描绘，那些形象清晰的人影似乎都来自同一阵营，与之交战的敌对一方，却个个面目模糊，仿佛笼罩在一层灰雾之中。看起来像是修士，却似乎与修士不甚相同。

“韩道友，可知这壁画所绘的战事是何时在何处发生的？”蟹道人忽然问道。

“不知道，莫非蟹道友知道？”韩立闻言一怔，摇了摇头道。他用心回忆自己这些年在北寒仙域看过的所有史料典籍，根本找不到任何一场能与之对应的战事。

“我也不知。只是觉得这些壁画很古怪，便想让你来看看。”蟹道人也摇了摇头，说道。

韩立心中稍微有些失望，还以为能从蟹道人这里得到答案或者线索。不过，这本是无关紧要之事，既然他们二人皆不知，也就不用太在意。

之后，他与蟹道人一起又搜寻了一些建筑，陆陆续续找到了不少宝物，只是品级参差不齐，适合他用的并不多，不过若是拿到外界，自然可以换取不少仙元石。

约好的时间一到，韩立便将蟹道人和道兵收起，回到了之前三人分开的地方。

陆雨晴与冷焰老祖早已在此等候，前者脸上带着意犹未尽的兴奋，后者则是神色如常，看不出什么变化。

三人会合后，继续朝着后山灵药园的方向赶去。

不多时，韩立等三人在一片平地落下，此处空地上有一座四方的园子，占地十几亩。

园子周围围着一圈四五丈高的院墙，用一种淡蓝色晶石垒砌而成。这晶石散发出一层水波般的蓝色晶光，其中还夹杂着点点星辰般的光点，看起来给人一种赏心悦目之感，很是不凡。

韩立目光一扫，面上顿时闪过一丝惊讶之色。

这蓝色晶石他认识，是一种相当珍贵的材料，名叫天晶石，可以用来炼制灵宝。虽然在外界并非难以寻觅，但其数量如此庞大着实令人咋舌。现在这晶石竟然被拿来当砖头盖院墙，这主人实在是奢侈至极。

院墙四角各耸立着一根粗大石柱，上面刻满了复杂的阵纹。

耀眼的星光从四根石柱上散发而出，在半空中形成一层厚厚的星辰光幕，笼罩了整个院子。无数星河图案在光幕上闪过，仿佛在演绎着浩瀚星空的诸般变化，玄妙无比。

从外面望去，隐约能看到院子中栽种的各种灵草，一股淡淡的灵草芬芳从里面散发出来，馨香扑鼻，禁制也隔绝不了。

韩立眼中一喜，随即仔细打量了这星辰光幕两眼，眉头不禁一皱。

这星辰光幕和进入幽寒宫前破解的那层星光禁制倒是有几分相似，但此处的禁制看起来更加玄妙，想要破解恐怕不容易。

“这星辰禁制很不凡，用寻常方法恐怕难以破解。不过冷焰道友和那位熊道友先前施展的大五行摄灵真光神通，倒是异常神奇，用来破禁恰到好处。”韩立看了禁制几眼，对身旁的冷焰老祖说道。

冷焰老祖闻言，面露为难之色，道：“韩道友，在下虽然知道大五行摄灵真光的口诀，但想要施展须有五件极为精纯的五行灵宝，眼下我手中只有火、土两件灵宝，恐怕……”

“这倒不用担心，我身上正好有三件灵宝，分别是金、木、水属性的，也还算精纯，应该足够你施展此神通。”韩立说道，单手一抬，五指一张。

金、绿、蓝三团光芒交替浮现，光芒敛去，现出一个金色圆环、一柄碧绿木刀，还有一块蓝色令牌。三件灵宝都散发出精纯而明亮的惊人灵光，丝毫不在冷焰老祖和熊山之前用的那五件灵宝之下。

韩立这些年积累的灵宝无数，拿出区区几件，自然不在话下。

“韩道友果然身家丰厚。既然如此的话，那就没有问题了。这是大五行摄灵真光的口诀，有些晦涩难懂，但以韩道友的聪明才智，肯定没问题。”冷焰老祖轻吐了一口气，说道。

话音落下，他一翻手掌，取出了一块玉简，双手递了过来。

韩立单手接过玉简，放出神识没入其中。玉简内记载的口诀并不长，但果然如冷焰老祖所述，颇为艰深晦涩。

他很快看完并将其全部熟记于心，随后在原地盘膝坐下，闭目参悟。

“冷焰前辈，我们替韩大哥护法吧。”陆雨晴见此，对冷焰老祖说道。

“该当如此。”后者点了点头道。

随后二人后退了一段距离，给韩立空出了一片区域，同时目光四下扫视起来。

大半个时辰过后，韩立霍然睁开眼睛，站起身来。

见此情形，不远处的陆雨晴与冷焰老祖同时将目光投射过来。

只见韩立口中念念有词，随后屈指朝着身前的三件灵宝一点。三件灵宝顿时冲天飞射而出，各自绽放出一个耀眼的光团。

韩立手中掐诀，三色光团彼此之间隐隐结合，似乎要融为一体。

“韩道友，你这么快便将其领悟了！”冷焰老祖有些目瞪口呆。

“韩某以前修炼过一门五行齐施的神通，所以领悟得稍微快一些。”韩立嘿嘿一声道。

他说的神通自然是元磁神光，五行相关秘术博大精深，其中诸多生克变化无法穷尽，尤其是这门大五行摄灵真光更是繁杂难明，但元磁神光的修炼口诀和其颇为相似，有很多都能触类旁通，所以他才领悟得这么快。

“韩道友真是让人惊叹。”冷焰老祖呵呵一笑。

韩立不再多言，翻手祭出了那个赤红钵盂和黄色小印，掐诀施法。

两件灵宝顿时飞射而出，通体灵纹流转，绽放出耀眼灵光，飞入了韩立的灵宝光团。

第 215 章

药园

在韩立与冷焰老祖掐诀施法之下，五件灵宝表面散发出五色光芒，从中飞出无数五色符文，在灵宝周围缭绕。

五色光芒在半空中翻滚交织，很快融合在一起，化为一个巨大的五色光团。光团深处，五件灵宝围成一圈，飞快旋转着。每旋转一圈，五色光团便变大几分，很快它的直径就达到了百丈，散发的五色光芒耀眼夺目，几乎遮天蔽日。

这一幕让不远处的陆雨晴看得目眩神迷，杏口半张。

就在此时，韩立与冷焰老祖同时抬手，冲着光团打出一道法诀。

“刺啦”一声！

一道五色光柱骤然从光团中心疾射而出，打在了星辰光幕上。

二者相触，星辰光幕表面的星河流转丝毫未受影响，远远望去，宛如一条五色通道连接着浩瀚星空。

二人口中念念有词，念大五行摄灵真光的口诀，五色光柱顿时一浓，里面流转着一道道耀眼五色光芒。

这些光芒随即凝聚到一起，化为一支支丈许长的五色光箭，然后如雨般落下，打在星辰光幕上。

“轰隆隆！”

原本平静的星河表面剧烈地晃动，星光箭芒相互交织，顿时泛起一团团五色光芒，滴溜溜旋转不已，无数星辰被吞噬，发出连绵不断的爆裂巨响。

星辰光幕不断晃动，上面的星光暗淡了，原本厚厚的光幕变得稀薄。

韩立一见此景，心中一动。

这星辰光幕看似玄妙至极，怎么内里如此不堪？他们二人才刚刚动手，光幕便支撑不住了。他心中虽颇感意外，但手上动作丝毫不停，掐诀不止。

五色光柱的光芒疯狂闪烁，更多五色光箭浮现，飞射而下。

随着时间推移，星辰光幕变得越发稀薄，短短一刻钟后，便只剩下薄薄一层。

韩立目光一闪，手中法诀一变。几乎同一时间，一旁的冷焰老祖也做出了同样的动作。

五色光柱猛地一亮，无数光箭浮现，然后融为一体，化为一根足有百丈长的巨箭，巨箭表面有一道道五色流光上下翻滚。

伴随着一声刺耳锐啸，五色巨箭轰然落下，打在星辰光幕上。

一声惊天动地的巨响过后，星辰光幕再也无法支撑下去，大片大片的星辰星河溃散，光幕随之寸寸碎裂。

韩立见此，大手一挥。

悬在半空的五件灵宝分散开，其中三件飞入他的衣袖中，隐没不见。另外两件灵宝化为两道流光，被冷焰老祖单手一招，收了起来。

禁制消失，院落清晰地呈现出来，一股浓郁灵气和药香扑面而来。

韩立身形一晃，立刻落下去，冷焰老祖和陆雨晴自然急忙跟上。

三人刚刚落入院内，院墙四个角落的石柱表面骤然亮起一团团星光，上面重新泛起点点星光，并从中射出一道道灵光，在半空中交织缠绕起来。

才一两次呼吸的工夫，院落上方的星辰禁制竟再次形成，不过只是薄薄的一层。

随着四根石柱上的阵纹闪烁，半空中浮现一道道星光之力，垂下并融入石柱内。星辰禁制微微闪烁，慢慢地变厚。

韩立抬头，看了星辰禁制一眼，眉头微皱，似乎意识到了什么。他随即摇了摇头，收回了目光，朝着身旁的药田望去。

院内的药田分成一个个区域，中间用一层碧绿玉质的围栏隔开。每一个区域都被各种颜色的禁制笼罩着，里面生长着各种灵草灵花。

韩立目光一转，看向了身旁一块数丈大小的药田。这块药田被一层淡红色禁制笼罩，里面种植着数十株两尺来高的红色灵草。

此草通体赤红，叶片呈椭圆状，顶端开着一朵巴掌大小的鲜红花朵，看起来仿佛一团燃烧的火焰。即便隔着禁制，也能感应到此草散发出的火焰灵力波动。

“狂焰草……”韩立心中一动。

这赤红灵草名为狂焰草，是一种颇为有名的火属性灵草，可用于炼制一些极品火属性丹药，甚至是道丹。此草之所以有名，源于其一个特性，即其年份一旦超过十万年，便有相当大的概率生出一丝火属性法则。

除了一些特殊的灵草灵药之外，能自行生出法则之力的并不多，且大多需要数十万年的药龄，这狂焰草可算是一个特例。

虽然此草生出的法则之力也不是很强，但蕴含法则之力便可以入药炼制道丹，加上年份要求低，自然成了各大势力培育天丹师的理想之物。

看这块田里的狂焰草，起码也有三四十万年的药龄，其中生出的火属性法则之力，自然远非那些十万年的可比。

若是他未来有暇，用掌天瓶将其药龄提升到五十万年，这样一批蕴含浓郁火属性法则的灵草，价值之大可想而知。

韩立没有急着采摘狂焰草，转身朝着其他药田走去，毕竟这里看来许久没人来的样子，价值比狂焰草大的天材地宝必然还有不少。

此刻，冷焰老祖和陆雨晴也面露惊喜地散开，各自寻找起来。

韩立很快在一块药田旁停下，这块药田里种的是一株株暗紫色灵草，只有半尺高，非常纤细，形如麦苗。一股股有些怪异的气味从此草中散发而出，清香中夹杂着些许刺鼻的气味。

韩立目光炯炯地看着这些紫色灵草，丝毫没有在意这怪异的气味。

此草名为极目草，在北寒仙域大为有名。

他在一本典籍中看到过一个记载，在北寒仙域极北之地有一个夜光岛，岛上生长着一种叫夜光灵隼的飞禽灵兽，最厉害的也只有合体期的实力，而且数量不多，所以一直没有人注意。

后来有一位真仙境散修，偶然在夜光岛上捕捉了一只夜光灵隼，将其变成了自己的灵兽。这夜光灵隼修为虽然低，但目力超强，能看到数万里外的情景，这位真仙境修士大喜，凭借此鸟创出了不小的名声。

后来此事泄露了出去，顿时引得许多修士前去夜光岛捕捉夜光灵隼，但他们发现，这些夜光灵隼目力平平，根本没有传闻中那么厉害。

那位真仙境散修惊讶之余，再次来到夜光岛探查此事。他发现在他捕捉的那只夜光灵隼的巢穴附近，生长着数株灵草，他的夜光灵隼正是吞食了这种灵草，目力才变得如此厉害。

此事传开之后，这些原本散发出怪味的异草顿时名声大振，被人命名为极目草，名气很快响彻北寒仙域，引得无数人前来采摘。

只是极目草生长缓慢，而且对环境要求苛刻，原本就很稀少，被修士大肆采摘后，变得越来越少，至今几乎绝迹，已经近百万年没有出现过，想不到这里竟然有。而且眼前这些极目草，年份起码有二三十万年，价值极高。

韩立眼中闪过一丝喜色，又看了几眼才移开视线，朝着其他药田看去。

“凤纹花！”“银月甘罗！”“晗光草！”

他很快查看了十几个药田，颇为惊喜地叫出了这些在外界已经灭绝的灵药名称，目光越发明亮。

凤纹花和银月甘罗等几种灵草，内蕴极为惊人的灵力，都是炼制固本培元类丹药的绝佳材料。

而且药田中的这些灵草，药龄都有数十万年，药力充沛无比，用来炼制真仙级别的丹药恐怕太过充盈，应该可以炼制金仙级别的丹药。

此外，药田中还有几种灵草，以韩立的见识阅历，竟一时叫不出名字。

这些陌生灵草也是灵力充盈，内蕴灵光，看起来都是极为不凡之物。

韩立心中一喜，这药园果然没有让他失望。

“轰轰轰”，一阵巨响从不远处传来。

韩立抬头望去，是冷焰老祖和陆雨晴在动手破解药田的禁制。只是这些药田中的禁制看似寻常，却异常坚固，二人连连轰击，都没能击破。

韩立眼见此景，不再迟疑，衣袖猛地一抖。

七十二柄青竹蜂云剑顿时从他袖口中狂涌而出，在空中一个盘旋后，化为一座青色剑阵，笼罩了数块药田。

他口中念念有词，全力催动剑阵。

“嗡嗡嗡！”

无数凌厉无比的剑气浮现，斩在药田禁制上。

韩立全力催动的青竹蜂云剑阵威力何等厉害，这些禁制剧烈地颤动，光芒飞快暗淡。几次呼吸之后，这些禁制轰然碎裂。

韩立再次一挥衣袖，数百粒暗黄色豆子飞出，随即化为数百个道兵。

他挥手打出一片耀眼青光，在地上一铺。青光消散开来，露出数百个玉盒、玉匣等物。

“将这些灵草尽数收起来。”韩立淡淡地吩咐道。

这些道兵闻言，纷纷拿过玉盒、玉匣，飞快地忙碌起来。

“道兵！”

冷焰老祖刚刚破开了一块药田的禁制，正在一样一样收取里面的灵草，听到动静后朝韩立那里看了过去，面上再次一惊。韩立的实力已经让他极为震惊，想不到韩立竟还懂这种艰涩难懂且培植极为不易的道兵之术，让他不知说什么才好了。

韩立吩咐道兵收集灵草后，身形未动，手中掐诀一点，青色剑阵顿时朝着不远处的另一片药田飞去，“嗡嗡”运转起来。

无数青色剑气如雨般落下，笼罩了药田的禁制，很快将其破解。顿时便有部分道兵蜂拥而来，将药田的灵草尽数收了起来。

那些被破解了禁制的药田周围，光芒闪烁，那些禁制再次缓缓凝聚形成，竟然和药园外的星辰光幕一样，可以自行再生。

韩立眼见此景，面露钦佩之色。

这冥寒仙府不知存在了多少万年，这里的禁制还在正常运转已经非常惊人，竟然还可以自行再生。布置这些禁制的人，在法阵方面的修为实在令人惊叹。他心中越来越好奇，这位神秘的冥寒仙君——这座庞大宫殿的主人究竟是怎样的一个人物了。

重宝在前，三人自然全力出手，很快便将药园外围的药田扫空了。

不过韩立一边以剑阵破开禁制，一边用道兵收取灵草，效率极高，远超冷焰老祖和陆雨晴，所以大半灵草都落入了他的手中。

在这期间，他还顺手帮了陆雨晴一把，为其破开了数块药田的禁制。冷焰老祖见此，好一顿羡慕，却只能暗自苦笑。

随后三人来到药园深处，此处的药田面积远比外面的大得多，而且禁制明亮耀眼，从外面基本看不到里面的情形。

韩立目光一扫，确认附近没有什么异常后，立刻催动剑阵，对着一处耀眼的红色禁制光罩，狠狠地切割起来。

冷焰老祖和陆雨晴也立刻各自选择一处药田禁制，施法破解。

结果这一次，当青竹蜂云剑所化剑阵释放的无数剑气斩在红色禁制上时，禁制虽然不断颤抖，但丝毫没有碎裂的迹象。

韩立眉头一皱，手中剑诀一变。青色剑阵猛地缩小，往中心汇聚而去，滴溜溜一转后，化为一朵巨大的青色剑莲。

他口中念念有词，莲瓣徐徐绽放，并且每一个莲瓣上都浮现一道耀眼无比的金色电弧，“嘶嘶”作响，朝着红色禁制袭去。

每一个莲瓣都牢牢地钳住红色禁制，然后旋转撕扯。

红色禁制顿时剧烈扭曲，坚持了一会，终于“砰”的一声，碎裂开来，化为漫天红色流光。

韩立心中一喜，急忙朝着里面望去，下一刻，他脸上的笑容一僵。

这块药田上生长着一株黄褐色灵树，树干看起来很粗糙，布满一道道深深的干枯裂纹，却给人一种生机勃勃的感觉，显然不是普通的树。

只是这株灵树已经从中间被人斩断，只剩下一截树干立在这里，断口处还很新鲜，流着黄色汁液。

韩立走到树干旁边，面露沉吟之色。

冷焰老祖和陆雨晴正要破解其他药田的禁制，看见此景，都停下手，走了过来。

“看起来有人提前来到这里，看这切口明显是不久前斩断的，应该不超过一日时间。”冷焰老祖看着断口说道。

韩立点了点头，目光朝着头顶的星辰禁制望了一眼。难怪这星辰禁制如此轻易便被破解了，原来事先已经有人破开过一次？这禁制虽然能自行再生，但时间太短，只恢复了小半威能，所以才被他们轻易破开。

“是谁？难道是那个熊山？”陆雨晴喃喃地说道。

“不会，熊山虽然比我们早一点抵达这幽寒宫，但若是他来这里破解此处的禁制，时间上明显来不及。”韩立摇了摇头。

“那会是谁？”陆雨晴不禁问道。

“不知道，不过那人没有动前面那些灵药，不知是看不上眼，还是时间仓促。这里看来并没有什么打斗的痕迹，多半是看不上那些东西，应该是哪位金仙前辈。”韩立摇了摇头，沉吟着说道。

进入冥寒仙府的金仙有很多个，具体是哪一个，他也无法判断出来。

冷焰老祖和陆雨晴闻言，互望了一眼，又谈论了两句，便各自散去，继续破解看中的药田禁制了。

韩立看着眼前的半截树干，手指轻轻蘸了一点黄色汁液，放在鼻前嗅了嗅，顿时精神一振，脑海中的神识一阵安泰。

他眼睛明亮起来，挥手打出一道青光，笼罩了树干，小心地将其挖了出来，连着根须和附近的灵土一起收了起来。

虽然不知道这黄色灵树是何物，但能被金仙看中，绝对是异常珍贵的灵树。此树虽然被砍断了，但韩立有掌天瓶在手，还是有望让其复活的。

做完这一切后，他身形一晃，来到另一块药田旁，掐诀一点。半空的剑莲呼啸而下，罩住了药田上的一个明亮的蓝色禁制。

粗大的莲瓣切割蓝色禁制，发出“隆隆”巨响。

十几次呼吸后，蓝色禁制“砰”的一声，碎裂开来，露出下面的药田。

韩立朝里面望去，面色一沉。药田内的灵草已经被采走，而且这次采摘得非常彻底，连根须也被挖走了。

他哼了一声，身形一晃，飞到另一块药田旁，手中掐诀一点。剑莲飞射而来，朝着药田上的青色禁制罩下。

一刻钟后，只听“砰”的一声，禁制碎裂，露出下面的药田。

韩立朝着药田内望去，面色再次微沉。药田内的灵物也被挖走了，只剩一个数尺深的大洞。

他摇了摇头，移开了视线。

此刻药园深处的灵田禁制，差不多都被三人破解了。当然，绝大多数都是被韩立破解的。

然而这里的灵药都被那个先来之人取走了，三人几乎一无所获。

部分灵物留下了根茎，冷焰老祖和陆雨晴对这些根茎没有兴趣，韩立却一个也没有放过，尽数收了起来。

冷焰老祖和陆雨晴还在各自破解一处灵田禁制。

韩立看了二人一眼，便移开视线，朝着药园最深处望去，那里有一块药田，长宽均有百丈，远比其他药田大。

整块药田被一层厚厚的紫色光幕笼罩着，丝丝紫色电弧在光幕上流动，散发出一股强大的气息，看起来坚不可摧，仿佛一头紫色巨兽匍匐在地面上。

这块药田和其他药田有明显不同，所以三人都没有动，将其留在了最后。

韩立看着紫色禁制，眼中异色一闪，正要掐诀催动剑莲。

就在此时，“轰”的一声脆响从不远处传来，是陆雨晴破开了一处禁制，这里的禁制比之前的要厉害，陆雨晴面色有些苍白，显然消耗颇大。

陆雨晴翻手取出一颗丹药服下，美眸朝着里面望去，面上不由得露出失望之色。这块灵田中的东西也被人采走了，而且是连根挖出，地面上留下两个大洞。不过，那人似乎挖得颇为匆忙，还有几根白色的根须留在田里。

陆雨晴噘了噘嘴，正要转身走开。

“这看起来是灵竹的根，灵竹和其他灵草不同，即便只是根须，若是妥善培养，也能生根发芽，长出新的灵竹，颇具价值。陆姑娘就这么将其遗弃，未免太可惜了。”韩立不知何时走了过来，说道。

“韩大哥认得这灵竹？”陆雨晴面色一喜，问道。

“我不认得，不过这银色根须看起来极为不凡，想必长出的灵竹也是仙品，否则不会被这药园的主人种在这里。若是能找到识货的买家，这些竹根也能卖个好价钱。”韩立摇了摇头，如此说道。

陆雨晴闻言连连点头，挥手发出一道青光，将两个大洞旁的银色根须小心地挖了出来，装入两个玉盒中。

她翻手收起一个玉盒，将另一个递给了韩立，说道：“多谢韩大哥指点，否则我可能就错过了这个机缘。”

韩立没有矫情，直接收下了玉盒。他对这些银色的灵竹根须，确实很感兴趣。

“轰隆隆”的巨响从另一个方向传来，冷焰老祖催动一套飞刀灵宝，一共十二柄，看起来都是品质极高的灵宝，幻化出道道刀光，朝着一个淡蓝色禁制狂攻。

这禁制是一处星辰禁制，表面星光闪烁，极为坚固。

冷焰老祖已经攻了好一会儿，这星辰禁制表面虽然浮现道道水波般的涟漪，但始终岿然不动。他神情有些焦急，朝着不远处的韩立望了一眼，若有所思，随即停手，飞了过去。

韩立正在查看玉盒内的银色根须，看到冷焰老祖过来了，便将玉盒收了起来。

“韩道友，那处禁制颇为难缠，能否帮忙破解？”冷焰老祖拱手道。

“小事一桩，冷焰道友不必客气。陆姑娘，一起过去看看吧。”韩立淡淡一笑，说道。

“多谢韩道友。”冷焰老祖面上一喜，说道。

三人随即来到了冷焰老祖所说的星辰禁制旁。

韩立目光闪动，上下打量了两眼。这处禁制不凡，他早已注意到，原本想留到后面再破解，却被冷焰老祖抢先了一步，他当时也没多想。

第216章

枯藤

韩立思量间，手中一掐剑诀，青色剑莲滴溜溜旋转着飞射而下，朝着星辰禁制罩去。

霎时，“哧哧”声大作，一道道凌厉无比的剑气飞射而下，斩在禁制上。

冷焰老祖大喝一声，双手连弹，祭出了飞刀灵宝，口中念念有词。十二柄飞刀灵光大放，迎风膨胀，顷刻间化为十二柄百丈长的巨刀，携带强烈的风雷之音，斩向了星辰禁制。

这星辰禁制即便厉害，面对韩立和冷焰老祖联手的迅猛攻势，也渐渐变得不支，表面星光狂闪，片刻后终于“砰”的一声，轰然碎裂开来，露出了里面的景象。

韩立目光一扫，顿时一怔。这处禁制下的灵田内，赫然生长着十几株数尺高的蓝色灵草。

此草主干和叶片都生得晶莹剔透，仿佛由某种半透明的蓝玉铸成的一般，枝干叶片之间均散发出阵阵耀眼星光，极为不凡。

这些蓝色灵草竟然没有被那金仙取走。

一旁的陆雨晴脸上露出惊讶之色，反倒是冷焰老祖，似乎对此早有所料一般，脸上并未露出惊讶之色。

“这莫非是……星辉草！”韩立略一沉吟，认出了这些蓝色灵草，眼中闪过一丝喜色。

此草是有名的蕴含星辰之力的灵草，经过无数个夜晚的星光普照，其中蕴含极为纯净的星辰之力，是炼制星辰丹药的绝佳材料。

看这些灵草的大小，起码也有五十万年的药龄。只要能拿到一些星辉草，哪怕只是一两株，炼制成丹药，也能大大缩短他修炼《大周天星元功》下半部功法的时间。

就在此刻，一道晶光陡然从旁边飞射而出，笼罩着这些星辉草，正是冷焰老祖。他十指连动，这些星辉草顿时被尽数连根拔起，随着晶光飞回。

冷焰老祖手一挥，毫不客气地将这些星辉草全部收了起来。

韩立见此，面色微动了一下，却没有说话。

“多谢韩道友此番相助，等一下韩道友若有需要我出力的地方，在下定然不会推辞。”冷焰老祖笑着说道，丝毫不提分灵草的事情。

韩立看着冷焰老祖，仍然没有说话。

“冷焰道友，这些灵草是韩大哥和你一起……”陆雨晴秀眉皱起，忍不住说道。

她话说到一半，被韩立伸手打断。

“这些星辉草既然是冷焰道友先发现的，自然是道友的，不必多说了。”韩立淡淡地说道，然后转身朝着药园最深处的那块灵田走去。

陆雨晴冷冷地瞥了冷焰老祖一眼，转身跟上。

冷焰老祖面上始终挂着笑容，跟了上去，眼眸深处闪过一丝自得之色。经过这么多次的接触，他算是摸清了韩立的脾性，本来他打算若韩立提及，便顺水推舟地将一部分灵草让给对方，然后以此为筹码，让韩立在其他方面照拂自己。

结果韩立竟似顾忌面子，被他一说便放弃了争夺星辉草。这样更好，正好跟着此人继续占些便宜。当然在尺度上，他自会把握好。

三人很快来到最后的药田前。

韩立打量了眼前的紫色禁制两眼，轻喝一声，手中掐诀。

青色剑莲光芒大放，再次变大，同时滴溜溜一转，一枚枚莲瓣赫然脱离剑莲，飞射而出，化为十几柄晶莹巨剑，斩向紫色光幕。

每一柄巨剑都散发出极为恐怖的气息波动和剑压。

“砰砰砰！”

晶莹巨剑斩在光幕上，爆发出一团团刺目电芒，但无一例外，全都被弹开。紫色光幕微微颤动，随即便恢复了平静。

韩立见此，眉头一皱，这紫色禁制比他预料中的还要坚固许多。

陆雨晴见此，立刻出手。一道道巨大的青色风刃飞射而出，打向眼前的禁制。

冷焰老祖也祭出那些飞刀，斩向紫色禁制。

三人联手，声势顿时浩大不少，但紫色禁制还是没有什么大的反应，轻易就将三人的攻击尽数挡住。

“看来这禁制非同一般，用寻常方法恐怕难以破解，还是用大五行摄灵真光破解吧。”韩立说道，挥手祭出那三件灵宝。

冷焰老祖闻言也无二话，立刻祭出了两件灵宝，施法催动。

片刻之后，一道粗大的五色光柱从天而降，一个个五色灵球从中飞射而出，打向紫色光幕。

巨响声不断，整座药园都在颤动。

紫色光幕虽然坚固无比，但大五行摄灵真光更加玄妙，在一次次狂轰滥炸之下，紫色光幕慢慢变得稀薄，很快只剩下薄薄一层。

韩立目光一闪，掐诀一点。十几柄晶莹巨剑光芒大放，狠狠地斩在紫色光幕上。

只听“砰”的一声，紫色光幕再也无法承受，碎裂开来。韩立等三人立刻朝着里面望去。

此块灵田是一片泥泞的沼泽地，到处是紫黑色的淤泥，一个个硕大的紫色水泡不时从淤泥中冒出，轰然炸开，一股股紫色气体散发开来，夹杂着滚滚热浪。

沼泽上空飘荡着一层淡淡的紫色雾气，隐约还有丝丝细小的电弧在其中闪烁，空气中弥漫着一股令人战栗的气息。

这些紫黑色的淤泥虽然看着污秽，但其中蕴含着极为浓郁的灵力，更散发出雷电之力波动，显然并非寻常土质。

“雷泽息土！”韩立看着紫黑色淤泥，喃喃自语了一声。

他为了培养各种灵草，这些年一直苦心研究各种灵土的配制之法，对灵土的了解已经算得上是大师级别。

雷泽息土是一种极为珍贵的灵土，用于培养雷属性的灵药是最好的。只是这种灵土的配制之法早已失传，韩立之前也苦心寻找过，却一直没能找到，想不到这里竟然有。

他单手一挥，金色雷光闪过，两个道兵浮现。

“将这些息土全部收走。”韩立取出两个储物袋扔给道兵，吩咐道。

两个道兵接过储物袋，转身走开，飞快地开始收取此处的灵土。

冷焰老祖看见韩立的举动，面色微动，悄悄挥手发出一道光芒，将身旁一片紫黑色淤泥收了起来。

陆雨晴眉毛微皱，似乎对这些紫黑色淤泥颇为厌恶，没有动手收取。

韩立瞥了冷焰老祖一眼，目光随即一转，看向灵田中央。那里赫然还有一个半球形的紫色光罩，罩在灵田上。

韩立身形一动，飞了过去。陆雨晴莲步轻移，跟了上去。冷焰老祖看到二人的举动，顾不得收取雷泽息土，急忙也跟上去。

这紫色光罩和外面的紫色雷电禁制一模一样，不过看起来稀薄了不少。

韩立没有施展大五行摄灵真光，而是祭出青竹蜂云剑，猛击了几下，便将其破开。

光罩之下是一座紫色的石坛，高丈许，通体用一种紫色晶体垒砌而成，上面还铭刻着一道道闪电花纹，似乎是某种法阵图文，看起来很玄妙。

石坛顶端赫然又有一层紫色禁制光幕，仿佛一个盖子一般盖住了石坛顶部，让人看不到里面的情况。

“一个接着一个，到底有几层禁制？”陆雨晴忍不住抱怨道。

韩立目光一闪，只见石坛旁边的地面上躺着两具人形傀儡。

这两具傀儡呈暗金色，充满力量感，和先前韩立取得《大周天星元功》功法时遇到的那个铜人傀儡一模一样。不过，这两具傀儡一具被劈成了两半，另一具被斩成了两截，都已经失去灵性，成了死物。傀儡身上的伤痕看起来很新，显然是不久之前发生的事情。

见此情形，韩立面色微沉。那人果然也来过此处，石坛中即便有什么宝物，肯定也已经被收走了。

冷焰老祖也想到了这一点，面色一沉。

韩立深吸了一口气后，微微摇了摇头，不再多想，转头看了旁边的两具傀儡一眼，眼光尤其在那具被斩成两截的傀儡身上多停留了一下，眼中隐隐闪过一丝异色。

下一刻，他单手一抬，发出一道青光，罩住两具傀儡，将其收了起来。

有了这两具傀儡，尤其是那具被斩成两截的傀儡，其体内的傀儡核心没有被损坏，蟹道人应该可以成功修复一具傀儡。

这铜人傀儡的厉害，韩立非常清楚，他若有一具傀儡傍身，在关键时刻绝对能帮上大忙。

冷焰老祖目光一闪，似乎隐隐有些懊恼，不过下一刻便恢复了平静。

韩立收起傀儡后，屈指朝着石坛一点，两柄青色飞剑飞射而出，交错斩在紫色光幕上，猛地一绞。

这层紫色禁制光罩并不强大，轻易便被弄碎。

韩立等三人朝着里面望去，都是一怔。

只见石坛内的地面上搭建了一个木架，上面缠绕着一株长长的藤蔓，并没有被人采走。

只是这株藤蔓虽长，但通体呈灰褐色，赫然已经枯萎，看起来似乎已经死去了许久。

“这是什么灵藤？被保护得如此严密，看来曾经应该是很珍贵的宝物，不过可惜似乎很多年前就失去了生机，也许是培育失败吧。”陆雨晴叹了口气，说道。

“哼，这叫人算不如天算。那个先我们来此的人，也没能拿走这东西。”冷焰老祖有些幸灾乐祸地说道。

对于二人的交谈，韩立站在一旁一言不发，他的目光在枯藤上下游走。随即他似乎发现了什么，死死地盯着此物，眼中泛起一丝蓝光。

“韩大哥，怎么了？”陆雨晴见此，面露诧异之色。

韩立没有回答，纵身飞了下去。

陆雨晴急忙跟了上去，冷焰老祖眼中异色一闪，也立刻跟上。

韩立落在藤蔓旁边，托起一截枯藤仔细打量，他眼中的蓝光变得越来越明亮。

“唉……”

他叹了一口气，脸上露出极为懊恼的神色，放下了手中的枯藤。

冷焰老祖和陆雨晴满心疑窦，分别托起一截枯藤仔细查看，神色皆微微一动。

这些枯藤上隐约能看到一些弯曲花纹，似字非字，似画非画，和银蝌文、金篆文有些相似，却更加玄妙，仿佛是天地大道的化身一般。

这些图案非常淡，若非拿到眼前，他们绝对发现不了。

“这是……玄天之纹！”冷焰老祖倒吸一口凉气，缓缓地说道。

“不会错的，这种蕴含大道气息的花纹，只有在传说中由天地诞生的玄天之物上才会出现。这枯藤恐怕是一株玄天仙藤，只是上面的玄天之物被人摘走了，所以它才枯萎，变成了这样。”陆雨晴苦笑着说道。

韩立一指点出，指向枯藤上的一个地方。

冷焰老祖和陆雨晴顺着他的手指望去，只见那里有一个细小的断口，虽然因为枯萎变干而变得不明显，但细看之下还是能看出来的。

这断口明显是有什么东西被摘下后形成的。

“果然，我们还是来迟了一步……”陆雨晴也叹了一口气。

玄天之物可以炼制先天仙器，无比珍贵，却和三人失之交臂了。

冷焰老祖也露出极为懊恼之色，恨恨地顿了顿足。

“算了，已经被人取走，我们也无可奈何。看来我们的运气还是差了一些。”韩立淡淡地说道。

就在此刻，石坛顶端黄影一闪，那两个道兵飞了进来，手中拿着两个鼓鼓的储物袋。外面的雷泽息土，基本都装了进去。

韩立伸手接过两个储物袋，再一挥手将两个道兵收起，正要说话。

就在此刻，异变突生！

药园上空的星辰禁制不停闪烁、波动起来，发出巨大的震动声。

韩立等三人一惊，抬头望天。

只听“轰”的一声巨响，一记恐怖的攻击打在星辰禁制上，只恢复了少许威能的禁制上立即浮现无数裂纹，下一刻便碎裂开来。

“哈哈哈！好浓郁的灵药气息，这里绝对是药园无疑。”一阵大笑之声从上面传来，听声音正是血寒。

冷焰老祖面色一白，两手立刻掐诀，口中飞快念咒语。接着，他体表光芒一闪，整个人瞬间融入了地面，消失不见。

韩立见此，眉头微皱，也立刻掐诀施法，两手一搓。一道幽光笼罩着他和陆雨晴的身体，二人瞬间消失。

星辰禁制碎裂开来，化为无数流光飘散。

几乎就在韩立等三人施展秘术藏匿后的下一刻，一群修士飞射而下，正是血寒和其他鬼泣宗修士。

血寒一站稳身形，便朝着下方望去，脸上的笑容顿时一僵，身形停在了半空。

其他人都是一样，愣住了。

园内哪里还能看到一根灵草？连草根都被人挖走了，甚至培植灵草的灵土也被人刮去了一层，到处一片狼藉。若不是这里的格局，怕是根本看不出原来是一处灵药园。

“该死，被人捷足先登了！”一个面色蜡黄的中年男子恨声说道。

其他人的神情看起来都不好看。血寒的脸色更是难看，眉宇间积蓄着滚滚怒火。

其他人看到血寒的脸色，顿时都沉默了。

“别傻站在这里，四处看看还有没有留下什么。”血寒长吐一口气，脸上怒火稍敛，说道。

其他人急忙答应一声，各自散开，在药园内搜寻。

血寒站在半空中没有动，目光朝着药园各处望去，同时将神识放开。

药园角落的一块大石后面，悬浮着一团虚影。虚影之中站着两个模糊的身影，正是韩立和陆雨晴。

韩立神情郑重，口中念念有词，十指飞快掐诀，一道道法诀飞射而出。血寒等人的神识从这里扫过，没有停留，显然并未发现任何异样。

韩立面色微微一松，他手上的动作却丝毫没有停顿，仍在不断地掐诀施法。

就在此时，身处半空的血寒目光一凝，看向药园深处的石坛，然后单手一挥。

一道黑光飞射而出，一闪没入了石坛，很快黑光卷着那株枯藤，飞射而出，落在血寒的身前。

其他人四处搜寻，都没有什么发现，看见血寒此举，都飞了过去。

血寒仔细打量枯藤。突然，他身体一震，难以置信地说道：“这是……玄天仙藤！”

“玄天仙藤？看这上面的纹路，确实很有可能！该死，这上面的玄天之宝已经被那贼子摘走了！”面色蜡黄的中年男子面色一变，怒道。

“大人，这里的灵草和这玄天之宝，肯定是被冷焰那几个人取走的。好在这幽寒宫并不大，而且看这里的情形，那几人应该离开没多久，我们快去追，应该可以追上。”另一个高瘦道士立刻说道。

“没错！”其他人纷纷开口。

韩立听闻，眼中闪过一丝喜色。只要血寒他们离开，他便可趁机神不知鬼不觉地逃掉。

其实他倒不是真的忌惮血寒，以他如今的实力，即便不能力敌，设法自保逃离还是有几分把握的。只是如此一来，陆雨晴可能就保不住了，他对于她身上的地图还是颇感兴趣的。

血寒听了众人的话，缓缓地抬起头，目光朝着药园各处望去，手中掐诀一挥。

一团黑光从他手中飞射而出，飞到了半空。黑光仿佛活物一般蠕动了片刻，然后“哗啦”一下膨胀开来，化为一张黑色大网，罩在药园上空。

虚影之中，韩立面色一沉。

“大人？”那高瘦道士疑惑地说道。

“不错，采走灵草和玄天之宝的人很有可能没有走远，但是也有一个可能，就是他此刻还藏在这里。任何可能都不能放过，那件玄天之宝一定要夺过来！”血寒眼中闪过一丝炙热光芒。

毕竟若能拥有一件由玄天之宝炼制的仙器，他的实力便能大增。这样一来，他在所属势力的话语权就会更大，甚至有可能凌驾于某些人之上。

“可是这里一个人也没有啊？”黄脸中年男子皱眉说道。

“可能是他们施展了什么秘术，隐匿了踪迹，令我们没有探查出来而已。大人说得没错，任何一点细节都不能放过。”高瘦道士目光四下转动，说道。

“确实有此种可能。”黄脸中年男子听闻此话，点了点头。

血寒没有理会几人的议论，冷笑一声，口中念念有词。

一团银光从他身上飞射而出，是一座洁白无瑕的白色小塔，有半尺高，上面铭刻着一道道玄奥纹路。

“紫薇塔！”高瘦道士眼睛一亮。

白色小塔飞快变大，转眼间就有一人多高，上面的纹路尽数亮了起来，滴溜溜旋转。一圈圈耀眼的白色波纹从塔上浮现，然后朝着周围扩散而去。

空中顿时泛起水波般的涟漪，天地灵气也震颤起来，似乎和这些白色波纹产生了共鸣一般。

白色波纹很快弥漫整个药园，韩立和陆雨晴所在之处也被白色波纹波及。二人周围的幽光顿时颤动不已，赫然从空中缓缓显现，二人的身影变得越来越清晰。

韩立神情一变，更快地念起咒语，两手车轮般掐诀。但是无论他如何施法，也无法阻挡二人身影的显现。

就在此刻，药园的另一个角落浮现一团幽光，随即一声闷响，幽光碎裂开来，现出冷焰老祖的身影，脸上满是惊慌。

“冷焰，果然是你。”血寒看着冷焰老祖，眼中寒光一闪。

冷焰老祖身体一抖，眼中浮现一丝绝望，目光朝着周围望去，似乎在寻找什么。

“背叛之人的下场，只有死路一条，杀了他。”血寒冷冷地说道。

鬼泣宗众人答应一声，尽数朝着冷焰老祖扑去。

最前面的二人正是高瘦道士和黄脸中年男子。

高瘦道士两手一挥，一个个青色光团飞射而出，里面闪烁着一道道青色雷电，冲冷焰老祖疾射而去。

黄脸中年男子体表血光大放，整个人瞬间化为一道红色光柱。

一个巨大的虚影在那道红色光柱中浮现，随即张开大口，朝着冷焰老祖吞去。

“骨焰散人！净明真人……你们这两个贼子……”冷焰老祖体表星光大放，朝着后面逃去，口中厉声喝道。

只可惜他的话还未说完，一道道灵宝光芒已经轰然而至，淹没了他的身影。

第217章

穿界碑

不远处，韩立听到冷焰老祖口中所言后，眼中光芒一闪，霍然散去隐匿功法，他和陆雨晴的身影顿时浮现。

“走！”

韩立低喝一声，伸手一把揽住了陆雨晴的腰肢，体表骤然浮现一道道金色电弧。

这些电弧只是一闪过后，便朝二人头顶汇聚而去，顷刻间化为一道粗大的金色闪电，包裹着二人身体朝着头顶破空而去。

血寒见此情形霍然一惊，迅疾转身。

“我就知道你们走不远，正等着你们自己现身呢！”血寒冷笑一声，掐诀一点。

“刺啦”一声！

药园上空的黑色大网陡然发出一阵“隆隆”巨响，光芒大放，立刻变大了倍许。

一根根黑丝宛如一条条灵蛇般从大网四周和上方的各个节点中飞射而出，迅疾无比地缠向那道冲天而起的金色闪电。

这些黑丝看似在半空中蜿蜒而行，速度却快得惊人，幻化出道道迷蒙残影，比金色雷电还快一些。

金色闪电竭力躲闪，朝着头顶的黑色大网靠近，但就在距离大网不到十丈处，被狂卷而至的漫天黑丝缠住了。

一股怪异的法则之力从黑丝中散发而出，有些类似禁锢法则，金色雷电立刻溃散开来，露出了韩立和陆雨晴的身形。

黑丝没有停顿，从四面八方朝着二人飞卷而来，密集如雨，避无可避。

韩立瞳孔微微一缩，神情没有丝毫慌张，背后金光一闪。一个金色圆轮浮现，迅疾无比地转动着，随即融入他的身体。

韩立身上顿时浮现一层淡淡金光，身形变得模糊起来，继续朝着头顶的黑色大网冲去。

他的速度陡然变得奇快无比，而且腾挪变化极为迅疾。漫天黑丝飞射而下，看似就要将其身形淹没，但韩立的身影连续幻化出数十道残影，轻易将所有黑丝避过。

一连串的变化，眨眼间便完成。

血寒刚刚转过身，还没来得及踏出一步，韩立已经带着陆雨晴躲过了漫天黑丝，出现在上方的黑色大网前。

血寒眼中闪过一丝惊色，不过随即恢复平静。冲到黑网前又如何，这黑丝只不过是他这张黑色灵网的一个变化。

此网不仅蕴含禁錮法则之力，而且坚韧无比，困住金仙修士都绰绰有余，更何况韩立不过是一名真仙境修士罢了。

血寒翻手收起银色小塔，化为一道黑影，朝着韩立和陆雨晴扑去。

就在此刻，一股强大无比的气息从韩立身上爆发开来，赫然达到了金仙层次。

“噼里啪啦！”

一道道金色雷电从他身上浮现。这金色雷电晶莹剔透，而且极为粗大，威势远胜刚刚的金色雷电，其中赫然还夹杂着一股淡淡的法则之力波动。

与此同时，一只巨大的蟹钳骤然从韩立体内探出，上面缠绕着一道道粗大的金色雷电，仿佛一把巨大的雷电剪刀，剪在黑色大网上。

“刺啦！”

黑色大网被剪开一个口子，虽然不大，但已经足够两个人通过。

血寒看到此景，面色大变。

韩立身形一晃，化为一道幻影，从口子中飞射而出，逃了出去。他没有丝毫停顿，身形一个模糊，下一刻便出现在远处天际，随即又是一闪，彻底消失无踪。

韩立刚刚遁走，血寒紧随其后来到了黑色大网外，朝着韩立逃走的方向望去。

“该死，都给我追！”血寒口中怒吼一声。

峰顶左侧的一片密林中。

一道金光一闪，落在此处，光芒敛去，韩立与陆雨晴的身影浮现出来。

“韩大哥，我们为何不直接御空飞离此处？”陆雨晴神色有些慌张，开口问道。

“为首之人是一名金仙。倘若只有我一人，比拼遁速我未必会输给他，可带上你，我就没有把握全身而退了。一旦逃到了海域，毫无遮挡，我们就很难摆脱他们了。”韩立的目光在高空中扫视，解释道。

陆雨晴闻言，神色微微一变，心里由衷庆幸韩立没有弃她而去。

“不过，躲在这里并非万全之策，我们需要隐匿气息，藏到岛上其他地方去。对了，你身上可有能够遮掩气息的灵宝？”韩立收回目光，问道。

“嗯，家父曾为我重金购得一件。”陆雨晴点了点头。说罢，她手掌一翻，取出一件纤薄至极的雪白纱衣，穿在了身上。

纱衣刚穿上身，立即亮起一层微弱白光，一闪融入了陆雨晴的衣衫，隐匿了起来。下一刻，她身上的气息就变得若有若无。

“不错，只要拉开一定距离，应该就不会被发现了。”韩立略一探查之后，满意地点了点头，说道。

说完，他催动无常盟面具和隐匿秘术，将自己的气息彻底遮掩了。

而后，二人便沿着与药园相反的方向，朝着密林深处走去。

韩立和陆雨晴离开后没多久，就有四道人影从高空飞身而下，落在了二人之前停留的地方。

“那二人的气息到了这里就没了……”骨焰散人环视周围一圈，紧蹙着眉头说道。

“应该是怕被我们发现，隐匿起来了。”一名身材壮硕的铁塔大汉冷笑一声说道。

“无论如何都要找到他们，否则血寒大人追究起来，我们担待不起。”另一名十方楼修士苦着脸，有些担忧地道。

“嘿嘿，不必惊慌，我这里倒有些寻人辨别方位的小神通，可以试一试。”净明真人笑着说道。

说罢，他手掌一翻，掌心中就多出了一只巴掌大小的紫金小鼎。那小鼎盖子上，镌刻着一只鼻子奇长、相貌古怪的异兽，双眼紧闭，鼻子盘起，显得憨态可掬，栩栩如生。

净明真人先是取出一截黑色香料，手指一搓将其点燃，然后扔入了小鼎，再并起双指，口中默念了一句口诀后，点在了鼎盖异兽的头颅上。

只见那古怪异兽霍然睁开眼睛，露出两颗红宝石般的眼珠，伸长了鼻子在四周嗅了一圈，而后鼻头一转，指向了某个方向，同时喷出一股白烟。

“这嗅灵鼎能够嗅到修士残留在空气中的法力、气味和气息等诸多痕迹，对女子的体香尤为敏感。不过，时间间隔不能太长，所以我们得抓紧去追了。”净明真人嘿嘿一声说道。

其余三人见状，皆是一喜，连忙循着白烟指的方向，追了上去。

韩立和陆雨晴一直沿着密林向前走，不多时，便来到了一片破败的荒废园林。

放眼望去，园内原有的亭台楼阁已经全部坍塌，到处生着滑腻的青苔，爬满茂密的藤蔓。

园林的面积不算大，基本上是建立在这片密林的边缘地带，走出了园林，也就走到了密林的尽头。

园林的出口是一座已经半塌的圆形拱门，外面有一条荒草丛生的蜿蜒小路，一直通往山下。

“不对，后面有人跟上来了……”韩立忽然停下脚步，回头望向密林方向，说道。

“我们明明已经遮掩了气息，他们是怎么追上来的？”陆雨晴连忙回头看了一眼，惊讶地道。

“我们有遮蔽气息的秘术，他们未必没有探查我们的秘术。实在不行，就只能试着远遁……”韩立话还没说完，神色忽然一变，惊讶地轻咦了一声。

“怎么了，韩大哥？”陆雨晴有些紧张地问道。

韩立没有答话，而是快步走到塌得如同一轮弯月的石拱门前，仔细地打量了起来。陆雨晴见状，也跟了过来，望向拱门。

下一刻，二人眼中不约而同地亮起了光芒，一蓝一黑，各有异象。

“韩大哥，你可是看出了什么不妥？”片刻之后，陆雨晴收回目光，疑惑地道。

“你没看出什么吗？想来是我多虑了，我们走吧。”韩立闻言，看了陆雨晴一眼，微微摇头说道。

说罢，二人一步跨出，踏入了圆形拱门。

结果一进门洞，二人周围的空间立即发生了扭曲，就像是一张平整的白纸，忽然被手指搓了一下，周围顿时浮现一层层褶皱。

韩立心中一惊，想后退已经来不及了，一步踏空之后，整个人一个踉跄，朝前栽去，好不容易才重新站稳。

身旁的陆雨晴一个没站稳，朝着前方摔去，幸亏韩立眼疾手快，一把扶住了她，才不至于闹出笑话。

“这是什么地方？我们这是……”陆雨晴直起身来，顿时惊呼道。她的眼前是一片绵延数百里的狭长山脉，山峦起伏，竟与他们所在的这座小岛连在了一起。

韩立回头看了一眼，半塌的圆形拱门还在，只是与这边的环境相比，有些格格不入。

“看来此处别有洞天，这拱门便是入口。”韩立沉吟片刻之后，目光微闪，缓缓开口说道。

“此处的设计实在是精巧，我们在进入之前，竟然没有察觉到半点空间波动……”陆雨晴点了点头，由衷地赞叹道。

“我倒是有一种猜测，此处或许本是单向通道，触发的机关在这边，所以只能从这边去往园林那边。不知是不是因为拱门损毁，才变成了如今两侧皆可互通的状况。”韩立思索片刻，突然说道。

陆雨晴闻言，立即放出神识朝拱门探查，很快就发现，其上果然传来一阵阵时有时无的空间波动。

“进了这处隐匿空间，他们应该就很难找到我们了。”陆雨晴收回视线，看向韩立说道。

“我们也不能大意，先前他们不就以秘术追踪到了我们吗？”韩立摇了摇头说道。

陆雨晴闻言，沉默了。

韩立目光微凝，思量了片刻，忽然一挥衣袖。一道金色光芒从他身上飞掠而出，光芒收敛，现出一名黄袍道人，正是蟹道人。

“韩道友，我虽是傀儡之身，又认你为主，可这几日你呼唤我的次数未免过于频繁了吧？”蟹道人出现后，瞥见陆雨晴，便传音给韩立。

“大敌当前，实属无奈。这次唤你出来，是要给你一些仙元石，以备不时之需……你看看够不够用？”韩立苦笑一声，翻手取出一只储物袋递了过去，说道。

“除去发动秘术所需的，剩下的勉强够我弥补之前的损耗了。”蟹道人神色不变，接过储物袋探查了一下，说道。

“好，那蟹道友先回去休养。一旦我再召唤你出来，恐怕便是关键时刻了。”韩立点了点头道。

蟹道人闻言，没有再说什么，再次化作一道金光，飞入了韩立的衣袖中。

陆雨晴静静地旁观着这一幕，虽然有些好奇蟹道人的身份，但也识趣地没有多问什么。

“无论如何，先弄清楚这里是什么地方吧……”韩立喃喃自语一声，目光飘向远方，放开神识在这片山脉上探查了起来。

片刻之后，他收起神识，眉头微蹙着说道：“此处有点古怪，看起来似乎是一处独立空间，神识飞出山脉的范围便会处处碰壁，能够探查的区域就只有山脉上的部分区域。”

“那我们现在该怎么办，要去那里看一下吗？”陆雨晴问道。

“如果这里是一处封闭区域的话，出入口应该不会只有一个，我们先去那边的山峰上找找看，或许能找到离开这里的出口。”韩立思量后，说道。

陆雨晴点了点头，对于韩立的判断自然没有异议。

计定之后，二人立即动身，化作两道飞虹，朝山脉深处飞去。

身处半空，韩立才看清山脉全貌，原来整个山脉并非是一字排开的，而是在延伸出十几里之后，就从中间分开，变成了两条分支。

“韩大哥，我们走哪边？”陆雨晴看着下方的岔路口，询问道。

韩立闻言，望着下方两条山脉，再次放出神识探查，结果和之前一样，收效甚微。

“两边目前都看不出什么差别，只能全都探查一遍了，就先去这……”韩立抬起的手指还没落下，心中忽然一动，停止了言语。

他惊讶地发现，自己体内的七十二柄青竹蜂云剑，此刻竟突然变得莫名躁动，通过心神联系不断向他传递着一种难以名状的情绪。这种情绪既像是兴奋，又像是惊讶；既像是狂躁，又像是激动……

韩立略一沉吟后，手掌一翻，一道青光闪过，一柄青竹蜂云剑便悬在了他的掌心。

然而，此剑一出现，立即向前一蹿，就要朝着下方右侧的山脉飞去，要不是韩立心念一动，立即控制住它，当下就要丢失一柄飞剑了。

“韩大哥，这是……”陆雨晴见状，连忙问道。

“不知为何，我的本命飞剑似乎受到了感召，想要往那边山脉飞去。”韩立一把握住剑柄，望向下方右侧的山脉，说道。

“韩大哥的飞剑既然颇有灵性，想必是感应到了什么机缘吧。我们反正要选一条路，既然飞剑选了这边，我们何不跟它走这边？”陆雨晴想了想，笑着说道。

“也好。”韩立闻言，思量了片刻，点头道。

说罢，二人便朝着右侧山脉的方向飞了过去。

临近分岔口的时候，韩立忽然停了下来，转头望了一眼拱门的方向。

“陆姑娘，能否给我一截衣裙布料？”他忽然开口说道。

陆雨晴眼中闪过一丝疑惑之色，却没有犹豫，当即提起衣裙，“刺啦”一声，撕下一截裙边，递给了韩立。

韩立接过之后，手腕一抖，唤出了两个巨猿傀儡。他先将陆雨晴的那截衣裙绑在其中一只傀儡的手指上，而后又将自己的一段神念投入了另一只傀儡体内，命令它们向左侧那条山脉飞去。

陆雨晴见状，眼眸一亮，不由得赞叹道：“还是韩大哥考虑周全，这么一来的话，即使那帮人追到这里，也未必能立即找到我们。”

“若是我们运气好的话，他们真去了那边，不管是触发机关，还是与我的傀儡厮杀，只要闹出动静，我们便能提前有所察觉。”韩立缓缓地说道。

陆雨晴闻言，心中有些疑惑，究竟是怎样的成长历程才能让一个人的心思缜密到如此可怕的程度？

“好了，我们走吧。”韩立招呼一声后，便继续朝右侧山脉飞了过去。

陆雨晴也连忙跟了上去。

二人刚刚飞到这边山脉上方，韩立手中的青竹蜂云剑就开始剧烈地颤动，而后生出一股大力，拽着他朝下方坠去。

临近山林时，韩立衣袖之中忽然青光涌动，自行鼓起。紧接着，其袖口霍然张开，里面青光喷涌，一柄接一柄的青色飞剑从中疾射而出，争先恐后地朝着下方飞射而去。

韩立心中不由得一惊，连忙一边收紧袖口，一边以心神联系飞出去的青竹蜂云剑，想将它们召唤回来。可已经飞出去的那些剑像是完全失控了一般，根本不听从他的指令。

他深吸了一口气，周身青光闪动，顺着飞剑方向疾驰而去。陆雨晴没有犹豫，也立即跟着追了过去。

落地之后，韩立心头顿时一紧。他发现，方才飞走的那些剑与他的心神联系骤然断开了，此刻他竟感受不到那些剑了。

他按捺住心中的焦躁，目光扫视了一圈，发现自己正处在一片荒废园林中，周围满是杂乱衰败的枯草和矮树。

他脚下踩的似乎是一条青砖小道，现在已经被枯枝败叶和泥土掩埋，几乎无法看清了。

韩立面色阴沉，放出神识在周围不断探查，却没有任何收获。而此时，他手中和袖中剩下的青竹蜂云剑仍在不断挣扎，想要冲破他的禁锢。

韩立低头瞥了一眼鼓荡的袖口，手掌忽然一松，放开了手中那柄剑。

“嗖——”

那柄青色飞剑立即从他掌中疾射而出，一闪就蹿入了园林深处。

韩立双目之中光芒一亮，心神死死地锁紧那柄飞剑，身形暴掠而起，疾速追了上去。

诡异的一幕出现了！

只见飞剑笔直穿过层层障碍，一直飞到了园林深处，最终刺入一块半人来高的黑色墓碑，全须全尾地没入了其中。

那黑色墓碑方方正正，上面除了有些岁月侵蚀留下的痕迹外，就只剩下滑腻幽黑的青苔，没有篆刻任何文字。墓碑后方鼓起一个大包，看起来与普通坟茔并无任何不同。

韩立双目之中蓝光涌动，以明清灵目扫视那块黑色墓碑，觉得上面有一阵阵肉眼难辨的空间涟漪在荡漾。

他眉头紧蹙着走上前去，一手张开按在了墓碑上。只见墓碑上亮起一层黑色光芒，闪了几下就恢复了原状。

韩立眉头紧蹙，在墓碑上四处按压，但无论他怎么按，墓碑上都只有黑光闪烁，再无其他反应。

这时，陆雨晴赶了过来，遁光一敛，停在了韩立身旁，目光四下一扫，便落在了墓碑上，凝神查看了起来。

“这墓碑……”片刻之后，她有些犹豫道。

“怎么？你认识此物？”韩立扭头看向她，问道。

“如果我没认错的话，这应该是一块穿界碑，我们岛王府内也有一块。”陆雨晴说道。

“穿界碑？那是何物？”韩立微微一怔，有些疑惑地说道。

“与传送法阵类似，算是一种空间法宝吧。不过它是单向传送的，过去之后便无法由原路返回了。”陆雨晴解释道。

“你可有什么办法催动此物？”韩立心中一动，连忙问道。

第218章

失落的剑宗

“我可以试一试。”陆雨晴想了想后，说道。

“有劳了。”韩立点点头道。

陆雨晴走上前，单手一招，掌心立即灵光一闪，多出了一块八角形的黑色玉佩，上面铭刻着一些古怪的螺旋花纹，层层叠叠套在一起，让人看着有些眼花。

“这是我们府上那块穿界碑的钥匙，据说与穿界碑一样，都是祖传的。这钥匙能不能在这里使用，我也不清楚。”陆雨晴说罢，单手一抬，掐出一个法诀，朝着玉佩打去。

只见一道青光飞入玉佩后，其上的螺旋花纹突然旋转起来，从中射出一道黑色光芒，投射在穿界碑上。

穿界碑上也随之浮现螺旋状的纹路，几番扭动之后，生成了一个巴掌大小的黑色旋涡，悠悠旋转起来。

只是这旋涡忽大忽小，似乎有一股神秘的力量想将其扩大，但同时又有另一股力量想将其压缩。

“莫非……”韩立见此，眉头微微一皱。

“韩大哥，我的钥匙与这块穿界碑似乎并不完全符合，你快给这玉佩注入仙灵力，辅助我打开穿界碑。”陆雨晴开口叫道。

韩立二话不说，立即一抬手，打向陆雨晴手中的玉佩，体内的仙灵力疯狂涌出，灌进了玉佩中。

从黑色玉佩中喷出的那道黑色光柱骤然变粗，令墓碑表面亮起一层层黑光，不停扭动。

与此同时，黑色旋涡以肉眼可见的速度一点一点地变大起来。

陆雨晴见此，顿时面露喜色，韩立也是精神一振。

只见穿界碑上黑色旋涡的旋转速度越来越快，骤然间乌光大作，从中传出一股奇异的吸引之力，一下子将韩立和陆雨晴吞了进去。

韩立觉得一阵天翻地覆，眼前先是猛地一黑，继而又亮了起来。没等他站稳，看清楚周围情况，他衣袖中剩余的飞剑就再次暴动了。

而且这一次的势头，比之前更加迅猛。

他都来不及阻止，就有数十道青光一同涌出，在半空中划出一道道极长的青光，如数十条青色游龙朝着高空急掠而去，一瞬间就蹿入云海，消失不见了。

韩立苦笑一声，有些无奈地抖了一下空荡荡的衣袖，朝着身前望去。他的身前赫然屹立着一座高耸入云的摩天巨峰。

摩天巨峰上植被繁密，目之所及都是大片的碧绿色，处处透着勃勃生机，与之前所处的环境相比，简直是天壤之别。韩立都有些怀疑，自己是不是再一次陷入了幻境？

分别以明清灵目和真实之眼探查过后，他发现此处并不是幻境，而是实实在在的真实世界。

正当韩立疑惑之际，身旁空间突然一阵扭曲，陆雨晴一个趔趄出现在他的身侧。

“韩大哥，我们莫非已经进入了穿界碑？”陆雨晴对眼前的景象也很疑惑，忍不住开口问道。

“我想应该是吧。这里有些古怪，我的本命飞剑全都飞到这座山上去了。”韩立指了指山顶的方向说道。

之前因为与青竹蜂云剑的联系被阻断，韩立显得有些焦躁，此刻通过穿界碑到了这座山脚下，虽然所有飞剑都飞了出去，但他与飞剑的心神联系恢复了，所以他才稍稍安心了。

“我们进了此处，想来十方楼那些人就追不过来了。既然剑在山上，我们这便去取回来，之后也好赶紧与真焰宗那些道友会合。”陆雨晴目光微闪，说道。

“我们走吧。”韩立不置可否地说了一句，同时衣袖一挥，整个人化作一道青光，直接冲天而起。

然而，他才飞升不过百丈，头顶上方顿时风云变色，一股无形的威压油然而生。

紧接着，就见天上的云层忽然向下压了几分，一股庞大的剑气从高空滚滚袭来，无数道半透明的剑光蜂拥而至，如同千军万马冲来，气势雄壮到了极点。

陆雨晴见到这一幕，连忙落到地面，面色煞白一片。

韩立身处半空，目光微微一闪，周身亮起一个个蓝色光点，突然抬起一拳朝着漫天剑光砸了过去。

“轰隆”一声巨响，天幕一阵颤动，发出一连串“咔咔”声。

只见漫天剑光的下坠之势骤然一缓，与拳头相接之处的无数剑光轰然崩碎，裂成无数肉眼可见的晶莹碎片，当中露出一个巨大空洞。

韩立见状，一闪身，朝着那处空洞疾射而去。

然而，还不等他飞至洞口边缘，上空的云层似乎又向下压制了一分，空洞上方浮现一层泛着银色的剑光，填补了空洞，再次朝韩立袭来。

他眉头不由得微微一蹙，手掌一抬，朝着上方一挥。

一片乌光顿时从他手心迸射而出，化作一道中间有镂空花纹的黑色巨轮，“呼呼”作响，朝着银色剑光那边飞旋而去。

“铮铮铮——”

一连串尖锐的金属交击声响起，听得人耳根一阵发胀。

重水真轮经过韩立的多次祭练，尤其是加入了二层重水之后，威能已经达到了不可思议的地步。其生出的水之道纹光芒大作，映照得轮身乌光更盛，看起来简直就如同一轮黑日。

在韩立的催动下，重水真轮疯狂旋转，不断将漫天剑光碾得粉碎。

可是，伴随着层层剑光被击溃，高空中的云层越来越低，空中生出的剑光也变得越来越密，并且从原来的半透明状变得越来越凝实。

韩立只觉得周围的空间都被挤压得微微有些扭曲，氛围似乎也变得越来越凝重。

几番尝试之后，韩立终于确信，若是自己不管不顾地奋力抗争，也许能靠着玄仙体魄和一身神通硬撑着飞上这座山峰峰顶，但也难保自身不会因此受损。

目前身在这冥寒仙府内，可能面临的危险层出不穷，他虽然担忧青竹蜂云剑的情况，但也不愿继续冒险飞上峰顶。

于是他落回地面，对陆雨晴说道："此处剑气不知积攒了多少载，实在太过磅礴，没办法飞上去，只能徒步登山了。"

"以我们的脚力，步行登山应该花不了多少时间。"陆雨晴点了点头，说道。

说罢，二人沿着脚下的石板路，朝着山峰的入口赶了过去。

自从韩立不再强行御空飞行，之前压下来的云层开始缓缓升高，回到了原来的位置，对徒步上山的二人，并未造成什么阻碍。

来到入口前，二人看到入口处屹立着一座高大的石质牌楼，上面雕刻着一块巨大匾额，以金篆文撰写着四个大字——无生剑宗。笔锋苍劲张扬，又不失潇洒飘逸，宛如利剑所书，锋芒毕露，却又带着几分浪荡不羁之感。

韩立目光一扫，觉得一股无法言喻的剑意扑面而来，下意识地倒退了几步，接着便是一怔。

这个无生剑宗一向以传承神秘著称，百万年前突然销声匿迹，以至于后来之人都不知道其宗门所在，想不到竟然在此处？

思量间，他用眼角余光瞥了身旁的陆雨晴一眼，见她并未露出异样，不知是否因为其本就不擅剑道，故而无法感受到其中蕴含的剑意？

“我的本命飞剑受吸引飞入其内，难道是此宗门内有什么镇剑法阵？”联系之前的云层剑光，韩立不禁做出如此猜测。

稍作思量之后，他便与陆雨晴一起绕过了石质牌楼，继续登山。

盘山古道蜿蜒绵长，一圈一圈如长蛇般盘桓在山上。

韩立和陆雨晴匆匆行走在山路上，沿途遇到了许多隐匿在山林中的建筑，查看之后发现，都是一些没有法阵禁制庇护的普通房屋，大多已经破败不堪。

越靠近山顶，周围环境就越发幽静，只见古树森森，却不见任何飞鸟走兽，到处充斥着一种静谧肃杀的气息。

在途经一片苍翠竹林时，韩立瞥见密林深处有一座暗青色的竹屋。他略一沉吟后，掉转方向沿着石径朝竹林内走去。

陆雨晴见韩立一言不发突然改变了方向，虽然有些好奇，但还是默默地跟在其身后。

韩立走了没多久，便发现了异样，只见身侧的密竹上多有剑痕，颜色已经发暗，显然是多年前的旧痕。

片刻后，他停下脚步，伸手握住身旁的一株青紫色竹子，五指用力向下一抓。

竹子立即“咯吱”作响，却没有碎裂。

韩立眉头一挑，轻咦了一声，手上的力道随之加重了几分。

只听“啪”的一声响，那株竹子终于爆裂开来，蹦出无数精铁般的碎片，打在周围的竹子身上，发出一阵阵爆豆般的响声。

“这是什么竹子，竟如此坚韧？”陆雨晴见此，有些惊讶地说道。

“应该属于紫精竹一类，是世间木植之属当中非常坚韧的品种之一。”韩立沉吟着说道。

说话间，他继续迈步走上竹屋的台阶，推开门，走了进去。

竹屋内的陈设十分简单，外屋只有一张竹编的八仙桌，周围摆着四条长凳，里屋则只有七张单人睡的竹床。

“韩大哥你看，这些床又窄又小，看起来像是给孩子睡的？”陆雨晴四下张望，秀眉微蹙，说道。

“相传，无生剑宗招收弟子极其严格，从不广开山门大量招收，而是由山上弟子下山游历，搜寻世间一等的剑修胚子，带回山上从小培养，一切全凭机缘，绝不强求。此处多半就是那些弟子幼时练习基本功的地方吧。”韩立思索片刻，说道。

“原来如此，我也在一本古籍上偶然看到过关于这个宗门的旧事，好像是说此宗人数十分稀少，极少在外走动，所以十分神秘。其他的就不知道了。”陆雨晴若有所思地说道。

“此宗弟子若想以师门身份下山行走，必须修炼至金仙修为，否则便只能终其一生，老死在山门。其鼎盛时期，曾有‘一门七金仙，下山同游历’的美谈流传世间。不过时过境迁，如今这些事已经没有多少人知道了。”韩立瞥了一眼竹楼外布满斑驳剑痕的青紫竹林，缓缓说道。

“这些事韩大哥是怎么知道的？”陆雨晴眨了眨眼睛，有些疑惑地问道。

“说起来我也算是一名剑修，查阅古籍时自然会留意这些。关于无生剑宗的传说还有很多，其中最引人注目的一个便是他们门内的无生剑海。”韩立继续说道。

“无生剑海……又是什么？”陆雨晴问道，露出了感兴趣的表情。

韩立目光微闪，一边往外走，一边说道：“据说无生剑宗的开山祖师无生道人，有蓄剑之癖，他参与的所有比试，不论是生死厮杀，还是高低切磋，在获胜之后他都会将对方的飞剑取走，带回山门剑池保存。之后他收的弟子，也都继承了这个传统。其门下弟子行走仙域时，也会遍搜天下宝剑，带回宗门。久而久之，无生剑池就变成了无生剑海……”

出了竹林，二人继续沿着盘山路向上走，最终停在了一条通天石梯前。

石梯通体雪白，高不见顶，一直延伸向上通向山腰上方的云海中。在入口左侧，矗立着一块黑色巨石，上面刻着三个大字——解剑石。

韩立走上前，仔细打量了一下，就发现“解剑石”三字下方，还刻着两行白色小字——真仙折腰御不飞，世间万剑尽低眉。

每一个字都带着一股无法言语的锐气，仿若一笔一划都由剑气构成，锋芒尽显，与门口的“无生剑宗”显然出自同一人之手。

“这前一句是说真仙到此都无法御空飞行，我倒能理解，可后一句是什么意思？看得我有些糊涂了。”陆雨晴站在一旁，喃喃自语道。

“无生剑宗本就是剑修圣地，门内剑海存储的仙剑何其之多？世间又有多少剑能比得上这里的？想来尽低眉便是这个意思吧。不过这解剑石……解剑……”韩立思索了片刻，说道。

他的话音刚落，头顶上方的云海中忽然传来一声巨响，金色光晕从云海中荡漾而出，向四面八方弥散。

韩立闻声，目光骤然一紧，仰头朝峰顶望去。

“怎么了，韩大哥？”陆雨晴见状，心知出了变故，连忙问道。

“这片云海上似乎开启了什么禁制，我与本命飞剑的感应再次中断了……”韩立眉头紧蹙，低声说了一句。

说罢，他便身形一转，足尖在第一级石阶上轻轻一踩，身形几乎贴着石梯的斜面飞掠而上，一下就越过数百级。

陆雨晴见状，也如法炮制，追随着他飞身而上。

越往山顶上去，沿途的湿气就变得越浓重，等他们向上掠出数百丈后，周围浓重的水汽已经凝结成一片云雾，将周围笼罩了起来。

二人穿行在云山雾海之中，目力可见的范围十分有限，神识感应似乎也受到了极大的阻碍。

“这雾气有些不对劲，我的灵目看不透，你小心些。”韩立嘱咐了一声，便在体外放出一层护体青光，加速朝上赶去。

陆雨晴紧跟在他身后，双目中闪烁着幽深光芒，忽然神色一变，大声提醒道：“韩大哥，小心……”

结果她的话音未落，韩立头顶上方的浓雾中就有两道金色剑光相互交错，如同剪刀一般从上方斩落。

韩立目光一凝，看清剑光里竟是两个身材高大、四肢细长的木质傀儡。

他心中念头急转，身形不退反进，在间不容发之际，从两道剑光下方直接滑了过去。站稳之后，他的身形霍然一转，五指并拢朝前一挥，手掌上立即涌出一层青光，如同一柄青色长刀般朝着傀儡劈了过去。

只见那两个傀儡身形不动，头颅忽然向后转了一百八十度，诡异地迎向了韩立。其握剑的手部关节也同时一转，其中一个傀儡手里的长剑“锵”的一声挡住了韩立的青光刀刃，另一个傀儡则持剑一刺，直突韩立的心口。

韩立足尖点地，忙向石梯上方退去，心中暗暗有些惊讶。这两个傀儡身上气息全无，看不出究竟是何等修为，可其手中的长剑着实厉害得紧，剑上裹着的那层金光，一击之下就能将他手上的青光刀刃打碎。

紧接着，又有数道剑光浮现，相互交织，组成一张金色剑网，朝着韩立落去。

韩立抬起一拳，朝着上方猛然砸出。拳头上一道青光迸射而出，与金色剑网轰然对撞，拳影青光径直被割开。

韩立心中一动，手掌再次一挥。一道乌光从其袖间飞旋而出，滴溜溜一转，便到了他的头顶上方。

只见那道乌光骤然放大，变作一个直径丈许的黑色真轮，如同磨盘一样挡在了他的头顶。

金色剑网斩落，看似威势不俗，可在接触到重水真轮上的乌光时，顿时如同冰雪落入火焰中，瞬间消融了。

就在此时，韩立四周浮现五道剑光，又多出了五个和之前一模一样的木质傀儡。

这五个傀儡一出现，之前的两个木质傀儡就从后面赶了上来，手中长剑一伸，朝着韩立直刺而来。

然而，还不等它们的剑尖刺过来，便有两道青色旋风从下方追了上来，将二人一卷，扯向了下方。

韩立移目望去，看见陆雨晴手持一柄灵光大作的青色羽扇在舞动，掀起阵阵青风，困住了那两个傀儡。

他目光微微一闪，伸手一招，朝着前方挥去。他头顶上方的重水真轮立即呼啸声大作，飞旋着朝正前方的那个傀儡撞了过去。

那傀儡反应也不慢，一手掐诀，另一手握着长剑向下刺去。剑尖上金色光芒大作，一道巨大的金光剑影从中迸射而出，狠狠地击在了重水真轮上。

“轰”的一声巨响，金光剑影直接化为一片金色微尘，持剑的傀儡也被重水真轮上发出的乌光吞没，碾得粉碎。

在吞噬了二层重水之后，重水真轮的威力已经不可同日而语。

另外四个持剑傀儡见状，头颅生硬地转向韩立，眉心位置的奇异符文同时亮起金色光芒。每个傀儡单手掐出一个古怪剑诀，剑尖猛地冲天一指。

韩立眉头一蹙，仰头朝上空望去，顿时觉得有些不妙。

果不其然，笼罩着他们二人的云雾上方亮起阵阵光芒，一闪一闪地，就仿佛暴雨降下之前闷雷滚动的景象。

“陆姑娘，快过来……”他连忙招呼一声。

陆雨晴闻声，没有任何犹豫，用力一挥手中的羽扇，打出两道旋风，将那两个傀儡隔开，身形一闪，就来到了韩立身边。

她刚进入重水真轮下方，云雾中就响起了一声震天轰鸣。

一片耀眼的金色光芒从云雾深处射出，里面裹挟着密密麻麻的金色剑光，与之前韩立飞身上山时遇到的如出一辙。

若说之前在山下遇到的云海剑阵，只是为了压制四方，不许真仙强行御空，那么这里的金色剑阵便单纯是为了灭杀对手，故而此处剑光中蕴含的锋锐之气远超之前。

非但如此，此时落下的剑光中似乎还隐隐散发出金属性法则之力的波动，所以韩立才不敢轻视，提前将陆雨晴唤了回来。

第219章

剑海

“轰”的一声巨响，漫天的金色剑光穿透了四周的滚滚浓雾，如瀑布般垂落，纷纷砸在了重水真轮上。

一阵“叮咚”声从韩立和陆雨晴头顶上方不断传来。

韩立瞳孔一缩，单手一掐法诀，暴喝一声“疾”。

只听“嗡”的一声响，重水真轮上的水之道纹光芒一亮，一片乌黑光芒顿时从轮身爆发出来。数十股黑色重水从光芒中冲出，在半空中相互缠绕，扭成一个巨大的重水漩涡。

金色剑光落入漩涡之中，没有丝毫反抗的余地，被硬生生绞成了碎片。

“去！”韩立发出一声暴喝，手掌骤然一挥。

重水真轮缩小到寻常盾牌大小，在一阵呼啸声中，在半空中画出一道极长的黑色光弧，射向了一个木质傀儡。

那傀儡身形未动，一手掐诀按住剑身，在剑身之外凝成了一道宽刃光剑，朝着重水真轮迎了上去。

眼看两者即将撞在一起，韩立突然伸出手指在空中一勾，重水真轮便在半空中滴溜溜一转，绕过光剑，砸在了傀儡的头上。

只听“啪”的一声响，那傀儡头颅遭受重创，径直裂开，其身躯则像是被抽掉了所有力量，朝着旁边一歪，倒了下去。其手中那柄金色长剑，却像是受到了召唤一般，光芒一亮，化作一道飞虹，朝着山顶飞射而去。

其他傀儡对这一幕视而不见，纷纷手持长剑，朝着韩立和陆雨晴杀了过来。

“没时间浪费在这里了……”

韩立眉头紧蹙，伸手一招，重水真轮立即飞射而回，悬在他手掌上，旋转不停。他体内的真言宝轮暗暗逆转，时间流速随之改变，他的身形一下子变得模糊起来。

通天石梯上，一道连续的残影疾速闪过，又骤然停了下来。紧接着，便有一阵连续的爆裂之声响起。

四个傀儡身首分离，倒在了地上，其手中的四柄长剑，也如之前那柄一样，在一股无形之力的吸引下飞向了山顶。

韩立身形一晃，站稳之后，面色有些发白，口中喘着粗气，手上重水真轮转动的速度，逐渐慢了下来。同时催动重水真轮和真言宝轮，对于仙元力的消耗实在太大，饶是现在的他，也没办法驱动太长时间。

陆雨晴原本正与两个傀儡对峙，一眨眼就发现对手已经被击败，不由得一怔，当看到韩立后，面色一松。

“轰隆！”

就在这时，一声巨响从山顶传来，整座山峰都随之一震。

韩立神色微变，仰头朝上方望去。

“韩大哥，事不宜迟，你先赶去那边设法取回飞剑。这里就交给我了，我有办法应付……”陆雨晴忽然说道。

“那就多谢了，你自己小心。”韩立闻言，略一犹豫后说道。说罢，他便足尖一点台阶，身形再次暴掠向上，很快消失在浓雾之中。

看见韩立离开，剩下的两个傀儡刚想追上去，就被陆雨晴身形一闪，挡在了前面。她的神色变得有些古怪，脸上出现了一种从来没有过的神情，看起来有几分冷漠，又有几分迷惘，而她的眼中白雾升腾，显得有些湿润。

她手腕一转，将那柄青色羽扇收了起来，取出一柄银白色长剑，样式普通，显然不是什么仙家灵宝，品级比那青色羽扇差了许多。

“怎么忽然觉得用剑也挺不错的……”陆雨晴看着手中的长剑，喃喃自语道。她的语气并非调侃，而是真的有些疑惑，仿佛她也不明白，自己为何想要用剑。

冲出云雾遮蔽的范围之后，韩立这才发现自己竟然还处在半山腰，身前那道通天石梯依旧延伸向上，根本看不到尽头。

一路再往上去，倒是风平浪静，没有再遇到什么阻碍。

等到了峰顶之后，韩立沿着一条青石板铺成的山道，一直朝着峰顶中心走去，远远就看到了一片道观样式的建筑，掩映在一丛丛青翠的绿竹中。

道观面积并不大，看起来不过三进院落，但白墙黑瓦之间辅以各式砖雕图案，颇有几分古拙质朴的味道。

韩立此刻自然无暇欣赏这些，在发现道观内并无禁制后，便径直推开了道观的黑色大门，一路闯了进去。

道观内的陈设很简陋，前两进院落共有十几个大殿，除了少数几个供奉着一些说不清根脚的神像外，其余大都空着。

当中有两间似乎是丹房，屋内正中摆着早已熄了炉火的丹炉，两旁则立着一些架子，上面摆放着各式各样的瓶瓶罐罐。

韩立随便扫了一眼，无暇分辨是否还能使用，就衣袖一卷，将其全部收了起来。

道观最后一进院落，距离前边很远，中间有一条由白石板铺成的宽阔神道。韩立沿着神道一路向内缓步前行，来到了最里面的一座大殿前。

大殿门外，横七竖八地躺着七八个木质傀儡，与他之前在山腰遇到的一模一样。

韩立目光四下一扫，旋即注意到，大殿门窗和檐下的木椽上都镌刻着复杂繁密的符纹，显然是一种颇为不凡的防御禁制。不过都已经遭到了破坏，许多阵眼关键处的符文上都有剑痕，上面还有剑气残留，显然是不久前才被破坏的。

大殿门楣正中央挂着一块巨大的黑色匾额，以金漆篆写着三个大字：祖师堂。

仙家门派的祖师堂，与下界的祖师堂称谓一样，实际上却大有不同。

下界的祖师堂往往用来供养门内先辈祖师的牌位，而仙界修士因为寿元实在太长，祖师堂中除了供养少数先祖牌位之外，还有历代祖师留在门中的镇宗之物。

这镇宗之物，并不一定是顶厉害的仙家法宝，而是这些师门长辈在门内修行过程中常常随身携带的贴身之物。

这类物件受宗门香火供奉时日最长，与宗门联系也最为紧密，故而成为许多仙家掌门和长老最喜欢留在祖师堂中的物件。

祖师堂是一个门派的香火传承之地，往往汇聚宗门气运，所以常有被供养的镇宗之物，因长期受香火供奉，而自行通灵的传说。

一些福泽深厚的宗门后辈，在祖师堂敬拜先师之时，偶尔会遇到镇宗之物自行择主的情况，如此便能因此得福，一鸣惊人。

无生剑宗的祖师堂内，陈设十分简单，两旁摆着长明灯，里面的灯油已尽，灯火早已熄灭，正中位置由高到低，呈梯田状摆着四层供桌。

“按每一层为一代来算，这无生剑宗才只传承了四代而已……”韩立喃喃自语，心中对此不禁有些意外。不过当他想到此门招收弟子的方式时就释然了。

韩立目光扫过，发现除了第二层和第三层供桌上散乱地摆着几个牌位之外，就只剩下一些紫檀木做的托盘，托盘上面空空如也。

韩立的目光在最高那层供桌上停留了片刻，上面没有无生道人的排位，只摆着一个稍长的紫檀托盘。

“看来无生剑宗覆灭之际，无生道人还未作古……”

就在他自言自语之际，祖师堂后方突然传来一阵阵清脆悦耳的“叮当”声。那声音并不大，却有一种奇异的穿透力，一直传到这里，他并未用心倾听，仍可听得一清二楚。

他心中一动，立即出了祖师堂，沿着后院的一条青石小径，往后山方向赶去。

走了约莫半刻钟，韩立来到一片向下的山坡前，停下了脚步。在他的脚边，竖着一块半人高的黑色石头，很不起眼，上面写着两个大字：剑海。

韩立站在山坡边缘，向着下方望去，就见一片青色草甸中，隐隐有光芒反射，再仔细观瞧，不禁发出一声惊呼。

只见下方茂密青翠的草丛中，倒竖着无数飞剑，样式颜色不一，但大都剑尖指天，如同青草一般在山风中轻轻摇曳，不时相互碰撞，发出阵阵清脆声响。

这些飞剑中，既有纤细如同缝衣针般的小型飞剑，也有宽大如门板一样的阔刃巨剑；既有蜿蜒如蛇的弯曲长剑，亦有笔直单刃的古怪长剑……形形色色，不一而足。它们不知在这剑海中存放了多少万年，竟无一把残损锈蚀，全都闪烁着令人目眩的灵光。

韩立的目光在剑海之中扫视半晌，终于落在了一柄宽刃巨剑旁。他看到了自己的青竹蜂云剑，七十二柄整齐地排列在那里，正随着其他飞剑轻轻地摇曳着。

当他以心神呼唤它们时，青竹蜂云剑摆动的频率顿时变得凌乱起来，似乎是在回应他，却被一股无形的力量压制着，始终没有朝他这边飞来。

韩立见此，心中一动。

他单手一扬，“刺啦”一声，撕下一截衣衫，扔向空中。那截衣衫在一股柔和青光的包裹下，无声无息地越过那块黑色石头，进入了剑海范围，周围顿时有一层肉眼难辨的细密光影浮现。

下一刻，几乎没有发出任何声响，那截衣衫就在光影之中分崩离析，化为齑粉。

韩立见状，停下了动作，眉头一蹙。

就在此时，高空中忽然传来一声巨响。

韩立仰头望去，瞳孔微微一缩。

只见剑海上方，赫然悬着一个镶着金边的白色云团。云团上有一座巨大的白石祭坛，呈八角形状，周围屹立着八根数十丈高的金色巨柱，上有金龙盘踞，雕刻得栩栩如生，看上去颇为壮观。

韩立眉头微蹙，正欲飞身上前查看，就听祭坛上忽然传来一声轰响，一道红光从祭坛下方的云团中射出。

紧接着，一团赤红火焰突兀地从白色云团中涌了出来，鲜艳夺目的赤红迅速替代白色，瞬间将整个云团全部点燃。

同时，白石祭坛下方也化作一片赤焰火海，烈焰翻滚，将半边天空都映得通红。

没了云气遮挡，韩立一下子就看到了祭坛上正站着一个身材矮小的中年男子。

此人不是别人，正是熊山。此刻的他，一脸肃穆，双手高高扬起，冲着天空不断挥舞，口中还有阵阵吟诵之声响起。

在其头顶上方，悬浮着一块蒲扇大小的黑色铁牌，中间微鼓，样子与世俗王朝御赐的“丹书铁券”一模一样，上面刻着“万剑归宗”四个大字。

伴随着阵阵晦涩难明的吟诵之声，祭坛下方的火焰烧得愈加旺盛，一股股肉眼可见的热浪滚滚袭来，将周围的空间都烧灼得泛起阵阵涟漪。

剑海中的无数飞剑宛如狂风中的小草一般，剧烈地摇摆起来，相互撞击，“叮咚”作响。

韩立眉头紧蹙，心中顿时了然。当年熊山在烛龙道内，费尽心机收集千柄灵剑搞出的“千锋聚灵剑阵”，多半就是从这无生剑宗学来的。

此处的剑海剑阵，才是真正的聚灵剑阵。以此方天地为基，悬空祭坛为炉，“万剑归宗”铁券为引，集合这剑海中的无数飞剑之灵，真正做到了万剑归一。

这是何等的气魄！

“万！剑！聚！灵！”

就在这时，高空祭坛上忽然传来一声暴喝。声如滚雷，“隆隆”作响，引得这一方天地轰鸣不已。

霎时，整座山峰剧烈震荡，禁锢在剑海中的无形剑气冲天而起。

韩立看到，剑海中仿佛有一阵微风轻轻拂过，长在其中的茂密青草瞬间被无形剑气齐齐绞断。

原本还在随风摆动的无数飞剑，此刻宛如受到了指引一般全都一滞，直挺挺地立在剑海之中，剑尖直指苍穹，一动不动。

祭坛之上，熊山深吸了一口气，忽然手掌一挥，一柄金色飞剑立即从他掌中飞出，化为一道金光，在半空中滴溜溜一转之后，骤然悬浮在那万剑铁券的下方。

只见熊山并指如刀，在空中一阵刻画，指尖金光流转，凝成了一道金色符文，落在了铁券上。

铁券一阵颤动，发出畅快淋漓的嗡鸣声。紧接着，铁券上开始浮现一丝丝纤细纹路，彼此贯连，绽放出耀眼金光。

只听“轰”的一声，一道粗壮的金色光柱从铁券上喷涌而出，直抵苍穹，随即如同烟花一般在高空中炸开，化作一片令人目眩的金色光幕。

金色光幕上影影绰绰，有无数虚幻光影。既有身形高大如巨人的金甲神人，手持阔刃巨剑摧城撼山，亦有身影诡魅的蒙面刺客，手持缝衣针般的细剑摘心枭首；既有体态婀娜的飞天女子，持剑翻飞翩跹起舞，亦有身形消瘦的长须老者，并指挥动剑气纵横……万法万象，万剑万影，不一而足。

韩立眉头紧蹙，死死地盯着金色光幕中的无数虚影，瞳孔中映出点点金芒。这一刻，他整个身心似乎都沉浸在其中。

他觉得自己仿佛融入了金色光幕，成为其中一员，正催动着七十二柄青竹蜂云剑肆意舞动，在空中绽放出一朵朵剑影青莲。

就在他陷入其中的时候，祭坛下方的火海突然起了变化，滚滚扭动的火焰化作了一个巨大的火焰旋涡，从中传出强烈的吸引之力。

下方剑海中的所有飞剑受到感召，顿时一阵颤鸣，纷纷拔地而起，化作汹涌磅礴的飞剑洪流，朝着火焰旋涡飞射而去。

整个剑海上空变得混乱不堪，到处乱射的各色剑光将整个空间切割得支离破碎，无形剑气也不再被禁锢在剑海之中，开始朝着四面八方射去。

“哧哧——”

韩立身上的衣衫被剑气扫中，顿时裂开了两道极长的口子。他却仍是一动不动地望着天空，仿佛全无所知。

高空中，千余柄飞剑涌入火焰旋涡，顿时被烧灼得赤红一片，发出阵阵哀鸣般的颤音。

剑坛位置光芒凝聚，各色光球从中飞出，正是这些飞剑的精纯剑元。

那些被剥除了剑元的飞剑，光芒很快黯淡了下去，几次呼吸间就被炼成了一摊岩浆般的液体，融入火焰，消失不见。

火焰旋涡的容量有限，每次只能吸纳千余柄飞剑，韩立的青竹蜂云剑位置靠后，离进入旋涡还有一段距离，但按照这个速度推测，也不过是数十次呼吸之后的事情。

祭坛之上，熊山眉头紧蹙，口中喃喃道：“很好，就这样陷入万剑灵图中。等本座炼成了这柄绝世罕见的仙剑，再拿你来试剑……”事实上，他早已经注意到了韩立的到来，只是忙于催动大阵，无暇顾及罢了。

在他的身前，祭坛正中有一片区域，当中有一个个剑元光球飘浮而出，悬在半空中。

熊山见状，面露喜色，双手在身前一阵交错，掐出一个古怪法诀，并指朝铁券一指。

铁券上的金色纹路顿时一闪，一片金光从中射出，将下方那柄金色长剑笼罩起来，在其上凝成了一个金色旋涡。

旋涡一形成，那些悬浮在祭坛上的剑元光球立即飞射而去，朝着熊山的本命飞剑中涌去。

那柄金色长剑发出阵阵颤鸣，剑身金光闪烁，向着四周扩散出一圈圈金色光弧。

祭坛上方开始吞噬剑元，下方的火焰旋涡也不断吸纳新的飞剑，青竹蜂云剑被裹挟着不断朝旋涡靠近。

就在这时，原本一直僵立在原地的韩立，身躯忽然一阵抖动，眼中的金色光芒逐渐消失，取而代之的是一层蓝色光芒。

“好厉害的阵图！”韩立赞叹一声，脸上闪过一丝喜色。

这金色光幕中的万象图景与他当年得到的万剑图同属一源，却明显玄妙高明数倍，甚至可以说，万剑图应当是此图的复制品。

方才观赏此图之时，韩立是有意放松，让自己的心神陷入其中。以他修炼过三层炼神术的神识，根本不至于陷入其中而不自知。

如此完全沉浸其中的结果就是，他不仅对诸多剑阵变化有了更深层次的领悟，而且弄清楚了此处剑海大阵的根脚和运转方法。

祭坛上的熊山看见韩立突然清醒过来，神色顿时一变，口中惊呼：“这怎么可能？”

不怪熊山如此惊讶，作为一名真仙境剑修，他第一次见到这万剑灵图，可是陷在里面整整七天七夜，后来恰逢一个偶然的契机，他才得以清醒。

之后他虽然从中悟出了千锋聚灵剑阵，但也因此神识受损、元气大伤，无奈之下他只得暂时离开此处，等了这么多年，才有机会重来一次。

熊山牙关紧咬，心中忿然，双手向前一推，以仙灵力推动那些剑元光球加速涌入自己的本命飞剑中。

“铮铮铮——”

漫天飞剑如虬龙升天，扭在一起，朝着火焰旋涡不断涌去。韩立扭头望去，就见青竹蜂云剑混在其中，距离火焰不过百十来丈了。

他目光一凝，抬脚一跺，倒飞而起，直奔那条“剑龙”而去。

然而，他刚飞入剑海上空，一股令人窒息的无形巨力就从四面八方压迫过来，直将他的身子压得坠向地面。

与此同时，阵阵剧烈的罡风在他的耳畔猎猎作响，充斥在天地间的混乱剑气不断朝着他射来，将他身上的衣衫划开一道道口子。

韩立口中发出一声暴喝，周身蓝色玄窍光芒闪烁，体表立即浮现一层半透明的晶膜，将那些剑气全都挡在了外面。

在无形巨力的压迫下，他重重砸落，双腿陷入了地面。

韩立心中一凛，仰着脖子朝高空望去，就见熊山站在祭坛边缘，一手掐着法诀，一手探出祭坛压向下方剑海。

熊山也死死地盯着韩立，双目之中满是愤恨之色。时至此刻，他自然已经知道眼前之人便是厉飞雨，正是当年夺走他剑阵之人，也就是那个“天南第一剑修”！

（本册完）

（《凡人修仙之仙界篇》第9册即将上市，敬请期待！）
